Le bois aux elfes

J'AI LU

R.A. SALVATORE

L'Ombre pourpre :	
1. L'épée de Bedwyr	*J'ai lu* 4730/3
2. Le pari de Luthien	*J'ai lu* 4731/3
3. Le roi des dragons	*J'ai lu* 4732/4
La saga des lances :	
1. Le bois aux elfes	*J'ai lu* 4715/4

R.A. SALVATORE

La saga des lances

★

Le bois aux elfes

TRADUIT DE L'AMÉRICAIN
PAR SANDRINE SAMY

ÉDITIONS J'AI LU

Collection créée et dirigée
par Jacques SADOUL

Titre original :

THE WOODS OUT BACK
Ace Books are published by The Berkley Publishing Group, N.Y.

R.A. SALVATORE

La saga des lances
★

Le bois aux elfes

TRADUIT DE L'AMÉRICAIN
PAR SANDRINE SAMY

ÉDITIONS J'AI LU

Collection créée et dirigée
par Jacques SADOUL

Titre original :

THE WOODS OUT BACK
Ace Books are published by The Berkley Publishing Group, N.Y.

À la mémoire de J. R. R. Tolkien et à Fleetwood Mac, qui m'ont donné des elfes et des dragons, des sorcières et des anges, et m'ont appris à les trouver moi-même.

PAYS DE
TIR NA N'OG
COL D
DVER
DILNAMARRA
DROCHIT
L'OUSTLE
FIRTH
BRAEMAR
VERS CONNACHT
LOCH DEVENSH
MONTS DE CANCARRON & BRETAIGNE
YNIS GWYDRI
CONNACHT
(ROI KINNEMORE)
0 25 50 75
ECHELLE (EN MILES)

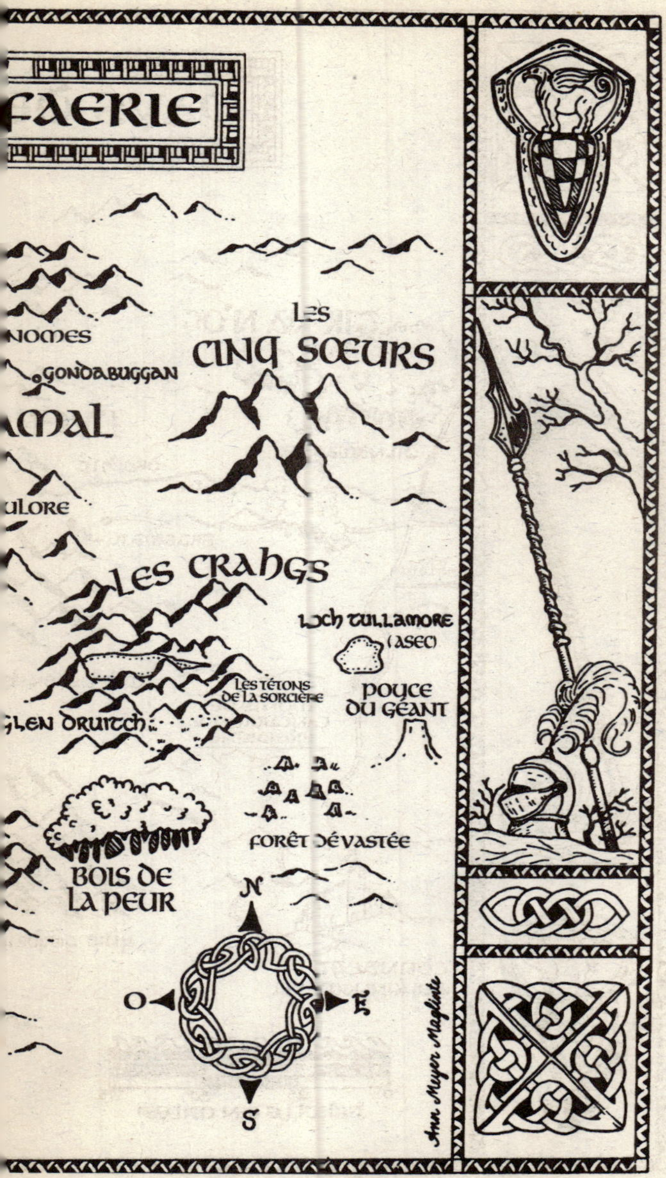

FAERIE
NOMES
GONDABUGGAN
AMAL
ULORE
LES
CINQ SŒURS
LES CRAHGS
LOCH TULLAMORE
(ASEC)
LES TÉTONS
DE LA SORCIÈRE
POUCE
DU GÉANT
GLEN DRUITCH
FORÊT DÉVASTÉE
BOIS DE
LA PEUR
N
O
E
S
Ann Meyer Maglinte

Prologue

— Tu as été capturé loyalement selon tes propres règles, dit sévèrement Kelsey.

Son regard acéré, brillant de l'éclat doré des étoiles qu'il aimait tant, se vrilla sur le tout petit personnage, n'admettant pas de compromis.

— Il conviendrait peut-être de les changer, marmonna Mickey le lutin.

Les yeux cuivrés de Kelsey, de la même nuance que sa flottante chevelure, s'étrécirent dangereusement, ses sourcils fins formant un V au-dessus de son délicat nez pointu.

Mickey s'admonesta en silence. Son perpétuel grommellement ne lui posait pas de problèmes tant qu'il se trouvait dans l'entourage d'humains empotés, mais il ne fallait surtout pas sous-estimer l'acuité auditive d'un elfe. Le lutin scruta le champ à la recherche d'une issue. Il savait pourtant que cela était inutile. Il lui serait impossible de distancer l'elfe, qui faisait deux fois sa taille, et l'abri le plus proche était bien trop loin pour lui.

Aucune échappatoire en vue...

Avec sa promptitude coutumière, Mickey entama un marchandage improvisé, ce qui constitue le second passe-temps favori d'un lutin, le premier étant de jouer quelque tour, comme par exemple de tromper les humains à votre poursuite en les faisant rentrer dans un arbre.

— Ces règles très anciennes ne visaient pas les lutins, mais les humains. C'était censé être un jeu, tu sais, tenta d'expliquer le lutin.

Du bout de sa chaussure pointue, Mickey donna un petit coup à un champignon et sa voix se fit quelque peu sarcastique lorsqu'il poursuivit :

— Et pour ce qui est des elfes, peuple honorable et désintéressé, ils n'estoient point supposés participer à la chasse — du moins, c'est ce qui se dit...

— Je ne veux pas de ton précieux or. J'ai juste besoin d'un petit service, lui rappela Kelsey.

— Petit, petit... faut voir !

— Préférerais-tu me donner ta bourse ? C'est la rançon habituelle, l'avertit Kelsey.

Mickey grinça des dents et planta son énorme pipe dans sa bouche. Il lui était difficile de discuter puisque Kelsey l'avait capturé selon les usages. Cependant, il se demandait dans quelle mesure cette chasse avait été honnête. Les lois qui régissaient la prise d'un adversaire étaient certes très anciennes et précises. Établies par le Petit Peuple, elles penchaient largement en sa faveur. Le grand avantage du lutin sur l'humain réside dans sa mystérieuse capacité à créer l'illusion. Hélas, cette heureuse prédisposition disparaissait en présence de l'elfe Kelsey. Nul, au pays des fées, les nains de Dvergamal pas plus que les grands dragons eux-mêmes, n'était capable de percer l'illusion aussi sûrement que les elfes.

— Ce n'est tout de même point une mince affaire ! Tu cherches à remplacer Cédric, mais nul, à Dilnamarra, n'en serait capable. Le bonhomme estoit un géant, pour sûr, reprit Mickey.

Kelsey haussa les épaules, l'air détaché. Son attitude décontractée apaisa la colère grandissante de Mickey. Le nombre des humains vivant à Faerie y était en baisse et la probabilité de trouver un homme à même d'endosser l'armure autrefois portée par le roi Cédric Donigarten y était faible. Bien sûr, Kelsey le savait, sinon pourquoi aurait-il pris le temps d'attraper Mickey ?

— Il me faudra aller là-bas, fit sombrement Mickey.

— Tu es le plus habile de ton espèce. Je sais que tu

trouveras un moyen Demande donc quelques pas de danse à tes amies les fées, je suis sûr qu'elles te doivent bien un service, suggéra Kelsey.

Mickey tira une bouffée de sa pipe. La danse des fées ! Kelsey s'attendait-il donc vraiment qu'il se rende dans le monde réel pour en ramener un humain ?

— Il me serait plus facile de te donner ma bourse, grommela-t-il.

— Eh bien, donne-la-moi et je m'en servirai pour acheter à quelqu'un d'autre ce dont j'ai besoin, répondit Kelsey.

Mickey mâchonna sa pipe, luttant contre l'irrépressible envie de gifler le visage suffisant de l'elfe. Kelsey avait très bien compris qu'il bluffait : aucun lutin n'abandonnerait son magot sans une possibilité de le récupérer, à moins que sa vie ne soit en jeu... En dépit de tous les problèmes que lui causait Kelsey, il savait que celui-ci ne lui voulait pas de mal.

— C'est que ce n'est point si aisé ! répéta le lutin.

— Si ça l'était, je l'aurais fait moi-même. Mais je n'ai pas le temps, répliqua Kelsey d'un ton égal.

Cependant, une lueur furtive dans ses yeux dorés indiquait qu'il commençait à perdre patience.

— Hum, tu as bien pris la peine de m'attraper !

— Ça n'était guère difficile, lui assura Kelsey.

L'envie de fuir reprit Mickey. Il était impossible de discuter : en face de Kelsey, il ne faisait pas le poids.

— Ou tu acceptes mon offre, ou tu rachètes ta liberté, menaça Kelsey, qui marqua une pause, signifiant ainsi à Mickey qu'il ne lui restait plus qu'à s'exécuter.

Le lutin ne réagit pas.

— Parfait. Tu connais les termes de ton contrat. Quand puis-je espérer avoir mon humain ? continua l'elfe.

Mickey s'installa sur un énorme champignon.

— Belle journée, hum ? commença-t-il.

L'air était doux sans être froid, porteur des effluves

du printemps — l'arôme des fleurs, la senteur de l'herbe fraîche.

— Il fait trop beau pour parler affaires !

— Quand ? insista Kelsey, refusant de laisser dévier la conversation.

— Ceux de Dilnamarra sont en train de s'amuser tandis que nous sommes ici à discuter...

— Mickey McMickey ! Je t'ai fait prisonnier, tu as perdu et tu m'es donc redevable. Inutile de revenir là-dessus. Nous ne parlons pas affaires. Je suis en train d'établir les conditions de ta libération, s'impatienta Kelsey.

— Ta langue est aussi aiguisée que ton ouïe, maugréa l'autre.

Kelsey ne prit pas la peine de relever : le ton résigné du lutin laissait entendre qu'il avait rendu les armes.

— Quand ? demanda-t-il une troisième fois.

— Je ne puis rien affirmer mais je vais demander assistance à mes amis, promit Mickey.

Kelsey s'inclina.

— Profite de cette belle journée, lança-t-il avant de s'en aller.

En dépit de ses lamentations, Mickey n'était pas mécontent de la tournure des événements. Son orgueil avait souffert car un lutin qui se respecte ne saurait se laisser capturer aussi facilement mais, après tout, Kelsey était un elfe, et la chasse n'avait donc pas été équitable. De plus, il avait toujours son or et la requête de Kelsey n'était pas si difficile que cela à satisfaire.

Assis à califourchon sur le champignon, Mickey songeait à la tâche qui l'attendait, et plus il y pensait, plus il se disait qu'après tout l'aventure pouvait s'avérer amusante, comme toujours dans la vie d'un lutin.

Ceridwen se détourna de la mare où se réfléchissait son reflet et secoua sa longue et luxuriante chevelure noire.

— C'est impossible, déclara-t-elle.

— Qu'avez-vous vu, milady ? grinça le gobelin bossu.

Comme Ceridwen se tournait brusquement vers lui, il comprit qu'on ne l'avait pas invité à donner son avis. Il fit une révérence d'excuse, puis se jeta au sol où il se vautra, pleurnichant et embrassant piteusement les pieds de la belle jeteuse de sorts.

— Debout, Geek ! ordonna-t-elle, et le gobelin obtempéra. Des ennuis se profilent à l'horizon, continua-t-elle. Kelsenellenelvial Gil-Ravadry poursuit sa quête. Il a décidé de forger la lance brisée. Je ne veux pas que le peuple de Dilnamarra idéalise les rois morts et les héros. Il ne doit penser qu'à sa misérable existence, à son gruau, à la boue de ses fermes, au fléau qui ravage ses terres.

« Je le veux faible et gémissant, poursuivit-elle tandis que son regard bleu acier, qui contrastait avec sa chevelure de jais, lançait des éclairs.

Elle se dressa, immense et terrifiante, et Geek se recroquevilla à nouveau sur le sol. Mais Ceridwen se calma aussitôt, redevenant une belle et paisible créature.

— Comme toi, mon cher Geek. Faible et gémissant, sous le contrôle de Kinnemore, mon roi fantoche, dit-elle lentement.

— Devrons-nous tuer l'elfe ? demanda Geek, plein d'espoir.

Tuer était pour lui un véritable plaisir.

— Ce n'est pas aussi simple que cela. Je ne veux pas provoquer le courroux des Tylwyth Teg, répondit Ceridwen.

Elle tressaillit à cette seule idée car les Tylwyth Teg, les elfes de Faerie, ne devaient pas être traités à la légère. Mais toute trace d'inquiétude se dissipa bientôt de son visage, et elle sourit, confiante.

— Il existe d'autres moyens, beaucoup plus subtils, susurra-t-elle, plus pour elle-même que pour son misérable gobelin.

Et le sourire de Ceridwen s'élargit à la pensée des redoutables alliés auxquels elle allait faire appel, les ténébreuses créatures des nuits brumeuses de Faerie...

1

L'usine

Whrrrr !

Le bruit était assourdissant, un moteur d'une puissance de vingt chevaux faisant tourner huit lourdes lames. Le vacarme augmenta encore quand un gros débris de plastique glissant dans l'ouverture de la trémie tomba sur une meule avant d'être déchiqueté. Encore quelques secondes et le morceau, réduit en petits flocons, atterrirait dans une barrique en attente.

Gary Leger glissa son casque sur ses oreilles et mit ses gants ignifugés. Avec un soupir résigné, il grimpa sur le tabouret à côté du broyeur et fit basculer machinalement le fût suivant, répandant les fragments sur la table de métal. Il en jeta un sur le plateau et le poussa au travers de la trappe, après s'être assuré que le plastique n'était pas trop chaud pour être broyé. Si l'intérieur était encore mou, il se produisait un bourrage, ce qui obligeait Gary à ouvrir la machine pour la nettoyer, travail long et salissant. Le gros morceau arriva directement, ses restes se déversant dans le récipient vide en dessous du broyeur. Gary, qui s'était interrompu un instant, réajusta en souriant son casque et ses gants. S'ils le protégeaient du bruit et des coupures, ils servaient surtout à l'isoler de la réalité. Le monde entier s'éloignait alors. La réalité disparaissait sous les assauts de son imagination débordante.

Chaque pièce de plastique était devenue un soldat

ennemi ou plutôt un jet de combat, une sorte de MIG-29. Une centaine d'entre eux gisaient, empilés sur la table et à l'intérieur du tonneau.

Ils étaient à cent contre un.

Un escadron spécial, commandé par Gary, menait l'attaque, prêt à relever le défi.

Un combattant de l'autre camp jaillit de l'entrée de la trémie et fut aussitôt abattu.

Slam !

Trois autres suivirent.

Bon tir.

Un cinquième subit le même sort. L'évasion se mêlait ainsi au travail, le but étant de pousser les petits bouts de plastique aussi vite que possible et de descendre la force adverse avant qu'elle n'ait le temps d'infliger trop de dommages. Il fallait faire vite, mais pas trop, afin de ne pas dérégler la machine, ce qui revenait à être abattu.

Crash !

La partie était finie.

Gary était bon à ce petit jeu-là. Par vantardise, il modifia la donne ; les adversaires prenaient maintenant la fuite et l'escadre de Gary se lança à leur poursuite. S'ils parvenaient à s'échapper, ils reviendraient en force. Gary jeta un coup d'œil aux innombrables fûts qui encombraient la pièce et grogna. Il y avait toujours plus de tonneaux, donc toujours plus d'assaillants. Quoi qu'il fît, les renforts arriveraient. C'était une guerre sans fin.

Mais l'imagination était impuissante à combattre une fois pour toutes la routine, ce quotidien bien trop réel et ennuyeux où le corps fonctionnait tandis que l'esprit devait se mettre en sommeil, ou s'évader. Depuis des dizaines d'années, cette lutte était partagée par des hommes et des femmes qui tentaient de survivre dans ce monde industrialisé.

Quels avaient été les rêves du père de Gary pendant ses quarante-cinq années de labeur ? Sans doute avait-il pensé au base-ball qu'il aimait tant. Gary l'imaginait bien, devant les étagères de la poste, triant le courrier. Combien de matches avaient-ils été gagnés dans ce petit bureau de poste ?

Chassant ces pensées, Gary revint à sa bataille aérienne. Le rythme avait diminué mais l'ennemi représentait toujours une menace. Un autre pilote s'écrasa, dissipant la rêverie de Gary, qui ne pouvait admettre une mort d'homme. Mais bientôt, grâce au pouvoir de l'imagination, ses forces aéronavales furent pilotées par des robots, à moins que ce ne fût une escouade d'extraterrestres...

— Hé, espèce d'abruti !

Au milieu du vacarme, Gary entendit à peine l'appel. Il retira son casque, embarrassé comme un adolescent surpris en train de fumer dans les toilettes.

— Voilà ton café, dit Léo avant de s'en aller en secouant la tête d'un air entendu.

Gary se demanda si Léo se doutait de quelque chose et si lui aussi se laissait aller à de telles divagations. Il devait sûrement penser au base-ball, comme son père. Après tout, n'était-ce pas le sport américain par excellence ?

Il coupa le moteur, appréciant l'arrivée de sa pause café.

Les ouvriers réunis autour du distributeur automatique discutaient de politique. Gary les dépassa, sans prêter attention à ce qu'ils disaient. Il faisait trop beau pour prendre part à ces palabres qui d'ailleurs finissaient toujours mal. Il acheta du lait et deux paquets de biscuits tout en se livrant à un rapide calcul : avec son maigre salaire, il ne pouvait pas se permettre de telles dépenses. Il fallait qu'il arrête de manger autant.

— Tu joues ce week-end ? lui demanda Léo quand il arriva au niveau de la zone de déchargement où les hommes prenaient le soleil.

— Peut-être, dit Gary en cherchant une place.

Au moment où il s'asseyait, il reçut un carton de lait vide sur la nuque.

— Comment ça, peut-être ? s'étonna Léo.

Gary ramassa l'emballage, l'envoya dans la poubelle, où il atterrit après avoir manqué de peu Léo et son frère Danny.

— Si tu réussis un lancer comme celui-là, tu ferais bien de jouer ce week-end ! dit l'un des membres du groupe.

— C'est vrai, t'as intérêt à jouer, sinon je ferai équipe avec Danny, renchérit Léo.

Gary se savait bon joueur et appréciait la popularité que cela lui valait auprès de ses collègues. Tout en pensant au tournoi de base-ball, il reprit son poste.

Il y reçut un accueil glacé de la part de Tomo :

— Tu comptes prolonger ta pause encore longtemps ? demanda ce dernier avec rage.

Gary regarda l'horloge. Son groupe était en retard de quelques minutes.

— C'est quoi, ce foutoir ? demanda Tomo en désignant le désordre. T'es trop bête pour faire ton boulot correctement ou quoi ?

Gary réprima une réplique acerbe. Tomo n'était pas son patron — il n'était le patron de personne, d'ailleurs — mais ce n'était pas un mauvais bougre. En regardant sa main amputée de trois doigts, Gary comprenait mieux son amertume.

— On ne vous apprend donc rien au collège ? maugréa Tomo en s'éloignant.

Il avait travaillé toute sa vie dans les usines de plastique et il y avait laissé une partie de sa main. Dans le Lancashire, un grand nombre d'hommes âgés n'avaient plus tous leurs doigts, à cause des anciens modèles de machines, aussi voraces que des mâchoires de requins.

En le regardant partir en boitillant, une grande tristesse s'empara de Gary. Le jeune homme ne se sentait en rien supérieur à Tomo mais il ne pouvait s'empêcher d'éprouver de la compassion pour lui. Et pour tous ceux qui partageaient son sort. En fait, c'était la condition humaine qui lui fendait le cœur.

Tomo se retourna brusquement, comme s'il avait deviné la pensée de Gary.

— Toi aussi, tu finiras ici, tu sais. Le boulot, la retraite et la mort, voilà ce qui t'attend, grogna le vieil homme avant de faire demi-tour et de s'en aller.

Tel un présage malfaisant, ses paroles flottèrent dans l'air autour de Gary.

— Non, j'aurai une vie meilleure, rétorqua Gary sans grande conviction.

Il était encore trop jeune pour ne pas souffrir du cynisme de Tomo. Il avait fait de son mieux pourtant, appliquant tous les conseils qu'on lui avait prodigués afin d'échapper aux tristes perspectives que Tomo venait d'évoquer. Premier de sa classe au collège, il s'était volontairement orienté vers un secteur très porteur, se détournant des matières artistiques qui pourtant l'attiraient plus. Il s'était même montré fort assidu aux cours les plus rébarbatifs que les autres étudiants fuyaient. Il avait obtenu son diplôme un an auparavant, impatient de faire ses preuves et d'en découdre avec le monde.

Mais rien ne s'était passé comme il l'avait espéré et il lui avait fallu affronter les dures réalités de la récession.

Voilà pourquoi il était retourné à l'usine où il avait autrefois travaillé à mi-temps pour payer ses études et comment il en était réduit à broyer du plastique tout en abattant des avions ennemis jusqu'à la fin de son existence. De ce point de vue, la prophétie de Tomo se vérifiait. Gary était conscient que chaque journée l'éloignait un peu plus de la vie dont il avait rêvé et le rapprochait de la mort. De telles pensées n'étaient guère réjouissantes pour un garçon de vingt-deux ans.

En s'apitoyant sur son sort, il retourna à la trémie, hanté par l'idée de sa propre fin, et incapable de retrouver ses batailles et ses matches imaginaires.

Tomo lui renvoyait-il l'image de son propre avenir ? Deviendrait-il un jour lui aussi un vieux bonhomme, estropié et aigri, haïssant la vie mais redoutant la mort ?

Il devait bien y avoir autre chose, d'autres raisons d'espérer et de continuer à vivre ? Gary avait vu des dizaines d'émissions télévisées où étaient interviewées des personnes qui avaient frôlé la mort. Toutes, sans exception, disaient combien elles avaient maintenant conscience de la valeur de la vie, comment s'était accrue leur joie de vivre et à quel point elles savouraient désormais chaque instant. Par cette belle journée de printemps, il en était presque à désirer cette terrible expérience, et se prit à appeler de ses vœux un événement qui le réveillerait ou du moins qui infléchirait le cours de cette petite vie étriquée dans laquelle il s'était installé. La saveur de son quotidien n'était-elle donc liée qu'à des souvenirs de base-ball, ou à ce moment pendant la pause où il avait réussi son lancer sans le faire exprès ?

Tomo reparut, riant et plaisantant avec un autre ouvrier. Son rire secoua Gary qui s'abîmait dans ses sombres pensées et lui fit honte de lui-même. Après tout, il n'était pas trop à plaindre. Il avait un travail honnête, rémunéré, et il ne tenait qu'à lui d'accepter son destin ou d'en changer.

Cependant, ce soir-là, en rentrant chez lui, il avait l'air un peu pitoyable et il se tint à l'écart de la route principale, ne tenant pas précisément à être vu. Il rentrait toujours à pied car il ne voulait pas salir sa Jeep toute neuve, avec ses vêtements et ses mains sales. La poudre bleu foncé se collait aussi sur son visage en une grotesque parodie de maquillage et lui piquait les yeux.

2

Le cimetière, la Jeep et le hobbit

UN CIMETIÈRE OCCUPAIT PRESQUE TOUT L'ESPACE ENTRE l'usine et la maison. Cet endroit n'avait rien de morbide pour Gary, bien au contraire. Lui et ses amis y avaient joué à cache-cache pendant des heures et avaient transformé le champ inutilisé en terrain de football. En grandissant, ils avaient conservé à ce lieu toute son importance. On y amenait sa petite amie en espérant découvrir les mystères de l'amour. Les garçons s'y retrouvaient pour feuilleter les *Playboy* dérobés à un père ou pour partager des bières achetées par un grand frère majeur. Des milliers de souvenirs étaient liés à cet endroit où ils avaient vécu les moments marquants de leur jeunesse, où, paradoxalement, ils avaient fait l'apprentissage de la vie.

L'ironie de la situation n'échappait pas à Gary qui traversait le cimetière matin et soir, pour se rendre à son travail et en revenir. De là, il pouvait voir la maison de ses parents, un bâtiment de deux étages se dressant sur la colline. C'était son existence entière, ses jeux, ses premières amours, ses rêves qu'il pouvait ainsi contempler. Maintenant qu'il était un peu plus âgé, il entrevoyait aussi sa destinée inéluctable et il saisissait pleinement la signification de ces rangées de pierres tombales. Ceux qui gisaient là avaient eux aussi eu un jour leurs rêves, leurs espoirs et s'étaient interrogés tout comme lui sur le sens de la vie.

Sans être tout à fait morbide, ce lieu était porteur de mélancolie, empreint de la réalité de la mort. Gary, lui, gâchait chaque précieuse journée, perché sur son tabouret, à enfourner des morceaux de plastique dans un broyeur.

Il devait bien exister autre chose, quelque part, ailleurs ?

En approchant de la maison, le jeune homme abandonna ses réflexions moroses. Sa Wrangler était garée devant la haie. Gary se moquait de lui-même chaque fois qu'il voyait ce jouet à quatre roues motrices. Naïf, il l'avait acheté en rêvant d'aventures. Mais il n'y avait guère de pistes dans le Lancashire. Il possédait sa Jeep depuis six mois, mais n'avait effectué que deux sorties. À peine cinq mille kilomètres au compteur, et la moitié d'une année s'était déjà écoulée : cela ne valait pas le prix qu'il y avait mis.

Quoique... Tout compte fait, Gary avait bien compris que les mensualités dont il devait désormais s'acquitter constituaient le véritable motif d'un tel achat. Il avait besoin de se donner un but pour continuer de supporter son travail minable. Et puis, en achetant cette voiture, il avait sacrifié aux impératifs de la société de consommation américaine qui vous dictait vos désirs et vos besoins. Cette Jeep symbolisait les désirs qu'il s'était toujours efforcé de réaliser : l'évasion, les grands espaces, la liberté...

— La route de l'aventure, murmura-t-il en tapotant le capot avant en passant.

La pluie de la nuit avait laissé des traces, mais cela lui était égal. Il ne remarqua même pas que ses doigts sales avaient fait une traînée bleue au-dessus du phare.

Il entendit les paroles de sa mère avant même qu'elle ne les prononce.

— Mon Dieu ! Regarde-toi, gémit-elle lorsqu'il entra.

— Hou ! Je suis un fantôme, ulula Gary, écarquillant les yeux et tendant les bras devant lui.

Il fit un pas vers elle et l'effleura de ses doigts crasseux.

— Va-t'en ! cria-t-elle. Mets ces vêtements dans la corbeille à linge sale !

— Onze mots, chuchota Gary à son père en clignant de l'œil et en se dirigeant vers l'escalier.

C'était leur petite plaisanterie habituelle. Chaque jour sa mère prononçait ces onze mêmes mots. Ce curieux rituel, malgré son caractère immuable, le rassurait.

Le pas de Gary s'allégea tandis qu'il gravissait les marches qui menaient à la salle de bains. Il était chez lui et c'était sans aucun doute le seul élément normal de sa vie. Sa mère, qui se faisait du souci pour lui, pestait sans cesse contre ce travail : pour son plus jeune fils, elle voulait ce qu'il y a de mieux. Elle ne pouvait supporter l'idée que son enfant risque de perdre ses doigts et respire cette poudre bleue sans doute cancérigène. Tout ce qui le concernait la préoccupait. C'était sa manière à elle de l'aider, de le soutenir.

Son père lui aussi se montrait compatissant, l'épaulant comme il le pouvait. Gary savait que son père était plus au fait que sa mère des dures réalités qu'il devait supporter. Lui aussi en était passé par là, après tout.

— Ça va s'arranger, lui promettait-il souvent.

Et s'il le disait, c'est que cela devait être vrai.

Gary resta longtemps devant le miroir, tentant de faire disparaître les traces de poudre bleue qui cernaient ses yeux verts. Il se demanda si ces marques de son travail disparaîtraient un jour. Il ne s'habituait pas à ce que son apparence fût à ce point modifiée par son activité. Ses cheveux, autrefois d'un noir brillant, s'étaient ternis, tout comme ses rêves et ses espoirs.

Le jet de la douche ne le débarrassait pas seulement de la poussière bleue. Temps perdu, idées noires et surtout l'impression qu'il était responsable de toute cette médiocrité, tout disparaissait en même temps que cette poudre sale. Sa journée lui appartenait enfin, à lui, Gary, et non plus à l'univers étouffant de l'usine.

La douche était son sas de décompression.

— Dave a téléphoné, il veut que tu joues pour lui ce week-end ! lui cria son père depuis le rez-de-chaussée.

En haussant les épaules, Gary entra dans sa chambre. Voilà un appel qui n'avait vraiment rien d'intéressant. Il ressortit aussitôt, portant un débardeur, un short et des chaussures de tennis, enfin débarrassé de ses vêtements de travail. Il dévala l'escalier, claqua des doigts, fit demi-tour, retourna chez lui et reparut avec un exemplaire fatigué du roman de J. R. R. Tolkien, *Bilbo le Hobbit*. Maintenant, la journée était à lui, et il savait ce qu'il allait en faire !

— Tu vas le rappeler ? demanda son père quand il pénétra dans la cuisine.

Gary s'arrêta brusquement, surpris par le ton pressant du vieil homme.

En le regardant, image de ce qu'il serait dans cinquante ans, il prit conscience de l'importance de ce tournoi. Il n'avait jamais connu son père jeune, car ce dernier approchait de la cinquantaine quand il était né, cadet de sept enfants. Mais il savait qu'en son temps cet homme avait été un sacré joueur. Rassemblés dans les bars du voisinage, ses vieux copains affirmaient qu'il aurait pu passer professionnel si le club n'avait pas manqué d'argent à l'époque.

Voilà ce qui arrivait lorsqu'on se conformait à la norme...

— Il n'est pas là en ce moment. Je le rappellerai ce soir, mentit Gary.

— As-tu l'intention de jouer pour lui ?

Gary haussa les épaules.

— L'usine a formé une équipe. Léo veut que je joue en centre gauche.

Cela suffit à satisfaire son père, et donc aussi Gary, qui l'estimait et l'admirait. Mais dès qu'il franchit la porte, il oublia aussitôt le base-ball. Le temps était superbe et son livre favori l'attendait.

Il se dirigea vers l'impasse bordée, sur sa droite, par la clôture du cimetière et, sur sa gauche, par la maison des voisins, qu'il connaissait depuis toujours. La route se terminait quelques maisons plus loin et débouchait sur un bois, autre lieu important de son enfance.

La forêt lui parut plus petite et moins dense qu'en ces temps lointains. Bien sûr, il avait grandi, mais cela n'expliquait pas tout. Trois nouvelles maisons, une piscine, une école, un terrain de jeux, le cimetière agrandi avaient pris d'assaut la futaie de Gary. Il se demandait souvent ce qu'il retrouverait s'il quittait la région et revenait vingt ans plus tard. Serait-elle réduite à quelques arbres encerclés par l'asphalte et le ciment ?

Cette pensée perturbait Gary autant que l'idée de perdre ses doigts dans le broyeur.

Cependant, il était encore possible de trouver sérénité et intimité dans ces bois. Il poursuivit son chemin, fixant les arbres à dessein, ignorant les maisons neuves. Il arriva au sommet d'une crête, nue à l'exception de quelques souches brûlées et de buissons de myrtilles. Il se tint éloigné du bord, non par peur, mais parce qu'il ne voulait pas voir la nouvelle école, nichée dans ce qui était autrefois sa vallée préférée.

La chaussée, qui n'était maintenant plus qu'un petit chemin de terre, se poursuivait dans une zone plus sombre, le long d'un coteau envahi par des chênes et des ormes. C'était le cœur de la forêt, trop éloigné des routes pour qu'y parvienne le bruit de la circulation, et suffisamment dense pour masquer la vue déplaisante du progrès. La lumière du soleil n'y pénétrait même pas à cette heure de la journée, mis à part un rayon qui tombait sur un talus de mousse.

Gary se laissa choir sur l'accueillant tapis végétal et prit son livre. Le signet se trouvait à la fin mais il l'ouvrit cependant au début, comme à son habitude, afin de lire la préface, écrite par un certain Peter S. Beagle. Le texte, daté du 14 juillet 1973, proposait une réflexion sur le changement radical apporté par les années soixante. Ces opinions progressistes lui semblaient toujours aussi pertinentes, une quinzaine d'années plus tard.

La dernière ligne : « *Rendons enfin hommage aux*

pionniers du rêve », plaisait particulièrement à Gary qui y trouvait une justification de ses divagations quotidiennes. Après avoir lu l'introduction, et surtout cette dernière ligne, il se sentait moins ridicule à l'idée des combats aériens qu'il inventait pour meubler les longues journées passées à l'usine.

Il eut une pensée pour le défunt M. Tolkien, tourna les pages avec tout le respect dû à son ouvrage et se plongea dans les fabuleuses aventures de Bilbo Baggins, le hobbit.

Lorsqu'il lisait, Gary perdait toute notion du temps. Mais il lui suffisait de regarder le nombre de pages parcourues pour estimer la durée de sa lecture. Et ce soir, il disposait de deux ou trois heures de lumière avant le crépuscule qui annonçait le dîner.

À la fin du deuxième chapitre, il bâilla, croisa les mains sous la nuque et s'allongea. À travers l'épais feuillage, il distinguait un petit morceau de ciel bleu et un nuage qui se déplaçait d'ouest en est, vers Boston et l'océan Atlantique, à quelque quatre-vingts kilomètres de là.

— Quatre-vingts kilomètres ? s'interrogea Gary à haute voix en s'étirant à nouveau.

Abîmé dans sa lecture, oublieux du monde, il perdait aussi la notion des distances. Mais il savait que ce moment de liberté était éphémère. La luminosité diminuait déjà, et il lui restait juste le temps pour un troisième chapitre. Abandonnant à regret cette position trop confortable, il s'assit et reprit sa lecture.

Soudain, il entendit alors comme un bruissement. Il se leva aussitôt sans faire de bruit puis se baissa en regardant autour de lui. Sans doute était-ce un mulot. Pourvu que cela ne soit pas un serpent ! Il n'aimait pas ces trucs glissants. Mais tout en sachant que les espèces du coin étaient inoffensives, Gary ne pourrait plus jamais s'étendre sur la mousse s'il trouvait une de ces bestioles ici.

C'est alors qu'il découvrit quelque chose de tout à fait inattendu.

— Une poupée ? dit-il tout en fixant la petite silhouette.

Il se demanda comment il avait pu ne pas la voir plus tôt, à moins que quelqu'un ne l'ait mise là, dans cet endroit qu'il croyait être le seul à connaître. Il se pencha encore plus et s'avança vers la chose, prêt à s'en emparer. Décidément, il n'avait jamais rien vu de semblable.

— Robin des Bois ? chuchota-t-il tout en s'apercevant que la miniature ressemblait davantage à un elfe, avec son habit vert et brun, son drôle de petit chapeau pointu et son arc minuscule sur l'épaule.

Gary avança la main mais, surpris, recula brusquement.

La créature venait de prendre son arme ! Gary se dit qu'il avait trop d'imagination, mais tout en essayant de s'en convaincre, il continua de surveiller le petit être. Celui-ci sortit une flèche de son carquois, sans manifester la moindre frayeur à la vue du jeune homme.

Malédiction ! Une grimace tordit le visage de Gary, qui, dans sa confusion, jeta un regard accusateur sur son livre, comme si celui-ci avait quelque chose à voir avec tout cela.

— D'où... D'où venez-vous ? bégaya Gary tout en regardant autour de lui à la recherche d'un indice, comme par exemple quelqu'un avec un projecteur.

En effet, on aurait dit un de ces effets spéciaux qu'on voit au cinéma.

Bon sang !

Le lutin, l'elfe, ou quoi que ce soit, ne semblait pas faire grand cas de sa surprise : il visa le jeune homme et tira.

— Hé ! cria Gary, levant la main pour éviter le projectile.

Sentant une douleur dans la paume, il eut la surprise d'y voir plantée une minuscule flèche.

— Pourquoi as-tu fait cela ? protesta-t-il, plus curieux que fâché.

La drôle de petite silhouette s'appuyait nonchalamment sur son arc en sifflotant, pas plus grosse qu'une souris. L'idée que Gary puisse l'écraser comme un simple mégot ne semblait nullement l'effleurer ; elle était d'un calme olympien.

— Pourquoi... recommença Gary, qui s'interrompit, en proie à un malaise, incapable de garder son équilibre.

Le soleil s'était-il déjà couché ?

Il n'entendait maintenant plus clairement sa propre voix, grinçante, et il se sentit soudain à des années-lumière du reste de l'univers.

Instinctivement, Gary prit le chemin de la maison. Il ne pouvait croire que cet être, quel qu'il fût, lui avait tiré dessus !

L'odeur des myrtilles lui chatouilla le nez tandis qu'il grimpait sur le talus. Il essayait en vain de rester sur le sentier, errant dans les buissons enchevêtrés.

C'est tout juste s'il s'aperçut qu'il tombait. Un matelas de mousse atténua sa chute, mais Gary, littéralement assommé par le poison du lutin, ne se rendit compte de rien.

La nuit était tombée. Était-il possible qu'il ait raté le coucher du soleil ?

Gary se força à se lever et tenta de rassembler ses souvenirs. L'odeur des myrtilles le ramena à la réalité. Il se souvint qu'il était sur le chemin du retour. Mais il faisait noir et il avait dû laissé passer l'heure du dîner. Comment allait-il expliquer cela à sa mère ? Épuisé, il tenta de reprendre sa marche.

Mais il se figea sur place, stupéfait. Le lutin se tenait devant lui, entouré d'autres créatures. Elles dansaient et virevoltaient sur l'herbe, tout en enveloppant Gary dans un cocon chatoyant de chants et de lumière !

La lueur se fondit en une sorte d'enveloppe protectrice. Le chœur des fées lui parvint, l'exhortant à se rallonger.

Il s'endormit enfin profondément.

3

Tir na n'Og

IL FAISAIT JOUR. MAIS QUE S'ÉTAIT-IL DONC PASSÉ ?

Gary sentit l'herbe sous sa joue. Il crut d'abord qu'il s'était tout simplement endormi et, encore ensommeillé, il resta allongé. Puis il se souvint soudain du lutin et du chant des fées. Aussitôt, il ouvrit les yeux. Il dut faire un gros effort pour lever la tête et s'appuyer sur les coudes. Malgré le poison qui alourdissait ses membres, il parvint à regarder autour de lui. Ce qu'il vit alors ne fit qu'ajouter à l'impression de malaise qui s'était emparée de lui.

Il se trouvait toujours près du buisson de myrtilles. Les arbres, les chemins et les fourrés se trouvaient à leur emplacement habituel mais ils lui semblaient pourtant légèrement différents. Il lui fallut un moment pour comprendre ce qui avait changé.

Les couleurs ! Les couleurs étaient étranges...

Les arbres étaient bien vert et brun, l'herbe et la mousse également vertes et le sentier boueux d'un gris brunâtre, mais ces nuances n'avaient rien à voir avec celles du monde de Gary ! Il y avait là une intensité, une luminosité que le jeune homme n'avait jamais vues auparavant et qu'il ne pouvait s'expliquer. Le paysage qui s'offrait à ses yeux semblait sorti tout droit d'une peinture naïve ; il évoquait un monde plein d'une force primitive et vierge de toute corruption humaine.

Un autre choc attendait Gary quand il porta son regard au loin, en direction de l'école qui avait défiguré sa vallée préférée. À la place des maisons, il ne vit que de hautes montagnes qui se profilaient à l'horizon.

Mais d'où viennent-elles ? se demanda-t-il.

Encore un peu désorienté, il se dit que, jusqu'à présent, il n'avait pas dû prêter suffisamment attention à la vue. Ces montagnes s'étaient toujours trouvées là, sans qu'il ait jamais remarqué à quel point elles étaient spectaculaires. C'était aussi simple que cela.

Une brindille craqua et Gary se retourna. Un farfadet se tenait là, haut comme trois pommes. Nonchalamment appuyé sur son arc, il ne semblait même pas avoir remarqué le jeune homme.

— Qui êtes-vous ?

Le petit être ne prit pas la peine de répondre. Gary se demanda s'il avait compris sa question.

— Qui... recommença-t-il, sans terminer sa phrase.

Qu'était-ce donc que ce rêve ? Car cela ne pouvait être qu'un rêve, Gary tenta de s'en persuader comme l'aurait fait à sa place toute personne sensée à l'aube du XXIe siècle.

Et pourtant... Les couleurs et les sons avaient l'air bien réels, et on n'apercevait aucune de ces visions qui peuplent les cauchemars. Gary avait une perception très nette de l'endroit où il se trouvait ; il pouvait se tourner dans toutes les directions et voir distinctement la forêt. Et puis, il n'avait jamais entendu dire qu'on puisse rester conscient pendant qu'on rêvait.

— Il est temps de voir ce qu'il en est, murmura-t-il.

Il avait toujours été d'un naturel vif et souple. Et pourtant, le mouvement qu'il fit pour se saisir du farfadet fut lamentablement lent. La créature avait disparu dans un bruissement avant même qu'il n'ait atteint le lieu où elle se trouvait quelques secondes auparavant ! Il suivit néanmoins la direction dans laquelle elle était partie, sursautant à chaque bruit, fouillant du regard les buissons environnants, foulant les feuilles mortes.

— Aïe ! s'écria-t-il en sentant une piqûre dans son dos.

Le farfadet se tenait derrière lui. Gary se demandait bien comment cet agaçant petit personnage était arrivé là, avec son arc minuscule.

Le jeune homme tourna lentement sur lui-même sans perdre l'autre créature de vue. Il se pencha en avant, les muscles tendus, prêt à l'attraper.

Gary se retrouva de nouveau par terre. Les yeux écarquillés de surprise, il vit arriver une seconde créature. Elle était un peu plus grande et Gary la reconnut immédiatement.

Gary n'était pas d'origine irlandaise, mais il avait vu cette figure des centaines de fois et il s'émerveilla de la précision des images qui lui revenaient en mémoire. La créature portait une barbe brun clair et des cheveux bouclés de la même nuance. Son manteau était gris, tout comme ses yeux étincelants et moqueurs ; ses hauts-de-chausses étaient verts. Sa tenue se complétait par de petites chaussures pointues à bout recourbé. Avec sa longue pipe et son béret écossais, il était facilement reconnaissable.

— Appelle donc ça un rêve si tu veux ! Ça n'a aucune espèce d'importance, lui dit le nouveau venu.

Ébahi, Gary regarda le lutin se diriger vers le farfadet.

— Il est bien grand ! J'espère qu'il conviendra...

L'archer répondit quelque chose que Gary ne comprit pas, et l'autre sembla se calmer.

— Voilà pour toi, dit le lutin en lui tendant un trèfle à quatre feuilles, ce qui était apparemment une sorte de récompense pour lui avoir livré Gary.

L'archer plongea en un profond salut, jeta un regard moqueur à Gary en passant et disparut tout à coup dans les buissons, trop vite pour que le jeune homme ait le temps de suivre ses mouvements.

— Mickey McMickey, à ton service, dit poliment le lutin en faisant la révérence et en tapotant son béret écossais.

Ô mon Dieu !

Le lutin, qui en avait terminé avec ses salutations, attendit patiemment.

— Si... si tu es vraiment à mon service, tu... tu vas pouvoir répondre à quelques questions. D'abord, qu'est-ce que je fais là ? bégaya Gary, surpris par le son de sa propre voix.

— Tu ferais mieux de ne point trop en demander, mes réponses risquent de ne guère t'agréer, c'est trop tôt. Mais, le temps venu, tu comprendras tout. Sache simplement que tu es ici pour accomplir une tâche, et que lorsque ce sera terminé, tu pourras retourner dans ton monde, lui dit Mickey.

— Donc je suis à ton service, et non l'inverse, rectifia Gary.

Mickey caressa pensivement sa barbe taillée avec soin.

— P't-êt ben que oui, p't-êt ben que non, si tu vois ce que je veux dire, hum ? Tu es au service d'un elfe, répondit Mickey après un moment de réflexion.

— La petite chose ? demanda Gary en pointant le doigt vers le fourré où le farfadet avait disparu.

— Nenni, point lui ! Un *elfe*. Tylwyth Teg, répondit Mickey, qui s'interrompit, comme si ces mots étranges devaient avoir une signification particulière pour Gary.

Mais n'obtenant pour toute réponse qu'un regard interrogateur, Mickey poursuivit, quelque peu exaspéré :

— Tylwyth Teg. La famille des fées. N'as-tu jamais entendu parler d'eux ? s'étonna-t-il.

Gary, bouche bée, secoua la tête.

— Triste époque que tu vis, mon pauvre garçon, marmonna Mickey, haussant les épaules et poursuivant son explication. Ces elfes sont donc appelés les Tylwyth Teg, la famille des fées. Ils sont l'aristocratie de leur nation. Celui que tu vas bientôt rencontrer est un grand personnage, que tu ne dois point traiter à la légère. C'est lui qui m'a capturé, vois-tu, et qui m'a demandé de t'attraper.

— Mais pourquoi moi ? s'écria Gary, qui commençait à se demander s'il n'était pas un peu ridicule de discuter avec le curieux petit bonhomme.

Est-ce qu'un type de « La Caméra cachée » allait surgir tout à coup en se moquant de lui ?

— Pour la bonne raison que tu conviendras au haubert, fiston ! Les farfadets ont pris tes mesures et dit que t'avais la stature idéale ! s'exclama Mickey, comme si tout cela avait un sens.

Il se tut un instant et regarda les yeux de Gary.

— Hum... Tu as les yeux verts, comme ceux de Cédric. Bon signe, ça, ajouta le lutin.

Le hochement de tête de Gary indiqua qu'il acceptait, à défaut de comprendre, ce que lui disait Mickey. Cela n'avait d'ailleurs pas vraiment d'importance car il ne pouvait rien faire d'autre qu'attendre la suite des événements. L'aventure était incroyable, et les personnages plus que bizarres ! S'il rêvait, alors tant mieux. Sinon... eh bien, Gary préférait ne pas envisager cette possibilité.

Il rassembla ses connaissances sur les lutins et les légendes qui les entouraient et se souvint de ce qu'on pouvait gagner à en capturer un. Songe ou réalité, cela valait la peine d'essayer. Il feignit de se gratter le dos puis plongea sur Mickey et le saisit fermement.

— Voilà ! Je te tiens et tu dois me mener à ta bourse d'or. Je connais les règles, monsieur Mickey McMickey, s'écria-t-il triomphalement.

— Tss, tss, tss... entendit-il à côté de lui.

Levant les yeux, il aperçut Mickey, paresseusement appuyé contre un arbre, tenant le livre de Gary, *Bilbo le Hobbit*, ouvert devant lui. Gary baissa lentement son regard et vit qu'il tenait le lutin dans ses deux mains.

— Saloperie ! laissa échapper Gary, que tout cela déconcertait de plus en plus.

— Si tu connais les règles, alors tu dois aussi connaître le jeu, répondit Mickey, celui qui était près de l'arbre.

Stupéfait, Gary le dévisagea, les yeux écarquillés.

— M... mais, comment... ? bégaya-t-il.

— Regarde mieux et tu pourras peut-être lâcher ce champignon avant qu'il ne te salisse les doigts, mon garçon, lui dit Mickey.

Gary examina soigneusement sa prise. C'était bel et bien un lutin, même s'il ne remuait pas beaucoup. Il regarda à nouveau vers l'autre lutin et haussa les épaules.

— Mais ouvre donc les yeux ! s'exclama Mickey.

Gary fixa longuement la chose. Petit à petit l'image se modifia et il découvrit que c'était effectivement un champignon. Étonné, il secoua la tête, et le laissa tomber, puis il remarqua le livre qui gisait à ses pieds, juste là où il l'avait laissé. Il chercha du côté de l'arbre, mais là où s'était trouvé Mickey quelques secondes plus tôt, il y avait maintenant... un champignon ! Son regard se porta alors sur celui qu'il venait de lâcher : il venait de se métamorphoser en lutin.

Mickey épousseta son manteau couvert de feuilles mortes.

— Tu crois donc que c'est un jeu d'enfant d'attraper l'un d'entre nous autres ? Si c'estoit le cas, nous n'aurions plus une once d'or dans les poches ! dit le lutin, un peu amer.

S'approchant de Gary, il ramassa l'ouvrage. Le jeune homme tenta une seconde fois de s'emparer du lutin, mais l'autre fut plus rapide que lui.

— C'est *moi* qui t'ai fait prisonnier, tu te souviens ? Et puis, faut faire attention : en essayant d'attraper quelqu'un comme Mickey McMickey, on ne sait point sur quoi on peut tomber... Je mystifiais déjà les humains bien avant que tu ne sois venu au monde, je te le dis ! Je me souviens d'une fois... Quel est ton nom, déjà ?

— Gary. Gary Leger, répondit le jeune homme en se redressant et en s'éloignant de l'imprévisible lutin.

— Alors, bienvenue à toi, Gary Leger ! répliqua distraitement celui-ci, soudain absorbé dans la contemplation de la couverture du livre.

C'était une aquarelle de Tolkien lui-même, intitulée *Bilbo se rend dans la hutte de l'elfe*. Mickey hocha la tête en signe d'approbation puis tourna la page. Son visage se plissa aussitôt. Il marmonna quelque chose et agita les doigts.

— Voilà qui est mieux ! s'exclama-t-il.

— Que fais-tu ? protesta Gary en se penchant pour récupérer son bien.

Mais juste avant de l'atteindre, il s'aperçut avec horreur qu'il mettait la main dans la mâchoire ouverte d'une créature démoniaque, et il recula aussitôt, manquant de tomber en arrière.

— Fais donc attention où tu mets les doigts, Gary Leger ! Il te faudra apprendre à mieux voir si tu veux venir à bout de ta quête. Comment peux-tu combattre des griffons si tu n'es point capable de discerner une simple illusion ? demanda Mickey.

— Des griffons ? marmonna Gary qui n'obtint aucune réponse.

Oh, et puis après tout, pourquoi pas ? Il n'en était plus à une surprise près...

La route aussi était telle que s'en souvenait Gary, à l'exception des couleurs. En avançant, il eut toutefois l'impression que la forêt devenait plus épaisse. À l'aller, il y avait ces maisons et ces constructions neuves auxquelles il essayait toujours de ne pas faire attention. Maintenant, il aurait donné n'importe quoi pour les voir à leur place habituelle, pour donner un sens à cette situation délirante. Mais son regard ne pouvait pénétrer le fouillis des feuilles et des branches.

Quand ils arrivèrent au bout de ce chemin, Gary dut se rendre à l'évidence : tout avait changé autour de lui. Ce n'étaient plus seulement les coloris étranges, les bois trop denses ou l'altitude surprenante des montagnes. Cette fois-ci, il ne pouvait s'agir d'une erreur de perception.

Dans le monde d'où il venait, le sentier débouchait sur un cimetière bordé d'une clôture.

Mais ici, il n'y avait pas de clôture ! Rien que des arbres, des arbres à l'infini...

Mickey s'arrêta pour attendre Gary qui fixait le paysage devant lui avec stupeur.

— Alors, viens-tu ? demanda le lutin.

— Où est la haie ? demanda Gary, le souffle coupé.

— La haie ? De quoi parles-tu, mon garçon ?

— Mais, autour du cimetière !

— Qui serait assez bête pour mettre un cimetière au beau mitan de la forêt ? s'esclaffa Mickey.

Puis, brusquement, voyant que Gary ne riait pas, le lutin hocha la tête en signe de compréhension.

— Écoute-moi bien, mon bonhomme. Tu n'es point ici chez toi, je te l'ai déjà dit. Tu es chez moi, maintenant, dans *mon* univers, dans le comté de Dilnamarra et dans les bois de Tir na n'Og, commença Mickey, pris de sympathie pour le jeune humain.

— Mais je me souviens du buisson de myrtilles, protesta Gary.

Mickey eut l'air attristé.

— Tu as souvenance des myrtilles qu'il y avait dans *ton* univers, dans un fourré ressemblant à celui où je t'ai trouvé.

— C'étaient les mêmes, dit Gary avec entêtement.

— Que nenni ! Vois-tu, il y a des ponts entre ton univers et le mien, des lieux qui, comme ton buisson de myrtilles, sont semblables dans les deux mondes.

— Les deux mondes ?

— Oui-da, celui de Faerie, et l'autre.

Gary fronça les sourcils, incrédule, puis il se dit qu'il valait mieux ménager le lutin et retint un sourire.

— Grâce à ces passerelles, poursuivit Mickey, les farfadets peuvent passer d'un côté à l'autre, par exemple pour amener un humain comme toi dans notre univers, en le retenant à l'intérieur de leur monde magique. Las ! il y en a de moins en moins de nos jours. J'ai peur que bientôt ton univers ne perde le passage qui mène à Faerie.

— Tu veux dire que des hommes ont déjà effectué la traversée de mon pays vers le tien ?

— Tu écoutes quand je cause ? Tu n'as jamais entendu les légendes ? Tous ces récits qui parlent du Petit Peuple, des elfes dansants et des dragons ? Tu n'y as donc point cru, mon garçon ? Pensais-tu que ce n'étaient que des fables à raconter aux enfançons le soir à la veillée ?

— Ce n'est pas que je ne veux pas y croire, essaya d'expliquer Gary.

— Que tu ne *veux* point ? Dis plutôt que tu ne *voulais* point. Tu n'as plus d'autre choix que d'y croire, maintenant que te voilà parmi nous !

Gary se contenta de sourire vaguement, même si en fait il appréciait l'expérience, quelle qu'elle fût.

Il ne posa plus de questions pendant qu'ils avançaient à travers la forêt. Il s'arrêta un instant pour observer le lutin qui cheminait devant lui. Mickey traversait un tapis de feuilles mortes sans un seul bruit. Gary, lui, se déplaçant précautionneusement derrière lui, faisait craquer les branchages et se sentait comme un intrus dans ce lieu, à côté de l'agile lutin.

Quelques minutes plus tard, ils arrivèrent à une petite clairière au centre de laquelle se trouvait un énorme et vieux chêne. Gary estima qu'il était situé là où se trouvait d'habitude le fast-food de la ville. Ils étaient apparemment parvenus à destination, car Mickey se dirigea droit sur l'arbre et se laissa tomber sur la mousse.

— On fait une pause ? demanda Gary.

— Nous sommes arrivés. Kelsey doit nous retrouver ici. Après, je pourrai partir.

— Tu ne viens pas avec nous ?

Mickey faillit s'étrangler de rire tout en essayant d'allumer sa pipe.

— Tu dois accompagner Kelsey dans sa quête. Cela

ne me concerne point ! Repose-toi et ne crains rien, je te donnerai quelques trucs pour amadouer l'elfe.

Un chant se fit soudain entendre dans les branchages du grand chêne. La voix était haut perchée et mélodieuse. Elle semblait envelopper Gary et le berçait agréablement.

Gary regarda les frondaisons, cherchant l'origine de cette douce mélopée.

C'est alors qu'il la vit, juchée sur une grosse branche. Elle était plutôt petite pour une humaine, avec un petit visage délicat et mutin, des yeux limpides et des cheveux dorés.

... Et une voix diablement troublante.

Gary ne vit pas tout de suite qu'elle était nue, ou presque ; elle portait un voile de tulle très fin qui masquait à peine ses formes.

— Eh bien, qu'est-ce que tu fiches ? demanda Mickey à Gary.

La mélodie était bien plus qu'un simple chant, c'était un véritable appel, une invitation sans équivoque.

— Viens à moi, l'implorait-elle.

Gary ne se le fit pas dire deux fois !

Mickey comprit alors ce qui avait distrait Gary. Ôtant son béret écossais, il s'en frappa le genou, de colère contre lui-même. Il aurait dû penser qu'il n'était pas prudent d'amener un jeune humain vulnérable sur le terrain de Leshiye, la nymphe des bois !

— Descends de là tout de suite, mon garçon !

Gary ne prit même pas la peine de répondre, n'ayant pas la moindre envie d'obtempérer. Il passa une jambe par-dessus la branche la plus basse et se hissa dans l'arbre. La nymphe était tout près de lui maintenant, exhalant un parfum enivrant, et elle continuait de chanter de sa voix ensorceleuse. Avec sa robe transparente, elle dégageait un charme incroyable. Et Gary était incapable de résister à ce chant, prometteur de mille délices.

— Va-t'en, Leshiye ! Nous n'avons point de temps à

perdre à cause de toi. Kelsey sera bientôt là, et ne va point être content de te voir ! cria Mickey, qui savait bien que ses menaces ne ramèneraient pas Gary.

Le doux appel de la nymphe continuait. Gary, après plusieurs tentatives pour traverser l'enchevêtrement végétal, approchait enfin de son but.

Un énorme serpent apparut soudain devant lui, rampant et sifflant, avec des crochets acérés. Gary se figea sur place et tenta de faire marche arrière. Il était tellement effrayé qu'il faillit tomber de l'arbre.

La nymphe chantait toujours et à sa voix s'ajoutait un rire de gorge délicieusement troublant. Elle agita la main et le reptile disparut. Gary était à ce point fasciné qu'il avait déjà oublié l'animal. Il reprit son ascension mais les branches dansaient maintenant sous son poids et paraissaient se multiplier à vue d'œil.

Gary jeta un regard vers Mickey : était-ce un nouveau tour du lutin ?

— Mais qu'est-ce que tu fabriques ? Tu veux me faire tomber ? demanda-t-il avec colère.

— Laisse-la, mon garçon, elle va te faire du mal !

Gary regarda longuement la nymphe et, se tournant vers Mickey :

— Tu es complètement marteau !

Le visage de chérubin de Mickey se plissa un instant en entendant cette drôle de phrase puis il se détendit en comprenant le sens général des mots.

— Ne l'écoute point, mon garçon. Ne la laisse point te charmer. Tu dois être fort. Tant que tu es dans cet arbre, chez elle, ma magie est impuissante, insista le lutin.

Les avertissements de Mickey commençaient à atteindre la conscience de Gary, mais celui-ci se détourna pour contempler la nymphe qui était maintenant adossée, languide, au tronc du chêne. Gary chercha un moyen de parvenir jusqu'à elle.

Leshiye rit à nouveau. Elle tirait ses pouvoirs de l'arbre qui était son refuge et se faisait un jeu d'anéantir les sorts de Mickey. Elle laissa le bon chemin en évidence devant le jeune homme.

Mickey frappa à nouveau son béret contre son genou et retomba sur la mousse. Il ne pouvait rivaliser avec les charmes d'une nymphe des bois...

— Oh, Kelsey ne va point aimer ça, marmonna-t-il, inquiet à l'idée d'affronter l'elfe et de lui annoncer de mauvaises nouvelles.

Pendant ce temps, Leshiye avait saisi la main de Gary et l'aidait à se hisser près d'elle, jusqu'à une sorte de niche tapissée de feuilles.

— Hmf ! Je n'aurai plus qu'à en trouver un autre qui convienne à l'armure, dit Mickey, fataliste.

Il tapota sa pipe contre l'arbre, la mit dans sa bouche, prit le livre de Gary et s'installa confortablement.

4

L'elfe

LE VISAGE DE L'ELFE S'ASSOMBRIT QUAND IL ARRIVA À PROXIMITÉ de la clairière qui entourait le chêne géant. Mickey l'attendait, comme convenu ; il se tenait appuyé contre l'arbre, en train de lire. Mais il était seul, ce qui n'était pas prévu dans leur plan. L'elfe, qui avait l'ouïe fine, entendit le lutin ronchonner :

— C'est bien des nains, de partir chasser un trésor perdu ! Ils n'ont jamais été fichus de résister à une pierre précieuse ou à un peu d'or !

Mickey leva alors les yeux, sentant l'elfe approcher.

— Bien le bonjour, maître Kelsey ! dit-il sans prendre la peine de se lever.

— Où est-il ? J'ai tout arrangé avec le baron Pwyll, et tu sais qu'il n'est pas patient. Tu m'avais promis de l'amener aujourd'hui.

— C'est ce que j'ai fait.

Un rire aigu se fit alors entendre dans l'arbre. Kelsey connaissait la forêt aussi bien que Mickey. En voyant ce drôle de livre et en entendant les voix qui venaient d'en haut, il comprit vite de quoi il retournait.

— Leshiye, grommela-t-il.

Il se tourna vers Mickey, toujours plongé dans sa lecture.

— Depuis combien de temps est-il là-haut ?

Mickey mit la main sur ses yeux pour regarder la position du soleil.

— Environ deux heures. C'est un sacré grimpeur !

Kelsey n'appréciait pas la légèreté de Mickey, surtout quand il s'agissait de sa mission.

— Pourquoi ne l'as-tu pas arrêté ? demanda l'elfe dont les yeux dorés lançaient des éclairs de colère.

— Pense donc ! Empêcher un jeune homme en pleine santé de profiter des charmes que la nymphe offre si généreusement ? Autant essayer d'attraper un griffon avec mon béret et de faire rôtir la bête sur une allumette !

Kelsey savait qu'il ne pouvait discuter les protestations d'impuissance du lutin. Dès qu'un jeune homme était dans les parages, les nymphes devenaient de redoutables ennemies, et celle-ci en particulier était passée maîtresse dans l'art de la séduction.

— A-t-il au moins la taille requise pour porter l'armure ? demanda Kelsey, agacé.

Mickey hocha la tête en signe d'approbation. L'elfe ôta l'arc de son épaule et commença à grimper dans l'arbre. Mickey poursuivit sa lecture. Tant mieux si Kelsey pouvait maîtriser la situation, cela lui épargnerait du travail. Dans le cas contraire, si Gary ne pouvait être rattrapé, Kelsey lui laisserait sans doute du temps pour trouver un autre humain. D'une façon ou d'une autre, peu importait...

Il n'y avait d'ailleurs pas grand-chose qui pouvait perturber la tranquillité d'esprit et le naturel heureux d'un lutin. La journée était splendide, l'air embaumait, le soleil brillait, et il avait un bon livre. Que demander d'autre ?

Il cala son dos confortablement contre l'arbre et chercha le passage où il s'était arrêté. Mais avant qu'il n'ait pu reprendre sa lecture, une chaussure de tennis lui tomba sur la tête et rebondit sur le sol à côté de lui. Le bruit d'une échauffourée lui parvint, bientôt suivi d'un gémissement. Le lutin reconnut la voix de Gary. Au moins, il était encore en vie ! Soudain, le chant de Leshiye perdit de son entrain. Les nymphes n'avaient guère de pouvoir face aux Tylwyth Teg car les elfes ne se laissaient pas prendre à leurs sortilèges aussi facilement que les humains.

Mickey secoua la tête, éprouvant une vague sympathie pour la nymphe. Lui aussi avait affronté Kelsey, et c'était lors d'une semblable lutte qu'avait commencé toute cette aventure, lorsque l'elfe l'avait capturé...

Gary émergea du feuillage quelques minutes plus tard, suivi de près par Kelsey. Le jeune homme jeta un regard sombre à ce qu'il laissait derrière lui, mais la pointe du fleuret dans son dos fut plus persuasive que les charmes de Leshiye. Il se déplaçait lentement, choisissant soigneusement son chemin et ne cessant de regarder par-dessus son épaule. Kelsey, visiblement agité, sachant qu'il devait faire redescendre Gary au plus vite, le poussait rudement.

Leshiye sortit, chantant toujours sa lancinante mélodie.

— Retourne dans ton repaire ! cria Kelsey, faisant volte-face, l'épée brandie.

Mais Leshiye, nue et vulnérable, ne fit pas mine de reculer.

— Ne lui fais pas de mal ! supplia Gary.

Kelsey, se tournant un instant, posa calmement son pied sur le jeune homme, qui dégringola de sa branche. Sans plus se soucier de lui, Kelsey avertit Leshiye :

— Demi-tour ! Et que je ne te revoie plus !

Leshiye lui rit au nez. Elle savait, tout comme Kelsey, que cette menace était vaine. Aucun membre des Tylwyth Teg n'oserait frapper un habitant de Tir na n'Og. Leshiye, la nymphe des bois, appartenait à ce bois au même titre que n'importe quelle autre créature, animale ou végétale.

Kelsey glissa son arme dans son fourreau incrusté de pierres précieuses et descendit rapidement du chêne. Il se mouvait avec une agilité qui surprit Gary.

Le chant de Leshiye reprit presque aussitôt.

— Tais-toi ! dit Kelsey à Leshiye. Et toi, ajouta-t-il

à l'adresse de Gary, remets de l'ordre dans tes vêtements !

Gary regarda Mickey, qui lui fit signe d'obéir. En ramassant l'une de ses chaussures de tennis, il se cogna la tête dans la seconde : elle était suspendue dans les airs !

Gary s'attendait presque à trouver un fil invisible qui aurait expliqué ce phénomène mais il la saisit sans difficulté.

— Comment... ? commença Gary, qui dut se satisfaire d'un clin d'œil de Mickey pour toute réponse.

Décidément, le lutin avait plus d'un tour dans son sac.

— En route ! commanda Kelsey.

— Mais qui diable est-il ? demanda Gary à Mickey.

Kelsey se retourna aussitôt et se rua sur eux, ses yeux clairs brillant férocement et ses cheveux dorés chatoyant à la lumière du soleil. Kelsey était un peu plus petit et plus léger que Gary, mais il semblait maintenant se dresser au-dessus du jeune homme, comme grandi par la conscience de son propre pouvoir et par sa colère.

— Et voilà que je recommence à oublier mes bonnes manières ! Gary, mon garçon, voici Kelsey...

L'elfe lança un regard noir au lutin.

— Kelsenellenelvial Gil-Ravadry, lord elfe de Tylwyth Teg, corrigea promptement Mickey.

— Kellensel... bégaya Gary, incapable de répéter l'étrange nom.

Mickey vit là une occasion de narguer celui qui l'avait capturé.

— Bah ! Appelle-le Kelsey, mon garçon, c'est ce que tout le monde fait !

— Je préfère ! dit Gary, ravi du regard furieux de l'elfe.

Au point où il en était, tout était bon pour contrarier ce Kelsey quelque chose qui l'avait délogé des bras de la nymphe !

— Qui vous a invité, Kelsey ?

Aussitôt, Gary comprit qu'il était allé trop loin.

L'autre ne dit pas un mot, et sa main n'effleura même pas le pommeau de son épée. Mais le coup d'œil qu'il lança au jeune homme réduisit celui-ci au silence plus sûrement que n'importe quelle arme.

Kelsey fixa Gary durant un long moment, puis il se détourna brusquement et se mit en route.

— Ce n'est pas un mauvais bougre — tu apprendras sûrement à l'apprécier —, mais tu dois savoir qu'il t'a sauvé la vie.

Gary jeta un regard incrédule au lutin.

— Elle ne t'aurait jamais laissé partir : tu serais mort là-haut ! Remarque, c'est une façon agréable de trépasser, je n'en disconviens pas.

Gary n'avait pas l'air convaincu.

— Pour sûr, tu aurais été perdu dans les bras de Leshiye. Tu en aurais oublié le boire et le manger, mon garçon ! Ton esprit n'aurait plus voulu qu'une seule chose — tu vois ce que je veux dire ? — jusqu'à ce que ton corps meure d'épuisement...

Gary enfila sa chaussure et noua les lacets rapidement.

— Je suis assez grand pour prendre soin de moi ! s'offusqua-t-il.

— C'est ce qu'ont prétendu des centaines d'hommes — tous occis par l'étreinte de la belle.

Le lutin haussa les épaules et emboîta le pas à l'elfe, ouvrant le livre tout en marchant.

Gary resta immobile un moment, se demandant s'il devait ou non retourner dans l'arbre. Comme pour lui rendre les choses plus difficiles, Leshiye reparut, souriant coquettement. Mais elle regarda du côté de Kelsey qui n'était pas très loin, l'arc à la main, et elle décida d'en rester là.

Gary vit lui aussi Kelsey et se dit que s'il revenait sur ses pas, l'elfe le transpercerait d'une flèche. Jugeant qu'il était préférable d'obéir, il lança un dernier regard éploré vers l'arbre et s'éloigna. La nymphe s'appuyait lascivement sur une branche, vêtue de sa robe transparente.

Même Kelsey n'aurait pu le blâmer.

L'elfe les mena à vive allure à travers la forêt, sans suivre aucun sentier. Mais il semblait savoir où il allait, et Gary s'abstint de lui poser des questions. Mickey lui fut d'un maigre réconfort durant ce voyage. Le lutin sautillait d'un pas léger, le visage enfoui dans le livre, et éclatait de rire de temps à autre. Gary était heureux que Mickey apprécie ses lectures car il s'était pris d'affection pour lui.

Il regarda par-dessus l'épaule du lutin afin de voir à quel chapitre il en était. Mais là où il y avait eu auparavant des lettres, Gary ne distinguait plus que des signes flottants totalement illisibles.

— Qu'est-ce que c'est que ça ?

— Plaît-il ? demanda Mickey en levant les yeux, l'air innocent.

— Mon bouquin ! Qu'est-ce que tu as fait ? reprit Gary en tournant rapidement les pages, qui montraient toutes les mêmes caractères mouvants, incompréhensibles.

— Je l'ai rendu lisible.

— Mais il *était* lisible !

— Pour toi, peut-être bien, mais tu peux le lire quand tu veux, tandis que je ne sais pas combien de temps je vais l'avoir, ce grimoire... et arrête un peu de gesticuler comme ça, je te le rendrai quand j'aurai fini.

Kelsey intervint :

— Oublie tout cela, ça n'a aucune importance. Il y a des choses plus importantes que la lecture. L'as-tu informé de notre mission ? demanda-t-il à Mickey, lui jetant un regard suspicieux.

— J'en ai eu l'intention, oui, vraiment, mais, hum, je voulais lui annoncer petit à petit, lui laisser le temps de s'habituer, hum ?

— Trop tard ! Les arrangements ont été pris à Dilnamarra. Nous allons bientôt pouvoir récupérer l'équipement et la quête pourra alors vraiment commencer.

— Ha ! Bien, bien, continue donc et je lui parlerai chemin faisant, concéda Mickey en refermant le livre qu'il glissa dans l'une des immenses poches de sa houppelande grise.

— Nous allons faire une pause maintenant et tu vas tout lui expliquer avant que nous ne repartions.

Pendant un moment, Mickey et Kelsey se regardèrent avec méfiance. Le lutin savait que l'elfe avait improvisé cet arrêt à la seule fin de connaître sa version des faits.

— On ne peut pas dire que les Tylwyth Teg soient d'un naturel confiant ! ironisa Mickey à voix basse.

Mais le sourire de Kelsey montra qu'il avait entendu.

— Donc, je t'ai dit que tu es ici pour servir notre maître Kelsey ? poursuivit le lutin en abrégeant le nom de l'elfe, qui lui jeta un regard courroucé. Kelsey m'a capturé afin que je t'attrape à mon tour... tu le sais aussi, hum ? Il est investi d'une grande mission. Faut bien comprendre que ceux de Tylwyth Teg prennent ce genre de chose très au sérieux : il a besoin d'un humain qui soit de la bonne taille pour mener à bien tout le bazar, quoi, et voilà !

Gary regarda Kelsey qui se tenait impassible et fier, et se sentit vraiment manipulé. Il aurait voulu protester contre ce traitement mais il se rappela, sans grande conviction, que tout cela n'était qu'un rêve.

— Kelsey doit reforger la lance de Cédric Donigarten, ce qui n'est guère facile.

— N'auriez-vous pas mieux fait de choisir un forgeron à ma place ? suggéra Gary, sarcastique.

— Oh, mais tu n'es pas là pour forger. Le forgeron...

— Plus tard, le forgeron, l'interrompit Kelsey.

Ces paroles eurent un certain effet sur Mickey, qui se mit à bafouiller.

— Bref, tu es celui qui portera la lance, car l'arme doit être entre les mains d'un humain assez grand pour endosser le haubert de Sir Cédric, et c'est pour cela que nous avons pris tes mesures, vois-tu ?

Gary ne comprenait pas un traître mot.

— Mais qui est ce Cédric Donigarten ? Et pourquoi ne porte-t-il pas lui-même son armure ?

— Qui est Cédric Donigarten ? répéta Kelsey, incrédule. Où l'as-tu déniché, celui-là, mon ami ? demanda-t-il à Mickey.

— Tu as dit que tu avais besoin d'un homme dont les mesures conviennent au haubert, hum ? Tu n'as rien précisé de plus ! lui répondit Mickey, avant de reprendre, à l'intention de Gary : Sir Cédric a été le plus grand roi de Faerie. Il a combattu les gobelins, qui auraient dû gagner cette guerre. En plus, c'était un humain ! Le bon peuple de Faerie — les hommes, les elfes, les farfadets, et même les nains — ne cesse de chanter ses louanges, tous connaissent la légende du valeureux Cédric Donigarten ! Bien dommage que les humains ne vivent point plus longtemps...

— Certains hommes, le corrigea Kelsey.

— Oui. Cédric est mort depuis trois siècles — tué par un griffon. Et maintenant Kelsey a décidé de rendre justice aux morts en se consacrant à cette quête, en reforgeant la puissante lance brisée au cours de la dernière bataille.

Gary hocha la tête.

— Bien. Menez-moi à l'armure, puis au forgeron et allons rendre justice aux morts !

— Bravo ! À l'assaut ! hurla Mickey, espérant que son enthousiasme satisferait l'elfe et le dispenserait de la tâche quelque peu déplaisante d'achever ce récit.

Kelsey croisa ses bras minces sur sa poitrine et ne bougea pas.

— Parle-lui du forgeron, maintenant.

— Ah oui ! Le forg... hum, nous allons avoir besoin d'un nain pour cela — la légende veut que ce soit le meilleur qui soit choisi, et dans le cas présent, le plus fort qu'ait jamais eu la terre de Faerie est un de ces gros barbus.

Gary n'eut pas l'air ennuyé le moins du monde et Mickey frappa dans ses mains et regarda Kelsey.

— Explique-lui le problème, dit l'elfe.

Mickey s'arrêta brusquement et se retourna vers Gary.

— Vois-tu, mon garçon, les elfes et les nains ne s'entendent guère — d'ailleurs, les nains ne s'entendent avec personne. Il nous faudra donc capturer celui dont nous avons besoin.

— Capturer ? demanda Gary, l'air méfiant.

— Voler, expliqua Mickey.

Gary hocha la tête et se mit à rire, se félicitant intérieurement d'être doté d'une imagination aussi débordante.

— Es-tu satisfait ? demanda Mickey à Kelsey.

— À présent, parle-lui de la forge, répondit l'elfe.

Mickey soupira. Cette fois, le visage du lutin était grave.

— Cette lance est faite d'un alliage très spécial. Il n'existe aucun brasier assez chaud pour le faire fondre, et c'est pourquoi nous allons avoir besoin d'une forge, hum, inhabituelle — du moins c'est ce que dit la légende.

— Continue ! ordonna Kelsey.

Mickey garda le silence. Il ne pouvait se résoudre à poursuivre.

— Tu parlais d'une forge inhabituelle, l'incita Gary après un long silence.

— Eh bien, je t'avais déjà dit que tu allais rencontrer des griffons...

Gary réfléchit.

— Voyons voir si j'ai bien compris. Tu veux dire que je dois tenir la lance d'un roi mort pendant qu'un dragon crachera du feu et qu'un forgeron nain reforgera les morceaux du javelot ?

— Bravo ! Tu as tout compris, fiston, on peut y aller !

Mickey se mit en marche mais s'arrêta quand il vit

que Kelsey n'avait pas bougé et que Gary ne le suivait pas non plus.

— Eh bien, en route !

Gary ne prêtait aucune attention au lutin. Il se frappa la joue à plusieurs reprises, puis se pinça le bras.

— Si c'est un rêve, il est temps que je me réveille !

Kelsey hocha la tête, incrédule :

— Mais enfin, d'où sort-il, celui-là ?

Mickey haussa les épaules.

— J'ai demandé à des copains de me dégotter un humain qui soit de la bonne taille pour l'armure, comme tu me l'avais demandé. Il y a quelque chose qui cloche ?

Kelsey examina Gary. Il était grand et musclé, plus que ceux de Dilnamarra, et probablement autant que Cédric Donigarten lui-même. Mickey lui avait assuré qu'il convenait à l'armure et Kelsey n'en doutait pas. L'elfe s'approcha de Gary.

— Viens. Tu ne rêves pas. Et nous n'avons pas plus envie de t'avoir ici que tu n'as envie d'être là. Achève ta mission, et tu pourras retourner chez toi.

— Et si je refusais de te suivre ? se rebella Gary qui n'appréciait pas le ton supérieur de l'elfe.

— Heu, hum, toussa Mickey pour faire comprendre à Gary qu'il avait passé les bornes.

Le regard doré de Kelsey s'étrécit et il grimaça un sourire inquiétant.

— Alors tu seras un hors-la-loi et un lâche. Tu devras être marqué au fer. Ensuite je te tuerai.

Mickey eut pitié de Gary :

— Je t'avais prévenu : les Tylwyth Teg prennent leurs affaires très au sérieux...

— Pouvons-nous y aller, maintenant ? demanda Kelsey en portant la main à son épée.

Gary savait que Kelsey mettrait sa menace à exécution.

— En route pour Dilnamarra !

Kelsey hocha la tête et se mit en marche.

— Content que tout soit arrangé. Tu as ton homme — je peux m'en retourner, à présent.

Le fleuret de Kelsey jaillit en un éclair.

— Tu restes là ! Il est sous *ta* responsabilité et tu veilleras sur lui jusqu'au bout.

Gary était furieux du mépris que l'elfe manifestait à son égard, mais il apprécia que le lutin reste avec lui. L'idée de se trouver seul avec Kelsey, sans la présence amicale de Mickey et ses bons conseils, lui déplaisait souverainement...

— Je t'ai capturé, Mickey McMickey, et moi seul puis te libérer !

— Hum... j'ai rempli ma part du contrat, argua Mickey.

— Si tu pars, je ferai tout pour te rattraper. Et la prochaine fois, je prendrai aussi ta bourse, et je t'arracherai ta langue fielleuse, pour faire bonne mesure.

— Tu sais bien que les Tylwyth Teg prennent leurs affaires au sérieux, persifla Gary derrière eux.

— Très certainement. Eh bien, en avant !

Kelsey se remit en route et Mickey sortit le livre de sa poche.

— Tu te fais du souci à propos du dragon ? demanda Gary en marchant à la hauteur du lutin.

— Ne pense donc point ! As-tu déjà rencontré des nains ? Ils sont aussi redoutables que n'importe quelle créature, et leur haleine, c'est encore pire ! Mais, comme je le dis toujours, il faut toujours tirer le meilleur parti de chaque situation ! Et j'ai une bonne lecture pour la route, si jamais la compagnie vient à manquer, hein ?

Gary fut trop amusé pour se vexer.

— Je ne tolérerai aucun échec ! Je t'ai assigné une tâche pour laquelle tu as été payée, et pourtant l'étranger court toujours ! glapit Ceridwen.

La nymphe eut un petit rire embarrassé. Cependant, comme tous ceux de Tir na n'Og, Leshiye ne craignait pas vraiment la sorcière. Ici elle était chez elle, et son pouvoir était supérieur à celui de Ceridwen.

Ceridwen lança un regard diabolique à Leshiye. Ses yeux d'un bleu glacé se plissèrent et s'agrandirent successivement, seul indice qu'elle était en train de faire appel à ses pouvoirs magiques.

Des nuages noirs surgirent tout d'un coup et le vent se leva en mugissant.

Mais Leshiye, fine mouche, laissa la sorcière s'abîmer plus profondément dans ses invocations et attendit que ses yeux se ferment. Puis elle disparut dans le vieux chêne en un clin d'œil, suivit un chemin le long des racines et se glissa à l'intérieur du tronc, à l'abri de la sorcière.

L'orage se déchaîna malgré tout, et plusieurs éclairs enveloppèrent le grand arbre, sans toutefois parvenir à le toucher. Le sourire satisfait de Ceridwen s'évanouit quand elle entendit, un moment plus tard, le rire moqueur de la nymphe.

La sorcière ne lança pas l'orage à sa poursuite, comprenant qu'elle n'était pas à sa place à Tir na n'Og.

— Tu ferais bien de ne pas quitter tes bois ! s'écria-t-elle en guise d'avertissement.

Mais Leshiye se soucia peu de la menace. Où pourrait-elle aller ?

Tourbillonnant sur elle-même, la sorcière se drapa dans son immense cape noire, dans laquelle elle sembla se fondre. Puis l'étoffe tomba sur le sol, et il en jaillit un grand corbeau qui s'envola vers le ciel.

Ceridwen survola le bois enchanté, se hâtant vers Dilnamarra, cherchant du regard le petit groupe conduit par l'elfe. Elle n'était pas réellement déçue par l'échec de Leshiye, car elle n'avait jamais vraiment cru qu'il serait facile d'arrêter l'elfe lord Kelsenellenelvial Gil-Ravadry.

De plus, Ceridwen était pleine de ressources ; elle avait d'autres tours dans son sac et, même après ce premier échec, elle n'aurait pas parié un bouton de culotte sur le succès de Kelsey.

5

Dilnamarra

LE PAYSAGE, ET MÊME L'ATMOSPHÈRE CHANGÈRENT DU TOUT au tout dès que la petite troupe sortit du bois. Tir na n'Og avait été ensoleillé et lumineux. L'air y était chargé de senteurs printanières et les oiseaux pépiaient à tue-tête. Mais ici, hors de la forêt, la campagne s'étendait, au loin, noyée dans une infinie tristesse. Le brouillard pesait sur les routes boueuses, ainsi que sur les champs et les fermes.

Des terres bordées de haies et de murets de pierre recouvraient les vertes collines où paissaient des moutons et des vaches. Çà et là, se trouvaient des taillis, les uns alignés comme des sentinelles silencieuses, les autres rassemblés en petits groupes qui semblaient comploter. C'était un beau pays, mais il était écrasé par une chape de mélancolie, que l'on ne pouvait attribuer à une simple brume.

Les exaltations romantiques que Gary avait pu nourrir à propos du bois ou du paysage furent balayées par l'âpre réalité des rues boueuses de Dilnamarra. Le changement fut aussi brutal que lorsqu'il s'était retrouvé au pays de Faerie, comme si son rêve avait tout d'un coup pris des allures cauchemardesques.

Une tour de pierre carrée qui se dressait sur une colline herbeuse dominait le campement où s'éparpillaient des dizaines de masures. Des cochons erraient dans les rues, leur odeur déplaisante s'ajoutant à la puanteur ambiante.

Des gens de tout âge vaquaient, courbés, aussi sales et aussi malodorants que le bétail.

— Prends-moi dans tes bras, chuchota Mickey à Gary.

Le jeune homme vit un petit enfant là où se trouvait le lutin une seconde plus tôt. Il examina le marmot avec curiosité, tandis que celui-ci lui tendait son livre.

— Je t'ai déjà dit d'ouvrir les yeux ! grinça le gamin, furieux, quand Gary lui jeta un regard étonné.

Gary regarda de plus près, se rappelant qu'il ne devait pas se fier aux apparences. Puis il reconnut Mickey, hocha la tête et le souleva dans ses bras.

— C'est bon ! murmura Gary en souriant.

— Si on te pose la question, je suis ton frère. Reste à espérer qu'ils ne me démasqueront pas, car Kelsey serait prêt à en découdre.

Le sourire de Gary s'évanouit.

— Kelsey ne ferait pas ça, hasarda-t-il sans trop y croire.

— Les Tylwyth Teg ne sont pas dans les bonnes grâces des hommes ! Si Kelsey est ici, c'est pour sa quête, et rien d'autre. Il ne se soucie guère des pauvres hères de Dilnamarra ; quiconque se dresse en travers de son chemin est un ennemi.

Gary regarda Kelsey, redoutant que la prophétie de Mickey ne se réalise. Quel camp devrait-il choisir, si c'était le cas ? Il ne devait aucune loyauté à Kelsey, ni même à Mickey. Si l'elfe devait prendre les armes contre les siens, il se sentait prêt à tout...

Gary chassa ces sombres pensées, décidé à affronter les événements l'un après l'autre, comme ils se présenteraient.

Chacun des pitoyables habitants de Dilnamarra se retournait sur le passage des étrangers. Dans cette petite bourgade, Gary ne se sentait pas plus proche de ces misérables que ne l'était Kelsey ; lui, il était en bonne santé, n'avait aucune cicatrice, et ses mains n'étaient pas usées par des années de dur labeur.

Des mendiants, boitant ou rampant dans la boue, vinrent leur bloquer le passage dans un enchevêtrement de doigts crochus, de bras lépreux et de peau parcheminée. Gary retint son souffle quand Kelsey arriva à la hauteur du groupe et décida aussitôt qu'il ne laisserait pas Kelsey frapper un homme à terre. Si l'elfe sortait son épée, il le bousculerait, le frapperait ou ferait ce qu'il fallait pour empêcher un massacre. Non pas qu'il ait la moindre chance face à l'elfe, mais il lui serait impossible de ne pas intervenir.

Mais il n'eut pas à en venir à cette extrémité, et les prédictions de Mickey s'avérèrent exagérées. Il était clair que l'elfe n'appréciait pas ce contretemps, mais son fleuret ne quitta pas son fourreau. Kelsey se contenta d'écarter les mains qui se tendaient et continua d'avancer droit devant lui, sans jamais regarder les malheureux dans les yeux. La vague humaine ne faiblit pas pour autant. Ils se traînèrent derrière les étrangers en gémissant.

Mickey aussi évita les regards implorants, se nichant au creux des bras de Gary et fermant les yeux. Pourtant, le lutin avait l'habitude de ce spectacle et il avait fini par s'endurcir.

Gary regarda les malheureux, ne fit rien pour les éviter, et leurs regards désespérés le frappèrent au cœur. Il n'avait jamais vu une telle pauvreté. Là où il avait grandi, être pauvre signifiait avoir la même voiture depuis trois ans. « Sale » était le terme qu'utilisait Gary pour décrire son apparence après une journée à l'usine. En regardant ces gens, il se dit que le sens du mot changeait du tout au tout en ce lieu oublié de Dieu.

Mais si tout cela était le fruit de son imagination, sa « *fantaisie* », comme l'appelait M. Peter Beagle dans sa préface, alors le monde de Gary lui parut soudain plus lumineux.

La foule se dispersa quand Kelsey s'approcha du donjon. Deux gardes grimaçants se tenaient de chaque côté de la porte. Les regards qu'ils lancèrent à la foule des miséreux étaient emplis de mépris.

— Les fastes de la royauté, murmura Mickey.

Des piques entrecroisées interceptèrent Kelsey lorsqu'il se présenta devant la porte. Il regarda un instant les gardes.

— Je suis Kelsenel...

— Nous savons qui tu es, l'elfe, l'interrompit grossièrement l'un des sbires.

— Alors, laissez-moi passer. Je dois voir le baron Pwyll.

— C'est sur son ordre que nous te retenons ici. Alors, sois bien sage et ne bouge pas de là.

Kelsey regarda Mickey et Gary. Il avait l'air sur le point d'exploser de rage.

— Je croyais que c'était arrangé, intervint Gary, ou du moins tout le monde crut que c'était lui qui parlait.

En fait, il s'agissait de Mickey qui utilisait ses dons de ventriloquie.

— Moi aussi, dit Kelsey, comprenant la ruse du lutin et enchaînant : J'ai parlé au baron il y a une semaine et il était tout à fait d'accord pour m'aider. En reforgeant la lance de Donigarten, il avait l'espoir que son règne serait chanté par les bardes.

— Quelqu'un a dû lui faire changer d'avis, dit Mickey par l'intermédiaire de Gary.

Celui-ci jeta un coup d'œil au lutin, lui signifiant qu'il n'appréciait pas d'être ainsi utilisé, mais Mickey poursuivit sa conversation comme si de rien n'était :

— Mais qui donc pourrait bien vouloir t'arrêter dans ton entreprise ?

Kelsey secoua la tête, comme pour chasser cette éventualité, mais lui aussi commençait à s'inquiéter. Ils avaient à peine entamé leur voyage, et c'était déjà le deuxième obstacle qu'ils rencontraient.

La porte s'ouvrit en grinçant. Un garde apparut, moins pouilleux que ses collègues, avec qui il échangea quelques mots. Puis il pria Kelsey et ses amis de le suivre à l'intérieur.

La lumière faiblit encore quand les lourds vantaux se refermèrent derrière eux, car l'unique fenêtre du donjon était trop petite pour laisser entrer le jour. Des torches brûlaient dans chaque coin, leur lueur tremblotante accentuant l'aspect sinistre des tapisseries accrochées aux murs, qui représentaient des scènes guerrières.

De l'autre côté du portail, le baron était assis sur un trône constellé de joyaux, vêtu de guenilles, restes de vêtements qui avaient dû être luxueux il y a fort longtemps. C'était un homme grand, robuste, avec une barbe bouclée et un visage mobile, dont on ne savait trop s'il exprimait la joie ou la colère. Derrière lui se tenaient deux gardes. Il y avait également une silhouette élancée, avec un manteau maculé de boue et une capuche qui ne masquait pas complètement des cheveux sombres et des yeux perçants. L'homme portait un poignard à la ceinture et sa main reposait dessus comme si c'était là sa position naturelle.

Gary suivit le regard de Mickey, vers un socle de pierre et un trépied métallique, vides.

— Qu'il en soit fait selon le bon vouloir du roi Kinnemore, dit Mickey avec dérision, et Gary comprit que le piédestal et le support avaient probablement servi à la lance et à l'armure

Kelsey sembla mécontent, son regard fixé davantage sur la silhouette de l'étrange voyageur que sur Pwyll lui-même.

L'elfe ne perdit pourtant pas contenance. Se dirigeant fièrement vers le trône, il plia un genou et s'inclina respectueusement.

— Salutations, baron Pwyll. Me voici de retour, comme nous étions convenus lors de notre précédente rencontre.

Pwyll lui jeta un coup d'œil inquiet.

— Les choses ont changé depuis notre dernière entrevue.

Kelsey ne broncha pas.

— Notre bon prince Geldion ici présent — longue vie au roi ! — nous apprend que la lance et l'armure de Cédric Donigarten doivent rester en ma possession.

— J'ai votre parole, dit Kelsey.

Les yeux de Pwyll brillèrent d'une rage contenue.

— Elle a été annulée ! rétorqua-t-il.

Les gardes s'agitèrent nerveusement derrière lui.

Le baron ne tenta même pas de dissimuler un sourire supérieur.

— Es-tu la marionnette du roi Kinnemore ? osa demander Kelsey.

Furieux, Pwyll lui lança un regard noir, puis sauta de son trône en un mouvement menaçant. Mais Kelsey ne bougea pas, et le bouillonnant baron se rassit. Il ne pouvait réfuter l'insulte de Kelsey.

— Quel est ton verdict, baron ? dit Mickey par la voix de Gary.

Le jeune homme le regarda avec colère mais il avait l'air profondément endormi.

Exaspéré, Pwyll répliqua à Gary :

— Et qui es-tu, toi qui oses te présenter ici sans être annoncé et parler sans qu'on t'en ait prié ?

— Gar... commença Gary, mais la voix de Mickey l'interrompit.

— Je suis celui qui endossera l'armure ! Je suis celui qui, venu de terres lointaines, accomplira les prophéties. Je suis celui qui portera la lance pour affronter le dragon, le guerrier qui ne partira pas sans avoir rempli sa mission ! Où est ton édit ? Et qui est le roi qui osera s'opposer aux oracles de Sir Cédric ?

Subjugué, Pwyll resta un moment sans rien dire, la bouche grande ouverte, et Gary crut que le baron allait le tuer. Mais celui-ci éclata de rire ! Il tendit la main derrière lui, et le prince Geldion lui remit un parchemin roulé, noué du ruban pourpre qui était la marque exclusive du roi Kinnemore.

— Et quel est ton nom, seigneur guerrier ? s'enquit Pwyll en grimaçant un sourire.

Un silence se fit et Mickey donna un petit coup de coude à Gary.

— Gary. Gary Leger, répondit le jeune homme avec

hésitation, s'attendant à être interrompu à tout moment.

Pwyll gratta sa barbe fournie.

— Et d'où viens-tu ?

— De Bretaigne, au-delà des montagnes de Cancarron, répondit la voix de Mickey.

Pwyll et Geldion semblèrent noter le brusque changement d'accent, et le prince parut alors mal à l'aise.

— Eh bien, Gary Leger de Bretaigne, voici l'édit du roi Kinnemore lui-même, annonça Pwyll, qui déroula le parchemin et s'éclaircit la voix.

« "Au baron Pwyll du donjon de Dilnamarra. Qu'il soit dit que moi, Kinnemore, ai entendu dire de source sûre que la lance et l'armure de Cédric Donigarten, notre très estimé champion, doit bientôt quitter Dilnamarra pour une expédition qui pourrait causer sa destruction. Ainsi donc, je déclare, et ma parole fait loi et autorité, que tu ne dois pas remettre l'équipement qui se trouve en ta possession..."

Pwyll passa soudain la main sur le document comme s'il voulait en effacer un pli qu'il n'avait pas remarqué auparavant.

— ... « à moins que tu ne juges bon qu'il soit remis entre des mains appropriées, comme le prévoient les augures. »

Pwyll cligna les yeux d'étonnement et, avant qu'il n'ait eu le temps de réagir, le prince Geldion tenta de lui arracher l'acte des mains.

Pwyll résista cependant, mais le tendit afin que le prince puisse le lire.

— Je n'avais pas vu ce pli ni cette clause auparavant, lui dit-il.

Les lèvres du prince remuèrent pendant qu'il déchiffrait le mystérieux ajout.

— Juste sous la signature de votre père. Eh bien, voici qui change tout, murmura le baron.

— Quelle trahison est-ce là ? gronda le prince en se dirigeant vers Kelsey et Gary.

Il n'alla cependant pas plus loin que le trône, car si sa

main s'était portée sur le pommeau de sa dague, celle de Kelsey reposait sur son épée. Geldion avait entendu suffisamment de récits concernant les Tylwyth Teg pour avoir la sagesse d'éviter des menaces inutiles.

— Quelle trahison ? répéta-t-il, cette fois à l'adresse du baron.

Pwyll haussa les épaules, railleur :

— Allez chercher l'armure. Mettez-la sur Gary Leger de Bretaigne et voyons comment elle lui va.

— Elle ne doit pas quitter Dilnamarra, protesta faiblement Geldion.

— Sauf si je le juge bon, comme l'a ordonné Kinnemore. Vous vous souvenez de lui, n'est-ce pas ? répondit calmement Pwyll.

— Il y a de la magie là-dessous ! Ce n'était pas dans le texte. C'est moi qui l'ai écrit... sous la dictée de mon père, évidemment, dit Geldion qui vit des regards suspicieux se poser sur lui.

— De la magie ? intervint Mickey par le biais de Gary. Mon bon baron de Dilnamarra, je suis un étranger sur vos terres, mais n'est-ce pas un édit de votre roi qui a interdit cette pratique ? N'a-t-il pas dit que c'était l'outil des traîtres et des malfaisants ? Peut-être me suis-je trompé, mais j'ai traversé les montagnes en croyant que j'avais laissé toute idée de sorcellerie derrière moi.

— Non, tu as bien compris. Il n'y a rien de tout cela à Dilnamarra, ni où que ce soit dans le royaume de Faerie, comme l'a proclamé Kinnemore. À moins que le prince sache des choses que nous ignorons, dit le baron en regardant Geldion d'un air sarcastique.

— Tu navigues sur des eaux dangereuses, baron Pwyll ! Garde l'armure jusqu'à ce que j'avertisse mon père de la situation, gronda Geldion en froissant rageusement le parchemin et en le fourrant dans son manteau.

— Nous avions un accord ! Je ne peux retarder ma quête plus longtemps et il faudra une semaine pour qu'un messager fasse le trajet aller et retour. Tu as l'autorisation de ton roi. Doutes-tu que ce jeune homme puisse réaliser la prophétie ? s'exclama Kelsey en désignant Gary.

— Voyons d'abord l'équipement. Je te dirai ensuite ce que j'ai décidé, laissa tomber Pwyll.

Outragé, le prince Geldion donna un coup de pied dans le piédestal vide et sortit de la pièce en boitillant.

— Tu veux vraiment que je me promène avec ce harnachement ? gémit Gary tandis que les serviteurs ajustaient les lourdes plaques de métal sur sa poitrine. Ses jambes étaient déjà emprisonnées dans la cotte et il était convaincu que lorsqu'on en aurait fini avec lui, il porterait le poids d'une enclume sur ses épaules.

— À la longue, tu vas t'y habituer, dès que tes muscles se seront endurcis sous l'effort, lui promit Kelsey.

Gary, furieux, garda ses réflexions pour lui. Il était deux fois plus lourd que l'elfe et sans aucun doute beaucoup plus fort que lui, et il fulminait contre les insultes de Kelsey, d'autant plus que celui-ci avait une armure plus fine, plus légère et plus souple que celle de Cédric Donigarten.

— Haut les cœurs, mon garçon ! Tu seras bien content de porter ce haubert quand tu affronteras l'épée d'un gobelin ou le poing d'un troll ! le réconforta Mickey.

— Et comment vais-je faire pour l'enlever et le remettre quand nous allons être sur les routes ? Vous ne voulez tout de même pas que je dorme avec !

— Il est très important de l'ajuster la première fois que tu le portes. Une fois qu'on aura convenablement arrangé la cotte matelassée que tu portes en dessous, tu seras capable de l'enlever beaucoup plus rapidement, expliqua Kelsey.

— Pour sûr ! Ça ne te prendra qu'une heure ou deux ! Maître Kelsey et moi contiendrons les ennemis pendant ce temps-là ! ironisa Mickey.

Gary appréciait de moins en moins les sarcasmes de Mickey.

— C'est fini. Le casque et l'écu se trouvent là-bas. Il faudra demander la lance au baron, dit l'un des serviteurs en désignant une pile d'armes et d'équipements divers.

Retrouver dans ce fatras les éléments qui correspondaient fut chose facile : il n'y avait qu'un seul bouclier orné de l'emblème du roi défunt, et un seul heaume en or massif surmonté d'une plume pourpre pouvant convenir à une aussi belle armure.

Mickey souleva aussitôt le heaume, qu'il fit voler à travers les airs et voltiger au-dessus de Gary, dès que les serviteurs eurent quitté la pièce. Le jeune homme essaya de l'attraper, mais l'incorrigible lutin le fit aussitôt remonter hors de sa portée.

— Tu te déguises en enfant mais tu agis comme un sot, intervint Kelsey. Comment expliquerais-tu tout cela si le baron ou Geldion entrait maintenant ? Il n'y a pas de magie ici, à moins qu'elle ne soit l'œuvre du diable. Rappelle-toi qu'on brûle les sorcières à Dilnamarra !

Mickey claqua des doigts, et le heaume retomba. Gary, les mains sur les hanches et les bras alourdis par le métal, n'eut pas le temps de réagir pour l'éviter, ou pour arrêter sa chute ; le casque atterrit sur son crâne. Mais ce n'était pas dans le bon sens et l'ouverture pour les yeux se trouvait derrière. Gary vacilla sous le choc, et la voix de Mickey lui parvint, distante et caverneuse :

— Rattrape-le, Kelsey ! Si jamais il tombe, il faudra au moins six hommes pour le relever !

Les doigts minces de Kelsey s'enroulèrent autour du poignet de Gary et se redressèrent. Gary tendit la main vers sa tête ; mais Kelsey fut plus rapide et le remit bien en place. Gary avait l'impression de porter un chaudron avec une simple fente au niveau des yeux. Le heaume était un peu grand et Gary se demanda quelle taille avait bien pu avoir la tête de Cédric Donigarten ! Mais enfin, il valait mieux qu'il fût trop grand que trop petit.

— Tu as tout à fait l'air d'un roi, fit remarquer Kelsey.

Gary se redressa, fier du compliment, mais l'elfe poursuivit :

— ... Mais toi aussi, tu te conduis en parfait imbécile.

Puis, sans se préoccuper de la réaction du jeune homme, il lui tendit l'énorme et lourd bouclier. Gary passa le bras dans la poignée et réussit à le soulever, non sans effort. L'objet était large en haut et se terminait par une pointe recourbée qui servait à le ficher dans le sol ; il était à moitié aussi grand que Gary.

— Le baron Pwyll devra reconnaître que cette armure te sied parfaitement, sinon par l'esprit, du moins par le corps.

Las des insultes et décidé à se faire justice, Gary laissa choir l'écu sur le sol. Malheureusement, au lieu de rebondir par terre en signe de défi — comme l'avait espéré le jeune homme —, il tomba sur son pied.

Gary se mordit les lèvres pour s'empêcher de hurler, heureux que son visage soit dissimulé par le heaume.

Incrédule, l'elfe se contenta de secouer la tête et sortit de la pièce à la recherche du baron.

— Va, tu t'y habitueras, dit Mickey à Gary en lui faisant un clin d'œil, avant de suivre Kelsey.

— La Lady, elle nous donner des cadeaux ? croassa un grand gobelin sous le nez de Geek.

— Plein de cadeaux ! Lady Ceridwen ne veut pas qu'on fasse du mal à l'elfe, mais on doit les arrêter, répondit Geek en secouant la tête dans tous les sens d'un air stupide.

Le grand gobelin l'imita, ses dents immenses se recourbant de façon grotesque sur ses lèvres luisantes de bave. Puis il se retourna vers ses congénères, qui se tenaient derrière lui, et ils se mirent tous à agiter la tête et à se donner de grandes claques les uns aux autres.

— Moi pas aimer ça. Ça trop loin de nos montagnes. Trop de gens ici. Moi pas aimer, dit l'un des gobelins de la bande.

— Si ça te plaît pas, tu peux rentrer ! gronda Geek en se dirigeant vers le trouble-fête.

Le grand gobelin aux longues dents s'approcha pour prêter main-forte à Geek, et les autres se rassemblèrent autour d'eux en agrippant leurs lances et leurs gourdins.

— La Lady nous appeler ? Elle ordonner à Geek de capturer et de tuer ? continua l'autre.

Geek fut sur le point de répondre mais le grand gobelin accourut à sa rescousse et se planta devant le dissident.

— Geek sait ce que veut Lady Ceridwen, déclara-t-il en envoyant un coup de poing sur la tête de l'autre.

Celui-ci tomba les quatre fers en l'air mais fut rattrapé par ses voisins, qui le remirent sur ses pieds. Il se tint debout comme il put, vacillant, à peine conscient. Mais, avec cet entêtement stupide qui caractérise les gobelins, il continua de grommeler.

— Moi pas aimer ça.

Ces mots excitèrent au plus haut point la horde, qui fut soudain prise de frénésie. Le grand frappa le premier, laissant tomber son énorme avant-bras sur la tête du contestataire qui s'écroula. Ceux qui se trouvaient autour de lui, loin de l'aider, se ruèrent sur lui et le rouèrent de coups de poing. Ils l'assommèrent avec leurs gourdins et le transpercèrent de leurs lances. Le malheureux, qui gisait sur le sol, réussit à émettre quelques cris de protestation, des gémissements pitoyables qui se transformèrent rapidement en sanglants gargouillis. Il était mort depuis longtemps que la bande s'acharnait encore sur son cadavre.

— Geek sait ce que veut Lady Ceridwen. Elle veut qu'on les prend sur la route avant qu'ils vont dans les montagnes. On doit capturer l'elfe et tuer l'humain ! déclara à nouveau le grand gobelin.

Et, cette fois, nul n'y trouva à redire.

Les gobelins secouèrent leurs grosses têtes et ululèrent leur approbation. Ils se mirent à cogner leurs lances et leurs gourdins sur les arbres et les rochers, ou bien sur les gobelins qui se trouvaient à proximité, ou tout ce qui leur passait sous la main.

C'était très facile de les convaincre, de jouer à « si je t'attrape, je te tue ! ».

Tandis qu'il cheminait à côté de Mickey, sur la route à l'est de Dilnamarra, Gary commença à trouver l'armure plus confortable. Elle était moins bruyante qu'il ne l'aurait cru, compte tenu du fait qu'elle était principalement constituée de métal et n'avait pas servi depuis plusieurs siècles.

Ils avaient quitté Dilnamarra dès que le baron leur avait cédé l'équipement, en dépit des menaces de Geldion. La nuit était déjà en train de tomber mais Kelsey n'avait pas voulu attendre le matin, de peur que le prince ne tente de les retenir. Le soleil avait maintenant disparu, et la brume des landes du Sud, flottant tristement au-dessus de la route, leur obscurcissait la vue.

Malgré les grognements constants de Mickey, Kelsey refusait de ralentir le pas.

— Hum ! On aurait mieux fait de passer la nuit au château — une couche tiède et une bonne soupe nous auraient fait le plus grand bien, répétait-il sans cesse.

Gary garda le silence, sentant que Kelsey était sur le point d'exploser. Finalement, après avoir entendu le lutin geindre pour la centième fois, l'elfe se retourna brusquement vers lui

— Nous n'aurions jamais pu quitter le donjon si nous y avions passé la nuit. Geldion voulait nous arrêter et il avait plus d'un garde à sa disposition !

— Bah ! Il n'aurait rien tenté ouvertement contre nous, pas en présence de Pwyll, répondit Mickey.

— Peut-être pas. Mais il aurait pu convaincre Pwyll de nous garder jusqu'à ce que la question de l'édit soit réglée. J'ai applaudi à ce que tu as fait dans la salle d'audience mais le faux manuscrit créé par ton illusion ne les aurait pas bernés plus longtemps, dit Kelsey.

— Ne surestime pas les humains, répliqua Mickey.

Puis il se racla la gorge, embarrassé devant l'œil torve de Gary.

Mais les événements qui s'étaient déroulés dans le donjon avaient plongé Gary dans une telle confusion qu'il se posait trop de questions pour se soucier longtemps de l'affront involontaire de Mickey.

— Quel faux manuscrit ? demanda-t-il à Kelsey.

— Tu vois ce que je te disais ? se moqua Mickey.

Même Kelsey ne put s'empêcher de sourire.

— Le prince a rédigé l'édit ainsi qu'il l'a affirmé. Mickey s'est contenté d'ajouter quelques mots.

Stupéfait, Gary se tourna vers le lutin.

— Et cela fait de nous des hors-la-loi. La route est maintenant notre seul refuge. Plus nous mettrons de distance entre le prince Geldion et nous, plus grandes seront nos chances, poursuivit Kelsey.

— Tu veux dire *tes* chances, marmonna le lutin.

Kelsey ne releva pas cette remarque. En dépit de ses lamentations, Mickey représentait un atout supplémentaire. Sans ses tours de passe-passe, Kelsey n'aurait jamais pu sortir l'armure et la lance.

— Nous allons marcher encore un peu avant de nous reposer, dit l'elfe en retournant entre ses mains le fourreau de cuir qui contenait le javelot.

L'arme avait été brisée en deux et les morceaux étaient disposés l'un à côté de l'autre, mais malgré cela, l'étui était presque aussi grand que Kelsey.

Gary était impatient de découvrir l'arme légendaire, car seul Kelsey l'avait vue quand ils étaient encore au donjon. Mais il jugea préférable de ne pas harceler l'elfe. Il souleva le lourd bouclier et la lance banale qu'on lui avait donnés et suivit Kelsey.

Mickey demeura seul quelques instants, lançant de petits coups de pied dans un caillou de la pointe de son soulier.

— Te voilà dans de beaux draps, Mickey McMickey !

Il haussa les épaules et rejoignit les autres en trottinant sur la route poussiéreuse.

6

Le carrefour

ILS INSTALLÈRENT LEUR CAMPEMENT À L'ÉCART DE LA ROUTE, craignant que le prince et ses hommes ne fussent à leurs trousses. Kelsey prit son tour de garde et déclara qu'il ferait le guet toute la nuit. Il s'installa, l'air sombre et stoïque, son épée posée sur ses genoux. Gary ne discuta pas, même par esprit de chevalerie. Il était épuisé par la marche et le poids de l'armure. Après le sinistre spectacle de Dilnamarra, il aspirait à oublier toute cette fantasmagorie. Dilnamarra ne ressemblait en rien aux villes que son imagination avait pu inventer : trop de souffrance et de misère. Il savait que, désormais, il ne pourrait plus jamais regarder le Lancashire, ni même sa propre existence, de la même façon.

Mais comment allait-il retourner chez lui ? En toute logique, s'il s'endormait au beau milieu d'un rêve, il devrait s'éveiller dans la réalité.

— Dors, si tu veux te réveiller, se dit-il donc à mi-voix, tandis qu'il étalait les couvertures et se défaisait des parties les plus encombrantes de son armure.

Mickey, qui l'avait entendu, gloussa en tirant sur sa pipe :

— Les humains ne changeront donc jamais !

Gary savait que le lutin se moquait de lui et de sa nostalgie du monde réel. Il était aussi conscient du fait que ses espoirs étaient dénués de fondement. Car en dépit de ses dénégations, Gary commençait à entrevoir sa véritable situation. Il se tourna brusquement vers Mickey et, comme pour s'en convaincre lui-même, s'exclama :

— Tu auras bientôt disparu !

Pour toute réponse, Mickey émit un léger rire, et, faisant apparaître un petit globe de lumière au-dessus de lui, il s'installa pour lire. Gary le fixa un long moment puis se glissa sous les couvertures et tenta de chasser le lutin de ses pensées.

Entre les trouées de brume, Gary pouvait apercevoir le ciel pailleté d'argent. C'était un spectacle merveilleux, dont il ne put malheureusement pas profiter longtemps car la sombre nuée jetait un voile opaque sur la terre, ternissant cette féerie digne d'un monde imaginaire. Gary n'était pas bien loin de cet univers dont il avait toujours rêvé ; Tir na n'Og était un lieu enchanteur, certainement inégalé dans le monde réel.

Mais la rudesse de Dilnamarra jetait sur les bois et les champs une ombre malfaisante.

Afin d'oublier cette triste situation, Gary se concentra sur sa Jeep, sur le cimetière, et même sur son tabouret à côté du broyeur. Il espérait qu'il ne se réveillerait pas trop tard pour prendre un repas froid, et que ses parents ne seraient pas trop inquiets.

Puis il vit à nouveau le brouillard, qui prenait des reflets argentés sous la lumière des étoiles. Kelsey faisait le guet et Mickey lisait. Depuis combien de temps était-il ici ? Les heures qui venaient de s'écouler avaient été riches, denses, et les expériences qu'il avait vécues étaient exaltantes.

Mais Gary savait qu'il ne s'agissait pas d'un songe. Il y avait trop de petits détails qui ne pouvaient appartenir au royaume des rêves. C'était aussi simple que ça. Il se demanda s'il était mort. À moins qu'il ne fût devenu fou ? Sa passion pour les romans de *fantasy* et ses rêveries éveillées lui avaient-elles fait perdre la raison ? Il pensa à ce film avec Jack Nicholson, à ces fous qui erraient sans but, perdus sans espoir de retour. Il se demanda si eux aussi étaient ainsi enfermés dans leur propre Faerie.

Et lui, alors ? Quelles « réalités » attendaient maintenant Gary Leger ? Allait-il découvrir une suite de villes épouvantables comme celle de Dilnamarra ? Ou bien un monde enchanteur, un monde de Tir na n'Og, de lutins, d'elfes et de nymphes ?

La brume se dissipa à nouveau et Gary put contempler la voûte étoilée. Puis tout disparut, la fatigue physique l'emporta sur le bouillonnement de son esprit et il sombra dans le sommeil.

Dès qu'il ouvrit les yeux, Gary sut qu'il se trouvait dehors. Il espéra, un bref instant, qu'il était de retour dans les bois familiers qui se trouvaient derrière chez lui, à côté de l'école, du cimetière et des maisons neuves, mais cet espoir s'éteignit lorsque lui parvinrent, en même temps, l'odeur du petit déjeuner et la voix de Mickey.

— Cette fricassée de champignons va t'emplir la panse, pour sûr ! disait Mickey à Kelsey.

— Bien, mais fais vite. Nous avons encore beaucoup de route à parcourir aujourd'hui, et il va faire chaud. Je suppose que notre ami aura besoin de haltes fréquentes, répondit l'elfe d'un ton qui n'avait rien de flatteur.

— Ne sois point trop dur avec le garçon. Toi aussi tu voudrais te reposer si ton haubert était aussi pesant, hum ? fit Mickey.

— Je porte également une armure, rétorqua Kelsey.

— Gageons qu'elle est moins lourde que le heaume de Sir Cédric !

— Dépêche-toi de finir ta cuisine ! Je veux que nous soyons sur la route avant qu'il ne fasse grand jour, répliqua Kelsey.

Le ton irrité de sa voix prouvait qu'il était à court d'arguments.

— Ah, te voilà éveillé, mon gars ! Bien, maintenant

tu vas pouvoir te requinquer, dit Mickey en voyant Gary s'étirer, assis sur les couvertures.

Gary regardait autour de lui, étonné. Son expression reflétait la surprise et la colère.

— Hum ! Je t'ai promis que tu rentrerais chez toi quand tu aurais rempli ta mission et aussi que tu ne rêvais pas ! Tu sais bien que je ne mens jamais, expliqua le lutin.

Encore dans les limbes du sommeil, Gary secoua lentement la tête et mordilla sa lèvre supérieure.

— Bah ! Appelle ça un rêve, si ça peut t'aider à te sentir mieux, mais quel que soit le nom, profites-en !

— Un rêve ? Cette ville, hier, quel cauchemar !

— Alors, pense à Leshiye, fiston... et ne viens pas me chanter que tu as détesté cet épisode !

Ce souvenir fit sourire Gary. Le plat de champignons était délicieux et combla sa faim. La petite troupe fut bientôt en route. Kelsey les menait à bon pas. Gary lutta quelque temps pour que son heaume reste droit et pour empêcher la pointe de son bouclier de traîner sur le sol. Mais il y renonça vite. Une chaleur moite régnait. La lumière était éblouissante. La sueur tombait dans les yeux de Gary et trempait la cotte matelassée de son armure. Il ralentissait fréquemment l'allure pour passer les doigts au travers de la visière afin d'essuyer l'humidité. Mais c'était inutile, car ses mains transpiraient autant que son visage.

— Ôte donc ce heaume et suspends-le à ton javelot, conseilla Mickey, pris de commisération.

Kelsey, qui se trouvait devant, se retourna vers eux.

— Oh, toi, laisse-le tranquille ! Avec cette chaleur, il va s'écrouler dans son armure ! À quoi te servira-t-il, alors ? s'écria le lutin, coupant court à la réflexion désagréable que préparait l'elfe.

Kelsey se remit en marche et Mickey sourit d'un air suffisant. Il aida Gary à fixer le casque sur la lance, et quand ils repartirent, Gary se sentait beaucoup mieux.

Sa belle humeur le porta pendant presque toute la matinée. Vers midi, ils arrivèrent à un carrefour. Quatre poteaux étaient plantés dans le sol, un dans chaque direction.

Des hommes y étaient pendus, morts depuis longtemps. Leur peau était boursouflée, et leur corps oscillait doucement dans la brise. De saisissement, Gary laissa tomber ses armes. Il avait le cœur sur les lèvres. Même Kelsey semblait affecté par cet épouvantable spectacle.

— Pauvres diables ! Coupe donc leurs cordes, lui dit Mickey.

La main de l'elfe se porta au pommeau de son épée mais il interrompit son geste et secoua la tête.

— Eh bien, vas-y ! cria Gary, secoué de nausées.

— Je ne peux pas ! Nul à Faerie n'oserait le faire, à l'exception des Tylwyth Teg. Les détacher maintenant équivaut à signaler notre passage au prince Geldion. Je ne veux pas de lui dans les parages, lui répondit Kelsey.

Gary et Mickey ne trouvèrent rien à redire à cet implacable raisonnement.

— Qu'ont-ils fait ? Étaient-ils des criminels ? Et pourquoi les a-t-on pendus ici, si loin de la ville ? demanda sombrement Gary.

— Hum ! Je suppose qu'ils n'ont pas payé la dîme. À moins qu'ils n'aient dit quelque chose qui ait déplu au prince... ou peut-être ont-ils volé un morceau de pain pour nourrir leurs enfants, cracha Mickey avec colère.

— Ils les pendent toujours à un carrefour. De cette façon, si l'esprit vengeur du mort revient chercher justice, il ne saura pas quel chemin prendre, expliqua Kelsey.

— Des esprits vengeurs ! Les malheureux n'ont même plus la force de se battre quand ils sont en vie... alors, quand ils sont morts ! marmonna Mickey.

— Partons d'ici, conclut Kelsey.

Longtemps après qu'ils eurent dépassé le carrefour, Mickey remarqua que le visage de Gary ne s'était pas détendu.

— Inutile de te mettre la rate au court-bouillon ; c'était épouvantable, mais c'est fini, le réconforta le lutin.

L'expression de Gary ne changea pas.

— Appelle ça un rêve, tu dis ? Ne s'agit-il pas plutôt d'un cauchemar ?

Pour la première fois, Mickey ne trouva rien à répondre.

— Tu as dit que je devais connaître le nom de Faerie. Il est vrai que j'en ai entendu parler dans les contes de fées et les légendes. Mais d'après ces histoires, le royaume des elfes et des lutins est un univers enchanté, paisible et beau. Et non un monde où un homme est pendu à un carrefour parce qu'il a volé du pain pour nourrir ses enfants affamés.

— C'était ainsi, naguère, avant que Kinnemore ne s'assoie sur le trône...

— Ça suffit ! hurla Kelsey, qui les avait rejoints.

Il regarda Mickey puis se tourna vers Gary.

— Ce qui se passe ici ne te concerne pas. Tu as été amené pour jouer un rôle modeste dans cette quête, rien de plus. Peu m'importe que ce que tu vois ici te plaise ou non !

Gary accepta la réprimande sans piper mot. Il avait compris que ses remarques et celles de Mickey avaient touché une corde sensible chez Kelsey. La frustration et l'impuissance de l'elfe étaient manifestes. La vue des pendus avait frappé Kelsey aussi profondément qu'eux, peut-être même plus. Gary savait que de telles abominations n'étaient pas en accord avec la conception que Kelsey se faisait du monde.

Gary et Mickey soupirèrent, et ils se remirent en marche. Ils restèrent silencieux pendant un long moment, chacun dans ses pensées. Gary avait chaud et se sentait seul. Son esprit s'envolait vers son propre monde, ou encore vers Tir na n'Og.

Il était tellement absorbé qu'il faillit renverser Kelsey, qui s'était arrêté net. L'elfe était penché sur le sol et examinait quelque chose.

Heureusement, Mickey réussit à retenir Gary à temps.

— Qu'as-tu trouvé ? demanda le lutin.

— Des traces de gobelins, répondit calmement Kelsey, le visage grave.

— Bah ! Ici ? On est à cinq jours des montagnes. Trop loin pour eux !

— Ce sont bien leurs empreintes, pourtant, affirma Kelsey.

Mickey regarda autour de lui, puis vers les montagnes, et son regard revint enfin vers Kelsey. Alors, seulement, il sembla comprendre.

— Tu penses que ce n'est pas une coïncidence ?

Kelsey ne répondit pas aussitôt. Mais son expression montrait clairement que Mickey avait vu juste. Ils entamaient à peine le second jour de leur quête et pourtant ils avaient déjà rencontré maints obstacles. D'abord Leshiye, ensuite Geldion, et maintenant des traces d'une bande de gobelins à des lieues de leurs repaires montagnards.

— Nous le saurons bien assez tôt. S'ils sont dans les parages, nous les verrons cette nuit, répondit Kelsey en scrutant le soleil.

— Aïe, aïe, aïe ! Et nous qui sommes au beau milieu de la plaine, miséricorde ! gémit Mickey.

— Pas du tout. Le bois de Cowtangle est tout proche. Nous devons nous hâter d'y arriver avant qu'il ne fasse nuit.

Gary n'avait aucune envie de se dépêcher. Mais l'idée de rencontrer ces gobelins lui plaisait encore moins. Il remit son heaume en place et ils pressèrent le pas. Kelsey et Mickey l'aidèrent autant que possible. L'elfe le relaya même pour porter le bouclier.

Quand ils atteignirent leur destination, il était si tard que les arbres n'étaient plus qu'un enchevêtrement de silhouettes sombres. Grâce à sa vue perçante, Kelsey les conduisit au cœur des fourrés et ils trouvèrent bientôt une clairière, qui leur offrait une sécurité relative.

— Pas de feu. Pas de lumière, ordonna Kelsey en regardant Mickey.

Puis il dit, à l'intention de Gary :

— Garde l'armure et la lance à portée de main. Si tu dois fuir, tu ne dois rien laisser derrière toi.

Puis il ajouta, autant pour se convaincre lui-même que pour les autres :

— Le bois nous cachera.

Mickey et Gary ne purent s'empêcher de penser que le bois de Cowtangle pouvait aussi dissimuler autre chose qu'eux.

Bien que profondément endormi, Gary entendit le cri de surprise de Kelsey. Il ouvrit les yeux juste à temps pour voir une forme s'enfuir dans les fourrés, loin de Kelsey.

Une lumière fantomatique les encerclait. Et, était-ce encore un tour de Mickey ? tout semblait se mouvoir au ralenti.

— Cours ! hurla Kelsey.

— Sauve ta peau, mon garçon ! ajouta Mickey.

Gary était maintenant bien éveillé, l'esprit alerte. Mais son corps bougea lentement quand il voulut se lever.

Kelsey courut vers lui. Il y avait maintenant des mouvements et des bruits qui venaient de partout, des ululements et des grincements.

Gary agrippa la main que l'elfe lui tendait et se mit debout, remarquant que l'épée de Kelsey ruisselait de sang. Kelsey le secoua vigoureusement, faisant preuve d'une force surprenante, comme s'il avait senti l'hésitation de Gary. Puis il lui planta le heaume sur le crâne, lui tendit le bouclier et la lance, et le poussa à la suite de Mickey.

Gary devina que Kelsey s'était ensuite jeté dans la bataille. Il essaya de regarder par-dessus son épaule mais le casque n'était pas bien attaché et il ne tourna pas avec sa tête.

— Par là ! Ne crains rien pour Kelsey ! cria Mickey loin devant lui.

Tout n'était que ténèbres quand ils sortirent de la clairière et se trouvèrent hors du cercle lumineux créé par Mickey. Gary trébuchait sur les innombrables racines qui tapissaient le sous-bois, se heurtait aux troncs d'arbres qui surgissaient de partout et essayait désespérément de rester à la hauteur du lutin. Par chance, l'armure amortissait les chocs et Gary réussit finalement à rattraper Mickey. Il était tranquillement assis sur la branche basse d'un grand arbre.

Il fit signe à Gary, mais le jeune homme, terrifié, trébucha en avant, n'osant pas ralentir sa course, et continua à l'aveuglette. Chaque buisson lui faisait penser à un démon accroupi, prêt à bondir sur lui et à le dévorer. Il eut du mal à se raisonner et à ralentir le pas.

Toujours sur son perchoir, Mickey réfléchissait. Si Kelsey était trop absorbé pour déceler son tour de magie, le geste du lutin risquait d'attirer à l'elfe beaucoup d'ennuis. Mais, d'un autre côté, les gobelins étaient partout, se bousculant et hurlant, et, eux, ils pouvaient voir dans le noir.

Kelsey pouvait s'échapper, Mickey également, mais il lui fallait agir vite sinon le jeune humain était perdu !

— Hum, hum, des arbres dans la brume, psalmodia le lutin.

Puis il agita les mains afin de réaliser le charme le plus communément utilisé pour détourner un poursuivant — une illusion simple mais particulièrement efficace, et déplaisante. Chacun des arbres qui se trouvaient entre Mickey et la clairière donna soudain l'impression de s'être déplacé d'un pas sur la gauche.

Kelsey comprit très vite ce qui se passait. Le gobelin qui se précipitait sur lui s'écrasa contre un gros chêne et s'écroula comme une masse. Un autre, qui avait de grandes dents, fonça tout droit sur Kelsey mais dévia sur la droite au dernier moment et se prit dans une branche basse. Son cou craqua avec un horrible bruit et il s'effondra sur le sol.

Kelsey se dit une fois de plus que la présence d'un lutin était décidément bien utile. Un troisième assaillant rebondit sur un tronc.

Étourdi, il regarda autour de lui en se grattant la tête et Kelsey, qui se souciait peu de combat loyal quand il s'agissait de gobelins, en profita pour lui enfoncer son épée dans les côtes.

Puis l'elfe se glissa dans les broussailles et choisit soigneusement son chemin à travers le mirage créé par Mickey.

Gary Leger connaissait la peur pour la première fois de sa vie. Il avait perdu ses amis et il entendait les gobelins le talonner ! Qu'allait-il faire si l'une de ces épouvantables créatures l'attrapait ? Il ne savait pas se battre à la lance, et il pouvait à peine se déplacer avec cette armure.

Gary se trouvait bien au-delà du cercle de l'illusion créée par Mickey, mais cela importait peu car il ne voyait rien dans le noir, surtout avec le heaume qui rebondissait sur ses épaules. Il était paralysé de terreur au point de ne pas pouvoir réfléchir. Son bouclier se prit dans un fourré et le fit trébucher. Le jeune homme retrouva vite l'équilibre, mais la secousse avait fait tourner son heaume et la fente pour les yeux se trouvait maintenant à l'arrière de sa tête.

Gary tenta de remettre la chose à l'endroit mais les cris continuels des gobelins lui interdisaient de ralentir. Il se prit les pieds dans une racine, tituba, réussit néanmoins à reprendre sa course éperdue.

Une vague de soulagement le submergea quand il réussit à remettre son heaume à l'endroit, mais elle fut de courte durée. Gary eut juste le temps de voir la branche basse et large qui lui barrait le chemin. Il souhaita ne jamais avoir remis le heaume en place, pour ne pas voir ce qui allait arriver.

Le choc fut violent. Gary entendit un bruit sourd, suivi d'une brusque secousse. Une seconde plus tard, il était allongé sur le dos en train de se dire que le ciel était vraiment beau cette nuit-là. Curieusement, il pouvait voir les étoiles, des millions d'étoiles, alors que le heurt avait fait tourner son heaume, qui lui couvrait de nouveau les yeux.

— Ne bouge plus et reste comme ça ! entendit alors Gary quelques instants plus tard.

Il parvint à lever la tête et à repousser son casque suffisamment en arrière pour voir Mickey s'éloigner en trottinant, ralentir pour marmonner quelque incantation et agiter sa petite main dodue en direction de Gary.

— Arrête donc de jouer à l'asticot ! dit le lutin avec plus de force, avant de disparaître dans les fourrés.

Gary était bien en peine de comprendre quelque chose, encore étourdi par le coup qu'il avait reçu, jusqu'à ce qu'il entende les ululements, les trépignements et se souvienne de la terrible poursuite. Il faillit se lever et s'enfuir en courant mais la proximité des cris l'en dissuada. Ils s'empareraient probablement de lui avant même qu'il ne parvienne à se remettre sur ses pieds. Les mots de Mickey résonnèrent à nouveau dans sa tête et Gary eut la sagesse de décider qu'il devait faire confiance au lutin. Il resta donc allongé, complètement immobile.

Les gobelins, qui s'étaient regroupés, reprenaient de l'assurance à chaque pas et à chaque arbre qu'ils dépassaient sans se cogner. Ils avaient quitté la zone de la première illusion de Mickey mais ils avaient perdu toute trace de l'elfe. Cela ne dérangeait cependant pas Geek et ses compères : ils savaient dans quelle direction l'humain était parti, et il n'y avait qu'un seul chemin qui traversait les fourrés dans cette partie du bois. Les gobelins, de même que les elfes, pouvaient voir dans le noir, tandis qu'après le crépuscule, dans une épaisse forêt, les humains étaient totalement désarmés.

Et pourtant, leur vision nocturne fit défaut aux gobelins à un moment stratégique. Geek les menait à toute allure, criant et frappant de gauche et de droite, partout où Gary aurait pu se cacher. Ils traversèrent ainsi le bois, sautant par-dessus des racines, se courbant sous des branches basses, marchant sur un monticule apparemment anodin.

... Apparemment ! Gary eut du mal à réprimer un grognement lorsque la troupe gesticulante le piétina. Un gobelin se prit le pied entre le heaume et le pectoral de l'armure, et s'étala de tout son long sur les jambes de Gary. Le jeune homme crut sa dernière heure arrivée, mais la créature se releva, épousseta sa tunique maculée de saleté et continua son chemin en clopinant.

Ils étaient enfin partis, leurs ululements retentissant dans le lointain. Gary n'essaya même pas de se lever. Il resta immobile, impuissant, sa poitrine se soulevant et s'abaissant à un rythme saccadé, s'efforçant de reprendre ses esprits. Il n'avait pas la moindre idée de ce qu'il devait faire et il ne savait pas où il devait aller. Mais, par-dessus tout, il craignait que ses compagnons ne soient morts.

— Debout ! entendit-il un moment plus tard.

Il reconnut la voix de Kelsey, puis entendit des bruits de pas légers et sentit l'elfe se pencher au-dessus de lui.

Le soupir de Kelsey exprimait un mélange de colère et de pitié.

— Quelle horrible créature t'a fait ça ? Te tordre le cou ainsi... gémit l'elfe, qui regardait l'arrière du heaume de Gary.

Ce dernier leva alors la main pour essayer de remettre le heaume en place. L'elfe recula d'horreur.

— Je vais bien, dit finalement Gary, dont les efforts étaient enfin couronnés de succès.

— On lui a juste marché dessus, c'est tout ! Ce

n'était qu'une bosse sur la route pour ces stupides gobelins, ajouta Mickey qui surgit aux côtés de Kelsey.

— Eh bien, lève-toi, alors ! grogna Kelsey, embarrassé et furieux, se penchant et tirant brutalement Gary sur ses pieds.

— Ils ne seront pas partis longtemps, remarqua Mickey.

— Mais que faisaient-ils là ? reprit Kelsey.

Mickey hocha la tête, comprenant où Kelsey voulait en venir. Trop d'événements surgissaient en même temps pour qu'on puisse croire à un simple hasard — considérés de façon individuelle, la nymphe, le prince ou les gobelins pouvaient n'être que l'un des nombreux dangers qu'on rencontre au cours d'un voyage. Mais là... Tout cela ressemblait à s'y méprendre à une conspiration !

— Qui tire les ficelles ? demanda Mickey.

— Quelles ficelles ? demanda Gary qui voulait être de la conversation.

— Qui manipule les princes comme les gobelins ? Et qui a pu ainsi enrôler Leshiye ? poursuivit Mickey, ignorant Gary.

Kelsey n'avait pas besoin de parler car ils savaient tous les deux qu'il n'y avait qu'une seule réponse à ces questions.

— Eh bien, nous y voilà ! dit Mickey, soudain sombre.

Gary regarda le lutin avec curiosité car il n'avait encore jamais vu cet aspect de la personnalité habituellement enjouée du lutin.

Kelsey croisa les bras, pensif. Puis il les conduisit silencieusement à travers le dédale de la forêt.

Ils s'installèrent sous les branches basses d'un pin, qui leur offrait un abri relativement sûr. Cependant, ni Kelsey ni Mickey ne parvinrent à se détendre. Mickey fit de nouveau apparaître sa petite boule de lumière et sortit son livre, mais Kelsey fut sur lui en un clin d'œil.

— Chasse cela ! commanda-t-il.

— On ne peut pas la voir à l'extérieur des branches ! Tu veux rester assis là dans le noir ? J'en connais un qui ne passera pas la nuit sans se blesser !

Gary était plus préoccupé par la tension qui se lisait sur le visage de Kelsey que par les paroles de Mickey. L'elfe paraissait à peine capable de répondre. Les rides de son visage pointu se plissaient sous la pression de ses mâchoires. Il regarda Gary et commença à parler mais ses yeux dorés s'écarquillèrent et il sourit bizarrement en secouant la tête.

— Juste un peu de lecture, hum ? demanda Mickey, qui venait de comprendre ce qu'avait vu Kelsey.

Il espéra que la vue des empreintes de pas boueuses de gobelins qui constellaient le devant de l'armure de Gary le détendrait un peu.

Sans répondre, Kelsey se dirigea vers le rideau de verdure, écarta quelques branches et regarda à travers l'enchevêtrement. Mickey prit cela pour une autorisation ; glissant sa pipe dans sa bouche, il se mit à lire.

Gary aurait aimé parler avec le lutin ou avec l'elfe afin de savoir ce qu'ils pensaient de cette mystérieuse conspiration mais il n'osa rien dire. Il était assis contre le tronc du pin et essayait de trouver une position aussi confortable que possible. Il n'enleva d'ailleurs que son heaume. Il espérait retrouver le sommeil et souhaitait plus que jamais se réveiller dans un univers normal.

Il n'y croyait pas vraiment, cependant. Quoi que cela pût être, folie, mort ou même voyage complètement dingue mais bien réel, Gary était maintenant fermement convaincu qu'il ne s'agissait pas d'un rêve.

Il venait juste de s'assoupir quand Kelsey le secoua. Levant les yeux vers le visage sévère de l'elfe, il se demanda tout d'abord ce qu'il avait encore fait.

— Prends ça, dit simplement Kelsey en lui tendant le long étui de cuir qui contenait l'arme légendaire.

Kelsey le défit à une extrémité et en tira la lance. Elle était d'un noir profond et sa pointe polie brillait dans l'ombre comme si elle possédait une lumière intérieure.

Gary ne pouvait détacher son regard de la tête ouvragée. Sa forme était triangulaire, aussi longue et presque aussi épaisse qu'un avant-bras. De petites barbelures couraient le long des côtés et les deux pointes arrière étaient étirées et recourbées vers le devant. Des runes anciennes et magnifiquement travaillées, représentant de nobles guerriers et des monstres inquiétants, recouvraient le métal sombre.

— Quand elle sera reforgée et entière, elle fera la moitié de ta taille, dit Kelsey.

Il tendit l'arme à Gary afin qu'il puisse sentir la puissance du fer.

Gary l'empoigna. Il avait estimé qu'elle devait peser une bonne centaine de livres, mais quand Kelsey la lâcha, elle lui parut étonnamment légère.

Elle était bien équilibrée. Gary avait l'impression qu'il pourrait la lancer au loin sans effort particulier.

— La magie, expliqua Kelsey en voyant la perplexité de Gary.

L'elfe sourit pour la première fois depuis qu'il avait rencontré Gary. Il prit l'arme, la glissa dans l'étui dont il referma l'extrémité.

— Tu veux que je la porte ? lui demanda Gary.

— Nos épreuves ne sont pas finies. Même si nous réussissons à éliminer les gobelins, je sais maintenant que notre chemin sera semé d'embûches. Je dois rester dévoué à ma quête mais j'ai juré de préserver la panoplie du roi Cédric. Si les gobelins nous attaquent, je les éloignerai. Tu devras alors ramener l'armure et la lance au baron Pwyll.

Le ton de Kelsey était implacable.

— Donne-moi ta parole d'honneur.

Gary hocha la tête et Kelsey s'éloigna. Il était heureux que l'elfe lui fît confiance au point de lui confier une tâche si importante. Mais le comportement inhabituel de Kelsey le rendait mal à l'aise. Quelque chose de très dangereux rôdait autour d'eux, quelque chose que même ses nouveaux amis, qui lui semblaient tellement supérieurs, redoutaient aussi.

Mickey ne fit rien pour alléger les craintes de Gary quand, un moment plus tard, il lui jeta le livre sur la poitrine.

— Qu'est-ce qui se passe ? demanda Gary en le ramassant.

— Et ton J. R. R. Tolkien se dit historien, hum ? Quel prétentieux de se faire appeler ainsi par ses initiales ! L'a peur d'utiliser son nom en entier ?

— Quoi ?

— Lis donc ton grimoire à la page cornée !

Gary trouva facilement la marque mais ne put lire les signes flottants que Mickey avait substitués aux caractères habituels.

— Alors comme ça, le soleil transforme les trolls en pierre ? Tout le monde sait que ce sont les trolls eux-mêmes qui ont répandu cette fable ! Ce sont eux qui sculptent des statues, afin de laisser croire qu'ils ont été pétrifiés par la lumière du jour ! Combien de pauvres hères sont morts, victimes de cette légende ?

— Mais de quoi est-ce que tu parles ?

Kelsey se dressa entre eux et son regard brillant de colère les rappela à l'ordre.

Mickey agita la main. Immédiatement, le livre s'envola de la main de Gary et traversa les airs jusqu'à sa propre main.

— M. J. R. R. Tolkien, historien ! Calembredaines !

Gary regarda Kelsey et lui sourit timidement.

L'elfe ne lui rendit pas son sourire.

7

L'épée ensanglantée

LES TROIS COMPAGNONS DÉJEUNÈRENT DE BAIES SAUVAGES ET d'une miche de pain, puis ils se mirent en chemin juste avant l'aube. Kelsey les conduisait à travers l'enchevêtrement des broussailles à l'écart de la grande route. L'elfe et le lutin progressaient sans difficulté sur le terrain accidenté mais Gary ne cessait de trébucher, tout en massacrant les branchages qui avaient la malchance de se trouver sur son passage.

— Hum, m'est avis que nous ferions mieux de le ramener sur la chaussée ! suggéra Mickey au bout d'un moment.

— Les gobelins la surveillent peut-être, répondit sombrement Kelsey.

— Mieux vaut qu'ils le tuent plutôt qu'il le fasse lui-même ! Et, de toute façon, avec le boucan qu'il fait, tout le bois doit être au courant de notre passage !

Kelsey jeta à Gary l'un de ses regards railleurs. Le jeune homme aurait voulu riposter, assurer à l'elfe qu'il tiendrait jusqu'au bout, mais il choisit malheureusement ce moment pour se coincer le pied dans une racine. Il s'écroula lourdement dans un grand fracas et l'elfe, exaspéré, décréta que la route paraissait effectivement plus sûre, avant même d'aider Gary à se relever.

En dépit de son orgueil blessé, Gary se sentit beaucoup mieux sur la chaussée, même s'il étouffait dans sa cotte matelassée. Il se dit qu'il commençait à s'habituer au poids et qu'il était même plutôt à l'aise avec cette armure, malgré la chaleur. Mais, peu de temps après, il eut l'impression qu'elle pesait plus lourd et qu'elle semblait moins équilibrée qu'auparavant. Gary comprit la raison de ce changement lorsque Mickey apparut soudain, confortablement perché sur son épaule.

— Tu... tu étais assis là depuis le début ?

— Bah ! Tu ne t'en es pas rendu compte, mon ami. Mon poids n'est rien comparé à celui que tu portes sur ton dos, et d'ailleurs, si j'étais demeuré invisible, tu m'aurais porté jusqu'à Dvergamal sans te plaindre, répondit suavement Mickey.

— Dvergamal ?

— La voix du nain — c'est le nom des montagnes où nous allons trouver le Petit Peuple.

Gary réfléchit un instant. Avait-il déjà entendu ce mot auparavant, quand il se trouvait encore dans son propre monde ?

— Eh bien, pourquoi n'es-tu pas resté invisible ?

Il tenta sans grande conviction de repousser le lutin et de le faire tomber de son épaule, ce qui était pratiquement impossible étant donné l'extrême agilité de Mickey et le poids des plaques de métal qui entravaient les mouvements du jeune homme.

— J'ai envie de lire ! Comment est-ce faisable si le livre et moi sommes invisibles ? Tu permets, maintenant ?

Gary était en train d'envisager sérieusement de se laisser tomber à terre pour le seul plaisir de contrarier l'exaspérant lutin, mais Kelsey se retourna brusquement vers eux.

— Silence ! Nous marchons en terrain dangereux...

Il s'interrompit subitement, et Gary put voir ses muscles se tendre.

En un mouvement trop rapide pour que Gary puisse le suivre, Kelsey sortit son épée du fourreau et fonça droit devant lui. Un cri perçant jaillit d'une branche qui pendait au-dessus de la route. Un gobelin dégringola jusqu'aux pieds de Kelsey.

Gary sentit quelque chose sur le côté et vit une flèche sur le sol, la pointe cassée par l'impact contre son armure.

— Mickey... commença-t-il, mais le lutin s'était volatilisé !

Des râles et des ululements se firent entendre de toutes parts et, en un instant, les gobelins furent sur eux.

Gary avait déjà eu un aperçu des prouesses guerrières de Kelsey mais il n'aurait jamais pu imaginer une telle précision et une telle perfection dans les mouvements de l'elfe. Kelsey paraissait danser sans aucun bruit à l'exception du sifflement de sa lame et des gémissements des ennemis qu'il pourfendait.

Un énorme gobelin attaqua l'elfe par-derrière, l'encerclant de ses bras. Comme s'il avait anticipé le geste, Kelsey leva bien haut son arme, hors d'atteinte de l'autre. L'épée plongea entre les jambes de l'elfe et vint se planter dans celles du monstre, qui le lâcha aussitôt.

De l'autre côté de la route, devant Kelsey, deux autres chargeaient, tenant un filet entre eux. L'elfe se baissa et les laissa s'approcher de lui, puis bondit en avant, posant les pieds sur le filet et le faisant tomber à terre. Déséquilibrés, les deux assaillants titubèrent et l'épée de Kelsey plongea à droite, puis à gauche. La lame argentée et brillante était maintenant couverte de sang. Les deux créatures s'écroulèrent en même temps.

Littéralement hypnotisé par le spectacle qui se déroulait sous ses yeux, Gary se rendit à peine compte du danger qu'il courait. Il ne pouvait distancer les attaquants et n'aurait jamais le temps de se diriger sur le bas-côté de la route pour se cacher dans les fourrés.

Soudain, une flèche rebondit sur son casque. Gary se jeta rapidement sur le côté : l'archer fonçait droit sur lui en hurlant sauvagement, un gourdin brandi au-dessus de sa tête monstrueuse.

C'est alors que quelque chose frôla Gary, qui était en train de redresser son heaume. Malgré la peur qui le tenaillait, il vit clairement la scène. La grosse pierre qui était passée si près de lui alla s'écraser sur le visage du monstre, dont la tête partit en arrière dans un épouvantable craquement.

— Oh, bien visé ! se félicita Mickey quelque part derrière Gary.

Trois autres gobelins avaient encerclé Kelsey et l'attaquaient avec des gestes prudents. Le temps jouait en leur faveur car d'innombrables alliés leur arrivaient continuellement en renfort.

— Cours ! Rentre à Dilnamarra ! ordonna Kelsey à Gary.

Il fonça sur ses trois assaillants, changea rapidement de sens et se dirigea vers le jeune homme. Celui-ci fit demi-tour et s'éloigna pesamment en se demandant ce qu'il ferait quand les gobelins le retrouveraient.

Mais Kelsey avait d'autres projets. Il avait presque rattrapé Gary et avait laissé, à dessein, ses poursuivants se maintenir à sa hauteur quand il fit brusquement volte-face et se jeta dans la mêlée.

Les stupides créatures n'avaient même pas levé leurs lances et elles n'en eurent pas le loisir. Un bouclier écrasa celle qui se trouvait à la gauche de Kelsey qui, se jetant sur la droite, faucha un autre monstre à la gorge avec son épée.

Un troisième connut le même sort et s'effondra, mortellement blessé.

D'autres assaillants surgirent des broussailles, mais ils étaient plus haut sur la route, ce qui laissa le champ libre à Gary. Ce dernier courut aussi vite qu'il le put et il lui fallut un moment avant de s'apercevoir que Kelsey ne le suivait pas. Dominant sa panique, il s'arrêta et vit l'elfe ferrailler contre un autre ennemi, dans un nuage de poussière, tandis qu'un autre, visiblement malmené par l'épée de l'elfe, essayait de reprendre ses esprits.

Une douzaine d'autres monstres accouraient sur la route.

— Continue de courir ! Tu ne peux rien pour lui, mon gars, mais tu dois sauver la lance et le haubert ! cria Mickey qui se trouvait dans un buisson.

Gary se moquait bien de ces maudits ustensiles ! Il ne pouvait détacher son regard de Kelsey. Celui-ci n'était peut-être pas encore vraiment un ami mais il s'était bravement jeté sur leurs ennemis afin que Gary puisse s'enfuir. Le jeune homme ne s'était jamais considéré comme quelqu'un de particulièrement courageux, et, en cet instant précis, il était mort de peur. Mais il lui était impossible d'abandonner Kelsey à son sort. Il brandit sa lance en un geste désespéré.

— *Non ! Que te restera-t-il pour combattre quand tu ne l'auras plus ?* fit une voix dans sa tête.

Sans prendre le temps de discuter, Gary leva son arme et chargea avec un cri sauvage où se mêlaient la peur et la colère. Éberlué, le gobelin qui se dirigeait vers Kelsey pour prêter main-forte à ses congénères changea brusquement de direction en voyant Gary.

— Et maintenant ? murmura Gary qui essaya de dévier sa trajectoire pour rattraper le gobelin.

Mais il trébucha et s'écrasa lourdement contre un arbre. Dès qu'il se fut redressé, il agita de nouveau son arme, décidé à arrêter le monstre qui maintenant le poursuivait.

— *Ne la lance pas !* reprit la voix intérieure.

— Qu'est-ce que je fais, alors ? demanda Gary en silence.

— *Prends-la et bats-toi avec !* ordonna la voix.

Gary frotta la lance contre son bouclier et se demanda s'il allait savoir la manier d'une seule main pour vaincre le gobelin.

Son poursuivant l'avait presque rejoint. Gary pouvait voir la salive dégouliner sur ses lèvres épaisses et entre ses dents jaunâtres.

— *Pas comme ça !* hurla la voix intérieure.

L'absence de réaction de Gary fut sans doute suffisamment explicite car la voix enchaîna promptement :

— *Bloque l'extrémité de la lance contre l'arbre !*

Gary n'avait plus une seule seconde à perdre. Le gobelin était sur lui.

— *Maintenant !*

Gary obéit sans réfléchir.

L'ignoble créature se rua en avant, brandissant sa javeline. L'arme de Gary se positionna contre l'arbre. Son bouclier para le coup. Puis le monstre fut sur lui. Gary pouvait sentir son haleine chaude et fétide sur son visage et voir ses yeux bulbeux striés de veines fixés sur lui.

Sur la route, Geek conduisait la charge. Kelsey était en train de prendre le dessus mais Geek savait que, même s'il gagnait, l'elfe n'aurait jamais le temps d'échapper à la horde qui se rapprochait. Le plan fonctionnait parfaitement. Lady Ceridwen allait être ravie !

Soudain, la chaussée fut bloquée par une immense toile d'araignée. Geek hurla — même les gobelins ont peur des araignées géantes — et plongea dans les fourrés. Ses congénères qui le suivaient de près eurent la même réaction, et ceux qui venaient derrière stoppèrent leur charge et regardèrent autour d'eux, ahuris.

Kelsey réussit finalement à vaincre son adversaire en immobilisant son bouclier avec sa lance. Il se libéra de la poigne de la brute, mit un genou à terre et leva son fleuret.

L'autre brailla en agitant désespérément les bras devant lui. L'épée de Kelsey le transperça d'un seul coup.

Kelsey regarda vers le haut de la route, s'attendant à être submergé par une horde déchaînée. Ce qu'il vit à la place le fit sourire. Une douzaine de gobelins roulaient et glissaient, pris dans une toile d'araignée illusoire. Une vingtaine d'autres se tenaient derrière, butant les uns dans les autres en une belle pagaille.

Puis Kelsey entendit une corne sonner, loin derrière lui, ainsi que le martèlement de sabots qui déferlaient sur la chaussée.

— La toile d'araignée ne va pas les abuser longtemps... Nous ferions mieux de partir, murmura Mickey.

La bouche de la créature s'ouvrit sur un cri d'agonie silencieux. Gary, terrorisé, attendit la morsure de la mâchoire béante aux dents jaunes. Mais les traits du gobelin se tordirent bizarrement. Il fut secoué de quelques convulsions et se mit à vomir du sang.

C'est alors que Gary comprit. Il tenait toujours sa lance droit devant lui, et le gros ventre du monstre se trouvait tout contre sa main.

— Ah, la vache ! dit Gary sans réfléchir.

Le monstre, dans un dernier soubresaut, aspergea Gary de son sang, puis son corps devint flasque. Gary lâcha le javelot et regarda, hypnotisé, la chose qui s'écroulait sur le flanc, l'avant de son arme ressortant du dos de la créature.

Le jeune homme resta immobile un long moment, en oubliant presque de respirer.

— *Bien joué, jeune pousse !* le félicita la voix.

Mais Gary ne voulait pas de compliments. Il n'avait pas l'impression d'être un héros. En fait, il se sentait plutôt écœuré.

Il mit sa tête dans ses mains moites et essaya de trouver la force de retirer l'arme souillée.

Le bruit de cavaliers qui approchaient le ramena à la réalité. Une vingtaine de soldats chevauchaient sur la route, bannières au vent et lances dressées. Gary oublia son horreur un bref instant et crut que son salut était à portée de main. Il leva le bras et salua bruyamment à travers le tumulte grandissant.

Quelque chose s'écrasa brutalement dans son dos et les buissons environnants eurent l'air de se mouvoir et de le happer. Il pensa d'abord qu'un gobelin allait l'attaquer mais la main qui surgit sous son menton était délicate quoique forte, et non noueuse et rugueuse comme celle d'une de ces repoussantes créatures.

— Qu'est-ce... commença-t-il, mais sa tête fut brutalement tirée en arrière et une épée ruisselante de sang se posa sur son cou.

— Silence ! chuchota Kelsey, dont le geste menaçant rendait cet ordre superflu.

— Le prince Geldion ! Hum, ce devrait être un combat loyal ! ajouta Mickey.

Le lutin cligna des yeux en regardant vers la route où se trouvaient toujours les gobelins. Ceux-ci cessèrent de se bousculer en voyant disparaître la toile d'araignée. Ils n'y songèrent d'ailleurs plus quand la petite troupe montée fonça sur eux.

Les premiers assauts furent en faveur des cavaliers. Les lances atteignaient leurs cibles et les chevaux piétinaient les gobelins qui gisaient sur le sol, impuissants. Mais d'autres monstres surgirent des bois pour rejoindre les combattants, et bientôt le prince Geldion et ses soldats se trouvèrent pris dans un véritable étau. Un homme tomba sous le poids de plusieurs créatures ; sa monture et lui furent submergés avant même d'avoir touché terre.

— Nous devons les aider, s'écria Gary en se débattant contre la poigne de Kelsey.

Celui-ci frappa l'arrière de son heaume et pesa de tout son poids sur Gary pour le retenir.

— Le vainqueur, quel qu'il soit, sera en effet ravi de nous voir nous livrer si facilement !

— Les cavaliers en ont après nous ?

— Bien possible, mon garçon. Pour quelle raison le prince Geldion serait-il ici ? Tout le monde, à Dilnamarra, savait que nous nous dirigions vers les montagnes, répondit Mickey.

Sur la route, la meute gesticulante et vociférante continuait d'affluer, mais les cavaliers étaient d'habiles combattants et se montraient à la hauteur de leur réputation.

— Nous devrions y aller. Les gobelins peuvent s'enfuir d'une minute à l'autre et si jamais le prince découvre que nous sommes là, nous aurons du mal à nous échapper, commenta Kelsey.

Il libéra Gary et, toujours rampant, le conduisit au cœur des fourrés. Bientôt ils étaient debout et marchaient d'un bon pas en direction de l'est, longeant la route à l'abri du sous-bois.

— Eh bien, maître Kelsey, tu as des ennemis de chaque côté, on dirait ! remarqua Mickey une fois que les bruits de la bataille qui se poursuivait derrière eux se furent un peu estompés.

— Mais pourquoi le prince... commença Gary, vite interrompu par Kelsey.

— Les deux cherchent la même chose, c'est vrai, mais ils n'œuvrent pas ensemble, c'est notre seul espoir.

— Ah, une main embrouille l'autre... commenta Mickey.

— Mais de quoi parlez-vous ? Et pourquoi le prince... insista Gary.

— Cela ne te concerne en rien, le coupa de nouveau Kelsey.

— Si quelqu'un veut me tuer, je trouve que cela me concerne, rétorqua Gary avec plus de détermination qu'il n'en avait jamais montré à l'égard de l'elfe.

Curieusement, l'elfe ne le réprimanda pas et ne lui lança aucun de ses sempiternels regards menaçants.

— Tu t'es bien battu. Ta bravoure m'a surpris, ainsi que ton habileté à manier la lance.

— Remercie Mickey. C'est lui qui m'a guidé en me parlant pendant tout le combat, dit Gary, un peu gêné.

Le regard que Kelsey jeta à Mickey était tout aussi perplexe que celui que le lutin posait sur Gary.

— Moi, je t'ai parlé ?

— Enfin tu m'as aidé, d'une façon ou d'une autre. Ce qui est curieux, c'est que ton accent change quand tu communiques par télépathie. Je n'avais jamais songé à ça avant mais je suppose que c'est logique. Nous pensons tous de la même façon, de toute manière, même si nous parlons différemment. Et puis je n'ai pas vraiment entendu des mots, mais plutôt des pensées, si tu vois ce que je veux dire, déclara Gary, le visage plissé par la réflexion.

Mickey tira longuement sur sa pipe et regarda Kelsey en hochant la tête.

— Ce n'était pas dans ta tête, expliqua le lutin à Gary.

— Quand cette voix intérieure a-t-elle commencé ? demanda Kelsey.

— Pendant la bataille.

— Et que portais-tu sur le dos ?

— Juste la lan... Ce truc-là parle ? dit Gary en attrapant l'étui de cuir.

— *Truc ?* fit la voix, perturbée.

— Non. Mais sa magie est puissante, peut-être la plus puissante qu'il y ait sur cette terre, répondit Mickey.

— Tu veux dire qu'elle est intelligente ? demanda Gary.

— Oui, avec celui qui la porte ! Et tu ferais bien de l'écouter car elle a participé à plus de batailles qu'aucun d'entre nous, conseilla Mickey.

Gary envoya l'étui en cuir valdinguer sur son dos comme s'il en avait peur.

— Tu devrais être content. Tu as maintenant un allié qui te sera d'une aide précieuse au cours des épreuves à venir, lui dit Kelsey.

Une corne se fit entendre au loin sur la route et l'elfe se retourna.

— Sans parler des épreuves passées, ajouta-t-il sombrement.

— Hum ! C'est Geldion qui a vaincu — aucun gobelin ne pourrait sonner une note aussi claire !

— Alors il ne nous reste plus qu'à espérer qu'il a essuyé trop de pertes pour s'obstiner à nous poursuivre. Les bois de Cowtangle vont bientôt se terminer et la lande qui se situe entre la forêt et les montagnes est à découvert, dit Kelsey.

Gary s'imagina en train de courir et d'essayer de sauter des barrières dans une plaine, poursuivi par des hordes de cavaliers. Décidément, cette aventure prenait une tournure de plus en plus cauchemardesque ! Gary se voyait essayant de s'échapper mais lentement, bien trop lentement pour semer ses redoutables poursuivants.

Comme Kelsey l'avait annoncé, ils sortirent du bois un moment plus tard. Les monts étaient beaucoup plus proches maintenant et semblaient à moins de cinq jours de marche ainsi que l'avait évalué Mickey. Mais à mesure que la journée passait, Gary comprit qu'il s'était illusionné. Le sol inégal montait et descendait régulièrement. Après plusieurs heures, les cimes paraissaient toujours aussi éloignées que lorsqu'ils avaient quitté Cowtangle.

Kelsey dévia vers le nord, expliquant qu'il n'avait nulle envie de s'approcher de la ville de Braemar.

— Sûr que d'autres pièges nous y attendent ! approuva Mickey.

Ils arrivèrent au bord d'un fleuve qui coulait rapidement vers l'ouest, venant des montagnes. C'était la rivière Oustle, ainsi que l'expliqua Mickey.

— Elle nous conduira droit sur Dvergamal, mais nous ferons un crochet pour éviter le bourg de Drochit, enfin, je suppose ?

Kelsey approuva le raisonnement de Mickey.

Bien que ce ne fût pas une véritable route, ils avancèrent rapidement, sans déceler de cavaliers ni de gobelins à leurs trousses.

Geek tituba hors du bois de Cowtangle, au sud-ouest, une région de mousses épaisses et de marécages brumeux. Il savait qu'il n'y avait pas eu beaucoup de survivants. Peut-être même était-il le seul. Il se laissa tomber sur le sol et planta son menton pointu dans ses mains calleuses.

— C'est pas de chance ! maugréa-t-il.

Il ne savait pas encore ce qu'il allait dire à Lady Ceridwen qui ne serait sûrement pas contente.

— Ah, non, pas de chance ! Méchants princes ! cracha-t-il.

Il entendit un bruissement à côté de lui et sauta sur ses pieds, prêt à se défendre, croyant que les maudits cavaliers l'avaient retrouvé. Il ne vit rien, cependant, et se dit que ce n'était peut-être que le vent dans les arbres.

Quand il se retourna, il faillit s'évanouir. Une chatoyante lumière bleu et blanc planait au-dessus de lui ; et prit forme peu à peu. Geek déglutit avec difficulté en reconnaissant son poursuivant. Ou plutôt, sa poursuivante !

Lady Ceridwen se tenait devant lui.

— Cher ami, dis-moi donc ce qui s'est passé ? Qui a fait du mal à mon petit Geek ? ronronna la sorcière.

— Des hommes. Beaucoup. Quoi qu'ils font dans les bois du prince ?

— Peut-être travaillaient-ils pour moi... Peut-être exécutaient-ils mes ordres, au lieu de se mêler de ce qui ne les regardait pas !

— Geek a obéi aux ordres de Lady, geignit Geek, tombant à genoux et couvrant de baisers baveux la paume délicate de Ceridwen.

La sorcière retira sa main, dégoûtée.

— Que faisais-tu là ?

— Geek voulait attraper l'elfe et tuer l'homme, pour sa Lady !

— T'ai-je demandé de faire ça ?

Le gobelin secoua la tête.

— Geek a pensé...

— T'ai-je demandé de penser ?

Le gobelin ne trouva rien à répondre.

Ceridwen recula et tira une fine baguette magique de sa manche.

— Lady ! implora Geek.

Puis il ne dit plus rien, car les crapauds ne parlent pas.

Ceridwen se pencha et ramassa la pitoyable créature. Elle faillit la jeter dans une flaque d'eau mais changea d'avis et se mit en route, caressant le dos de Geek et lui promettant toutes sortes d'aventures.

La sorcière porta le batracien sur l'autre rive du petit marécage, vers un endroit où elle savait qu'un énorme serpent avait son nid.

8

Dvergamal

ILS NE RENCONTRÈRENT PAS DE DIFFICULTÉS MAJEURES PENdant les deux jours qui suivirent. Kelsey allait vite ; ils ne firent qu'une seule étape, s'arrêtant longtemps après le coucher du soleil et reprenant leur marche bien avant l'aube. Après la bataille de Cowtangle, Gary ne contestait plus la hâte de l'elfe. Mickey, bien sûr, continua de râler à chaque pas.

Le trajet qui les mena aux premiers contreforts des montagnes traversait un paysage vallonné mais peu accidenté, et maintenant que Gary s'était à peu près habitué à l'armure, il se déplaçait avec une relative aisance.

Ils arrivèrent enfin à Dvergamal.

Les montagnes, nues, âpres et dentelées, avaient l'air d'une barrière infranchissable pour l'homme. Des rochers culminaient à plus de mille pieds d'altitude. Des gouffres deux fois plus profonds creusaient ce paysage, et le chemin n'était qu'un petit sentier, escarpé et dangereux. Kelsey avançait avec confiance. Mickey, qui se trouvait juste derrière, ne levait même pas les yeux de son livre.

Gary eut honte de ses propres craintes, et cela lui donna le courage de les suivre. Il traversa des ravins, longea le bord des falaises, mais chaque pas entamait un peu plus son moral. Il se surprit à se demander de plus en plus souvent à quel point son armure pourrait atténuer le choc, s'il chutait d'une telle hauteur.

Kelsey bondissait avec légèreté, Mickey survolait les obstacles d'un air absent et Gary se traînait misérablement. Il fallait recourir à la menace pour faire franchir certains passages au jeune homme, et parfois même le tirer, le pousser, voire le faire léviter, pour aller de l'avant.

La peur de la chute le paralysait littéralement.

Les gouffres devenaient de plus en plus profonds à mesure que leur petit groupe se frayait un chemin vers les hauteurs de Dvergamal. Si le chemin s'élargissait par endroits, il disparaissait le plus souvent dans des crevasses étroites, bordées de hauts rochers.

Faute de mieux, ils passèrent leur première nuit à la belle étoile, sur un rebord qui faisait à peine quelques pas de large. Un vent glacé les mordait, décourageant toute tentative d'allumer un feu et menaçant de les précipiter dans le vide s'ils ne faisaient pas attention.

Quand le jour se leva enfin et que Kelsey reprit la marche, les yeux de Gary arboraient les cernes sombres d'une nuit sans sommeil.

— Ralentis un peu le mouvement aujourd'hui ! Vaut mieux ne pas être épuisé pour traverser Dvergamal, dit Mickey à Kelsey en remarquant l'état de Gary.

L'elfe regarda Gary et soupira bruyamment.

— Le voyage est difficile. Pourquoi n'as-tu pas dormi ? demanda-t-il d'un ton dur.

Une expression d'impuissance tordit le visage de Gary.

— Il n'est pas accoutumé à une telle altitude ! Vas-y doucement. Tu lui as beaucoup demandé ces derniers jours, et il ne s'est pas souvent plaint, plaida le lutin pour Gary.

Kelsey, avec un nouveau soupir, se remit en route mais, cette fois-ci, il ralentit un peu le rythme.

Le grand corbeau noir repéra le groupe un peu plus tard ce jour-là et remarqua son avance avec quelque inquiétude. Leshiye, Geldion et Geek avaient échoué, et maintenant, Ceridwen, sous son habit de plumes noires, devait trouver un nouvel obstacle à jeter en travers de la route de Kelsey et de ses compagnons. Elle connaissait leur destination et son estime pour l'elfe plein de ressource ne fit qu'accroître la crainte qu'elle avait de le voir franchir avec succès les prochaines barrières prévues : les échos des nains, les éboulements de pierres et enfin les chutes d'eau.

— Mais jusqu'où iras-tu quand le Petit Peuple saura que tu projettes d'enlever Geno ? Et que feras-tu si Geno est mort ? croassa le corbeau.

Ceridwen poursuivit son vol à la recherche des nains, tandis que son esprit malfaisant bouillonnait de questions sans réponses.

— Attention, fiston ! Nous ne devons plus parler à partir d'ici : les montagnes ont des oreilles partout, hum ! et nous avons ici plus d'ennemis que d'amis, chuchota le lutin en posant son doigt dodu sur ses lèvres.

Il fit un clin d'œil à Gary et reprit sa place dans la file, derrière Kelsey.

De gigantesques ombres recouvraient les montagnes. Des nuages noirs passaient, poussés par le vent, au-dessus d'eux ou, parfois, au-dessous. Les pics disparaissaient sous un voile gris. Des crevasses et des saillies dessinaient un paysage inquiétant. De petits ruisseaux, provenant des pluies et des brumes matinales, coulaient de toutes parts, brillant au soleil en glissant sur les rochers.

Gary se demanda quelle puissance avait modelé cette région, quelle force avait ainsi bousculé et déchiré la terre. Il avait déjà vu cette scène, non seulement en rêve mais aussi dans des tableaux peints par des artistes à l'imagination débordante, quand il lisait des livres sur la préhistoire, où étaient évoqués les violents séismes qui avaient provoqué la dérive des continents et la naissance des montagnes.

La majesté du spectacle qui s'étalait devant lui, les

impressionnants jeux d'ombre et de lumière qui traversaient le ciel — ainsi que l'avertissement de Mickey —, tout cela donnait la sensation que l'homme n'était pas ici à sa place. Comme il semblait insignifiant à côté des falaises de Dvergamal ! Gary se pencha sur les rochers qui bordaient l'étroit sentier et sentit une force qui émanait de la terre elle-même, une force qui aurait pu l'anéantir en un éclair.

Il se demandait quelles créatures pouvaient bien vivre là, imaginant des bêtes d'une force incroyable tapies derrière chaque pierre, prêtes à bondir sur lui.

Tout à ses réflexions inquiètes, Gary avait peu à peu ralenti le pas. Quand il s'en rendit compte, Mickey et Kelsey étaient loin devant, tournant un coude qui les cacherait bientôt à sa vue.

— Attendez-moi ! appela-t-il, oubliant les paroles du lutin.

— Attendez-moi ! entendit-il sur le bord du sentier.

— Moi... moi... moi... moi... moi... ! répondirent les pierres de l'autre côté.

Gary regarda autour de lui, surpris par la soudaineté des échos et déconcerté par leurs étranges modulations.

— Je t'avais dit de te taire ! gronda Mickey qui se retourna brusquement.

— Taire... taire... taire... ! ululèrent les échos, résonnant à travers toute la vallée.

Kelsey et Mickey revinrent vers Gary.

— Qu'est-ce que c'est ? murmura ce dernier.

L'expression de ses compagnons montrait bien que ce phénomène n'était pas naturel.

— Est... est... est... reprirent les voix cachées.

— Dvergamal — la voix des nains. Ils jouent avec nous, comme ils le font toujours avec ceux qui parlent dans leurs montagnes, chuchota Mickey.

Sa voix s'était élevée en parlant et les échos se mirent à chantonner.

— Oh, taisez-vous ! cria Mickey.

— Vous... vous... vous... bouh... bouh... bouh... vous...

— Bouh ? répéta Gary, incrédule.

— Les nains ! Ils trouvent plaisant de rajouter leurs propres mots, expliqua Mickey.

— Venez donc et ne parlez pas, ou ils suivront tous nos mouvements, dit Kelsey.

— Oui, venez... venez... ne parlez pas... ne parlez pas... pas... pas... répondit la rumeur en rebondissant sur les rochers.

Les inquiétudes de Gary ne firent que s'accroître, mais cette fois-ci il ne lâcha plus d'un pouce ses deux anges gardiens.

Au creux d'un profond ravin, parmi un amas de pierres, les deux imitateurs se félicitaient mutuellement.

— On s'est bien amusés ! dit Dvalin.

Le nain avait des cheveux noirs sur le dessus de sa grosse tête mais pas un poil sur les joues et le menton. Hilare, il donna une claque dans le dos de son frère aîné, Durin, qui était déjà grisonnant, avec une barbe assez longue pour qu'il puisse la mettre dans ses bottes si l'envie lui en prenait. Les deux compères étaient ravis du passage des étrangers dans leur coin perdu. C'était leur mois de garde, une tâche habituellement ennuyeuse, et jouer à l'écho avec le petit groupe qui venait de passer les avait fort divertis.

— S'ils continuent sur cette crête, nous pourrons les rattraper quand ils traverseront au nord, dit Dvalin en frottant ses doigts caillouteux les uns contre les autres.

— Et s'ils descendent plus bas, leur route les conduira tout droit sur nous. Peut-être devrions-nous appeler les autres, ajouta Durin qui ajusta sa ceinture pour remettre sa barbe en place.

— Et les suivre à la trace ! compléta Dvalin, qui trouvait l'idée excellente.

Dvalin allait partir quand il vit un grand corbeau noir se poser sur une roche à quelques pouces de son gros nez. Affolés, les deux frères se mirent à brailler et à courir en tous sens, se bousculant l'un l'autre ou bien se cognant sur les rochers — les deux types de collision produisant d'ailleurs à peu près le même son. Puis ils se saisirent de leurs armes, une hache pour Dvalin et une pioche pour Durin.

— Nom d'un caillou ! C'est seulement un oiseau ! s'écria Durin un moment plus tard quand ils eurent recouvré leur calme.

— Seulement un oiseau, voyez-vous ça ! répéta Ceridwen avec aigreur.

Les deux nains recommencèrent à s'agiter frénétiquement.

— Frère, ce volatile nous a-t-il vraiment adressé la parole ? articula lentement Dvalin en tenant ferme sa hache bien affûtée.

— Vous n'avez jamais vu de corbeau qui parle ? La mémoire des nains n'est pas aussi extraordinaire que le prétend la légende ! dit Ceridwen en redressant sa petite tête.

— Un corbeau qui parle ! reprirent en chœur les deux frères.

Les rochers renvoyèrent leurs cris, en un véritable écho cette fois-ci.

— Mille pardons, répondit Durin, plongeant en une profonde révérence qui fit traîner sa barbe argentée sur le sol.

— De mémoire d'aïeul et de bisaïeul de nain, aucun représentant de ta race n'a jamais été vu par ici, ajouta Dvalin qui, à son tour, s'inclina bien bas.

— Eh bien, vous m'avez vue maintenant ! Je suis venue vous prévenir de vous méfier de l'elfe, de l'homme et du lutin dont vous vous êtes amusés. L'elfe par-dessus tout. Son nom est Kelsenellenelvial... dit Ceridwen d'un ton un peu plus coupant qu'elle ne l'aurait voulu.

— Les elfes ont toujours des noms stupides, remarqua sèchement Durin.

— ... et il est venu à la recherche d'un forgeron, précisa Ceridwen.

— Non, non, nous ne voulons pas de ça. Pas pour un nain, pour rien au monde ! Quelle que soit la somme !

— Il n'a pas l'intention de payer ! expliqua Ceridwen. Il a l'intention d'enlever. Et celui à qui il pense...

— Geno ! s'écrièrent en chœur les deux frères, montrant une nouvelle fois tous les signes de l'affolement.

— C'est ce que nous verrons ! dit Dvalin, quand ils parvinrent à se calmer.

— Merci à toi, grand corbeau qui parle ! ajouta Durin qui salua une dernière fois.

Kelsey ordonna une halte dans une caverne qu'il espérait à l'abri des yeux et des oreilles de la montagne.

— Nous sommes tout près. J'ai vu les signes des nains, annonça-t-il à ses camarades.

— Les signes des nains ? demanda Gary.

— Oui ! Les raclements sur la pierre — je n'ai jamais rencontré un nain qui puisse passer près d'une pierre sans y goûter, expliqua Mickey.

Cette fois-ci, Gary garda ses questions pour lui.

— Ils savent que nous sommes ici, puisque l'un de nous a cru bon de révéler notre présence. Mais les voyageurs ne sont pas rares à Dvergamal, et la plupart d'entre eux sont prêts à tout pour les éviter, continua Kelsey.

— Ils ne s'attendront pas à nous voir — à moins d'être fou, nul ne s'aviserait de rechercher leur compagnie, ajouta Mickey.

Le regard de Kelsey s'attarda sur le lutin. Il tira un parchemin de la poche de son manteau et l'étala sur le sol. C'était une carte de la région.

— Nous sommes ici, expliqua-t-il en désignant l'une des nombreuses montagnes.

Elles paraissaient toutes semblables à Gary, mais il se garda bien de discuter l'affirmation de Kelsey.

L'elfe déplaça légèrement son doigt et désigna un autre lieu.

— Ici, ce sont les Firth de Buldre, les cascades. Et c'est quelque part par là que nous trouverons Geno Frappe-Devant.

— Quelque part ? Comment saurons-nous où exactement ? demanda Gary.

Kelsey garda le silence pendant un très long moment. Il rangea la carte et se dirigea vers l'entrée de la grotte.

— Venez. Nous devons capturer le forgeron et sortir d'ici avant que les ombres ne recouvrent la montagne. Je n'ai aucune envie d'être encore là avec un prisonnier après le coucher du soleil.

— Que se passera-t-il si nous rencontrons d'autres nains que Geno ? demanda Gary à Mickey avant que celui-ci n'emboîte le pas à Kelsey.

— Je te l'ai déjà dit, les nains et les elfes ne s'entendent guère, répondit sombrement Mickey.

Ils étaient à peine revenus sur le chemin qu'un grondement secoua la montagne. Le bruit venait de l'intérieur de la terre et pourtant il résonnait aussi fort qu'un coup de tonnerre. Kelsey et Mickey échangèrent des regards inquiets et accélérèrent le rythme. Ils étaient maintenant à découvert car ils franchissaient la corniche supérieure d'une montagne qui avait deux pics.

Un chemin secondaire partait du premier, plongeant entre les deux crêtes. Kelsey examina la situation un instant puis plongea en avant, pensant que le sentier qui menait vers le bas serait le plus sûr. Mais à peine avait-il fait quelques pas que le sol s'ouvrit brusquement devant lui, puis se referma aussitôt comme la gueule d'un gigantesque animal. L'elfe ne dut son salut qu'à son extrême agilité, car en dépit de sa surprise il réussit à faire un pas de côté tout en gardant l'équilibre.

Les mâchoires s'écartèrent à nouveau, comme le

ferait la bouche d'un enfant affamé qui voudrait récupérer un morceau tombé sur son menton.

— Ah, çà ! Se pourrait-il qu'ils sachent pourquoi nous sommes ici ? s'inquiéta Mickey.

Kelsey ne répondit pas. Il contourna la gueule béante et se précipita sur le sentier en sortant son épée et en marmonnant à chaque pas.

— Viens par là, mon garçon, et reste à l'écart de cette diablerie ! recommanda Mickey.

Gary regarda un long moment les monstrueuses mâchoires s'agiter, avant de trouver le courage de continuer. Il lui était impossible d'imaginer une puissance susceptible de faire vibrer le sol ainsi. Il se dit que tout cela n'était peut-être qu'une illusion. Ses soupçons ne l'encouragèrent pas, cependant, à marcher sur l'ouverture afin de vérifier sa théorie.

Gary faisait de son mieux pour suivre le mouvement mais sa lourde armure lui interdisait d'imiter les grandes enjambées de Kelsey. Ses craintes de perdre de vue ses compagnons étaient maintenant accrues par l'écho du cliquetis de son équipement qui résonnait dans toutes les directions.

Il était sûr que ces réverbérations n'avaient rien de naturel. Il crut entendre un rire mais ne vit rien d'autre qu'un amas de rocs éboulés. Il secoua la tête en essayant de se convaincre que c'était le fruit de son imagination.

C'est alors que l'une des pierres se souleva du sol.

— Mickey !

Le cri de Gary survint juste à temps. Le rocher tourbillonna dans les airs et se serait probablement écrasé sur la nuque de Kelsey si le lutin n'avait pointé son doigt en direction de la pierre, l'immobilisant dans les airs.

— Courez ! ordonna Kelsey.

D'autres roches se mirent à vibrer et à se soulever comme si elles s'éveillaient à la vie. Les trois amis se ruèrent à la recherche d'un abri.

Gary se sentit infiniment mieux quand Mickey apparut sur son épaule.

— Continue, mon gars, je m'occupe de ce qui arrive par-derrière !

Au grand désarroi de Gary, ils se trouvèrent bientôt sur une saillie à découvert, avec une gorge profonde à leur gauche. Le sol s'inclinait plus doucement sur la droite, et le jeune homme s'apprêtait à dévaler la pente par ce chemin. Mais Mickey, qui avait dû lire dans son esprit, lui dit de rester sagement derrière Kelsey et de faire confiance à l'elfe.

Ils perçurent bientôt un grondement sourd, et ils découvrirent le Firth de Buldre sous la brume permanente qui émanait des vertigineuses chutes d'eau. Aux marmonnements de Mickey, Gary devina que les pierres volantes étaient toujours à leurs trousses.

Kelsey, qui se trouvait loin devant, freina brusquement et donna un grand coup d'épée à un rocher qui se trouvait sur le bord du sentier. Gary ne comprit que quand il arriva assez près : de la roche sortait un bras, qui avait attrapé l'elfe !

— Encore un tour de ces fichus nains ! maugréa Mickey qui ajouta soudain : Attention, fiston !

Gary se pencha et trébucha, incapable de conserver l'équilibre.

Le rocher passa juste à côté de lui, le frôlant au passage, puis continua sur sa lancée vers le roc qui tenait Kelsey. Les deux pierres éclatèrent et l'impact envoya l'elfe valser sur le sol.

Gary, qui progressait péniblement, tentant de rester d'aplomb, voulut aider l'elfe à se relever. Un autre bloc rebondit près de lui, le blessant au tibia. La terre gronda et trembla et Mickey glissa de l'épaule de Gary.

— Kelsey ! appela Gary depuis le bord du ravin, cherchant l'elfe du regard.

Soudain, le sol se déroba sous ses pieds.

— Rattrape-le ! cria Kelsey à Mickey.

Mais le lutin, qui était déjà occupé à retenir deux rochers en l'air, ne pouvait pas s'occuper de Gary.

L'air siffla à ses oreilles alors qu'il basculait dans le vide. Son bouclier se tordit derrière lui, coinçant douloureusement son bras dans la lanière. Puis il sentit la brume le picoter, tandis que sa chute l'entraînait au-dessous du niveau des cataractes.

Ces instants terrifiants n'avaient rien d'un rêve ; la buée, le souffle de l'air étaient bien réels, et il savait qu'il ne s'éveillerait certainement pas dans un bon lit douillet. Le tonnerre déferlant des cascades noya ses appels au secours.

Il plongea finalement dans l'eau avec une force suffisante pour se briser tous les os. Par chance, il était arrivé dans une zone protégée du tumulte par une grosse pierre saillante. Tout bougeait au ralenti tandis qu'il pataugeait, ne sachant plus où étaient le haut et le bas. Sa tête casquée cogna contre les rochers. La rapidité du courant et le poids de son armure entravaient le moindre de ses gestes. Puis son pied se prit dans un galet et le mouvement qu'il effectua pour tirer sur sa jambe fit émerger sa tête et ses épaules hors des flots.

Gary crachait et suffoquait à cause de l'eau qui avait envahi son heaume. Il eut le réflexe de jeter le bras qui retenait son bouclier sur une pierre plate qui affleurait et de le coincer de façon à pouvoir tirer dessus en toute sécurité. Il resta suspendu là pendant ce qui lui parut une éternité, puis réussit à se hisser à moitié sur la rive.

Il n'entendait rien d'autre que le vacarme assourdissant des chutes et ne sentait rien d'autre que les pierres dures, la morsure de l'eau glacée et ses longs cheveux dégoulinants qui lui tombaient devant les yeux. Il réussit à glisser un doigt engourdi dans la fente du casque et à écarter la mèche qui l'aveuglait.

Ce qu'il découvrit alors était d'une beauté à couper le souffle.

Tout autour de lui, c'était un véritable déluge qui dégringolait des falaises hautes de plus de mille pieds en une dizaine de différents points, à peine visibles au travers de la brume. D'énormes rochers jaillissaient des bassins telles des sentinelles résistant obstinément au déferlement liquide. De nombreux courants se rejoignaient sous les chutes, formant la source de l'Oustle.

De là où il se tenait, Gary pouvait voir derrière la plus importante des chutes. Mais au lieu du roc qu'il s'attendait à trouver, il découvrit une caverne illuminée par un feu de bois. Il se pencha pour mieux voir. À l'intérieur de la cavité rocheuse, il y avait une table avec un plat vide et un grand flacon, ainsi qu'un banc chargé d'outils destinés à travailler le fer.

L'unique occupant, aux jambes arquées mais aux épaules larges, se tenait devant le brasier, maniant avec aisance un énorme marteau au bout de l'un de ses longs bras. Ses cheveux raides couleur de sable étaient coiffés d'un bonnet en tricot et il secouait sans cesse la tête comme s'il voulait chasser des mèches de devant son visage. Ce personnage mesurait la moitié de la taille de Gary mais le double de celle de Mickey. Il se dégageait de lui une impression de solidité, de force, que Gary pouvait ressentir, même à cette distance.

Gary savait que c'était un nain, sans être certain que ce fût celui qu'il recherchait. Mais une lueur d'espoir le traversa : et si c'était le fameux Geno ? Que dirait l'arrogant Kelsey si Gary parvenait à l'enlever ?

Gary s'aperçut alors qu'il avait perdu sa lance en tombant. Il recula pour observer la haute falaise, se demandant par quel miracle il avait survécu à une telle chute. Il comprit aussi qu'il avait perdu la trace de ses compagnons. Mais ce n'était pas le moment de se décourager.

Allons ! Il ne peut pas être si terrible que ça, se dit Gary en se hissant plus haut sur les rochers.

Il avait l'intention de se faufiler dans la caverne et de capturer le forgeron à mains nues mais il s'arrêta avant même d'être complètement sorti de l'eau.

Un grand corbeau noir volait au-dessus des chutes

et vint se poser à l'intérieur de la grotte, juste derrière le nain qui ne se doutait de rien.

L'étonnement de Gary augmenta quand il vit l'oiseau changer de forme et se métamorphoser en un long serpent noir. Celui-ci se coula dans la caverne, monta sur la table en s'enroulant autour du pied, puis rampa jusqu'au flacon.

— Mais qu'est-ce que c'est que ça ? fut tout ce que le pauvre Gary, effaré, parvint à articuler quand il vit le serpent ajuster ses énormes crochets sur le rebord du récipient et y laisser tomber son venin.

Gary réussit enfin à ramener ses jambes sous lui. Il essaya ensuite de se lever, mais il trébucha bruyamment. Terrorisé, il se tint immobile. Par chance, ni le nain ni le serpent ne paraissaient l'avoir entendu.

Le reptile, qui avait terminé son étrange manège, se faufila hors de la pièce et disparut dans un trou du mur.

Le forgeron se retourna alors et se dirigea vers la table. Son visage était rasé de près et ses grands yeux étaient bleu-gris.

Gary l'appela mais il ne parut pas l'entendre.

Je ne peux pas le laisser boire ça ! songea Gary.

Il ramassa un galet et se propulsa en avant, parcourant comme il le pouvait les derniers pas qui le séparaient de l'entrée de la caverne. La terreur qu'il éprouvait devant les fabuleuses chutes d'eau n'était rien devant celle que lui inspirait le petit colosse.

Ce dernier s'était déjà saisi du flacon quand Gary fit irruption dans la grotte, mais le jeune homme lança néanmoins la pierre en priant sa bonne étoile. Le projectile réussit à renverser le flacon empoisonné sur le sol après avoir frôlé la tête du nain.

— Ah, çà ! C'est trop fort ! gronda celui-ci.

Gary, qui se trouvait protégé du bruit des chutes par le rebord de la caverne, l'entendit clairement. Réussissant enfin à se lever, il s'adossa contre la paroi rocheuse, épuisé et blessé, sachant qu'il allait devoir fournir une explication valable.

Le petit Hercule, que la pierre n'avait même pas étourdi, fit face à Gary et mit les poings sur ses hanches, contre la bordure de cuir de sa large ceinture incrustée de pierres précieuses.

— Poison, émit Gary d'une voix rauque.

La créature au regard d'acier ne broncha pas.

Gary se dirigea vers le mur, se disant qu'il était trop loin pour que le nain puisse entendre ses explications. Et c'est ainsi qu'il put constater par lui-même à quel point Geno Frappe-Devant méritait sa réputation.

— Tu as gaspillé toute ma boisson ! gronda ce dernier en lui envoyant un maillet sur la tête.

Il avait exécuté ce geste avec un tel naturel que Gary ne s'en rendit compte que lorsqu'il reçut l'instrument sur le crâne. Sous l'impact, le jeune homme fut propulsé contre la paroi de pierre et poussa un cri de douleur.

Quand sa vue redevint normale, il vit un second marteau foncer sur lui, puis un troisième et un quatrième, avant même que le deuxième ne l'ait atteint.

— Attends ! supplia Gary, essayant bien inutilement de se protéger avec son bouclier.

Le tir nourri avait repris, et les projectiles rebondissaient les uns après les autres sur sa visière.

Une vague d'éblouissements s'empara de Gary, tandis que les chocs faisaient bourdonner ses oreilles. Un marteau le frappait, puis un autre, et encore un... c'était sans fin. Ce nain diabolique disposait-il donc d'une réserve inépuisable ?

Gary s'aperçut qu'il était maintenant assis. Par la fente de son heaume, il vit le petit Hercule se saisir d'une énorme masse. Même le bouclier magique de Cédric ne pourrait rien contre celle-là. Et de toute façon, Gary était trop étourdi pour tenter quoi que ce fût.

Il entendit un bruissement et tourna la tête : c'était Kelsey, qui traversait la pièce, suspendu à une corde. Sa vitesse l'amena juste sur Geno ; ils roulèrent tous les deux sur le sol dans un nuage de poussière.

Puis Mickey arriva à son tour, flottant au bout d'un parapluie à travers les cascades ! Le lutin atterrit avec légèreté, claqua des doigts pour que le parapluie se referme et disparaisse dans l'une de ses manches et jeta un coup d'œil tranquille à Gary.

Kelsey émergea le premier de la mêlée, brandissant son fleuret sous le menton du nain.

— Je te tiens !

Geno, toujours agenouillé, cracha au visage de Kelsey. Ses mains noueuses agrippèrent la terre et la secouèrent comme une femme de ménage l'aurait fait d'un tapis.

Le sol roula sous Kelsey, l'envoyant les quatre fers en l'air. Il se remit debout mais il n'avait plus son épée et il s'écrasa contre le mur.

Gary sentit un mouvement dans son dos. Stupéfait, il vit la lanière de cuir qui lui barrait la poitrine se défaire toute seule. L'étui de la lance de Cédric Donigarten se détacha de lui. Gary devina quel était l'auteur de ce prodige quand il aperçut la main de Mickey s'agiter en direction du fourreau et l'attirer vers lui.

Étourdi, Kelsey se tenait toujours appuyé contre le rocher. Gary crut la dernière heure de l'elfe arrivée quand Geno, écumant de rage, fonça sur lui, sa grosse tête dure comme une pierre en avant.

Mais Mickey fut plus rapide. La gaine vola à travers la pièce, à quelques pouces du sol, et passa entre les genoux du nain, qui plongea en avant pour l'éviter.

Le malheureux s'écrasa la tête la première sur la paroi rocheuse dans un bruit retentissant. Il rebondit en arrière en titubant, toujours debout malgré la violence du choc.

— Je te tiens, Geno Frappe-Devant ! cria à nouveau Kelsey en se jetant sur lui et tirant de dessous sa cape verte une chaîne munie de crochets aux extrémités.

Le nain éberlué ne fit pas un mouvement quand l'elfe referma les fers autour de ses poignets.

9

La capture de Geno

— Je te tiens, reprit Kelsey, et tu devras t'acquitter d'une certaine tâche que je t'indiquerai afin de retrouver la liberté.

Le nain examina un moment les attaches qui le retenaient.

Il avait une relative aisance de mouvement car la chaîne traînait derrière lui. Il regarda Kelsey et grimaça un large sourire, dévoilant un grand trou à la place d'une dent.

Kelsey sembla lire dans ses pensées. Geno n'eut même pas le temps de faire un pas que le lien elfique se resserrait autour de lui. Son hilarité disparut en même temps que son équilibre, et fit place à la stupéfaction tandis qu'il tombait la tête la première.

— Maintenant nous pouvons y aller, déclara l'elfe victorieux qui ramassa son épée et posa la lame sur le cou épais de son prisonnier. Tu es désormais lié à moi par les lois de la capture. Je ne tolérerai aucune résistance, l'avertit Kelsey en l'aidant à se remettre debout.

Pendant ce temps, Mickey s'affairait autour de Gary.

— Eh bien, eh bien, voilà de sacrées bosses sur le heaume ! J'espère qu'il n'en va pas de même sur ton crâne ? s'inquiéta-t-il.

— Oui... Non... répondit Gary, complètement sonné.

Il avait observé de loin la capture, la tête encore

emplie de marteaux .. et d'étoiles. Il y en avait décidément beaucoup dans cet univers enchanté !

Le jeune homme réussit à se remettre sur ses pieds avec l'aide de Mickey. Une fois debout, il mesura à quel point il était meurtri et endolori après toutes ces péripéties. Il avait l'impression que chaque recoin de son corps avait été étiré au-delà de ses limites. Cependant, ce n'était vraiment pas le moment de se plaindre. Geno venait d'être capturé, et il y avait sans doute une armée de nains terrée dans les parages, prête à tout pour les empêcher de s'enfuir. Et ce n'était pas le pire.

— J'ai perdu ma lance, annonça Gary.

Trois paires d'yeux se fixèrent sur lui.

— Pendant la chute. Elle est probablement dans la rivière, maintenant, expliqua-t-il.

Mickey regarda Geno.

— Javelot ? demanda-t-il.

Le nain hocha la tête en direction d'une petite niche qui se trouvait dans le mur. Mickey lui jeta un regard suspicieux puis agita un doigt dans cette direction. Une dizaine d'armes différentes dégringolèrent dans un bruit de ferraille à l'appel du lutin : plusieurs épées, de nombreuses haches, quelques hallebardes et une lance.

— Celle-ci est bien meilleure que celle que tu as perdue, estima Mickey en tendant l'arme à Gary.

Gary jaugea l'équilibre de l'instrument fabriqué par le forgeron et approuva.

— À présent, nous devons partir. De quel côté ? demanda Kelsey.

Geno désigna du menton un tunnel étroit que l'on devinait dans le fond de la caverne. Gary, intrigué, compara mentalement cette image avec celle qu'il avait vue quand il avait regardé pour la première fois dans cette pièce.

— Cette ouverture n'était pas là avant ! protesta-t-il, redoutant quelque nouveau tour.

Le souvenir qu'il avait de la mâchoire géante était encore très vif !

Mickey le regarda puis hocha la tête en direction de Kelsey. Puis, à l'étonnement de Gary, l'elfe continua tout droit vers la galerie.

À peine y avait-il pénétré que les murs se refermèrent sur lui telles de monstrueuses dents de pierre.

Le nain couina de plaisir.

— Non ! hurla Gary en s'élançant.

Mickey l'intercepta.

— Du calme, fiston ! N'as-tu donc pas encore appris à déceler une illusion ?

Gary ne comprit que lorsque le vrai Kelsey, qui se tenait toujours à côté de Geno, lui donna une grande claque sur l'épaule.

La mine réjouie du nain disparut rapidement, faisant place à une expression morne.

— La loi, c'est la loi ! le réprimanda Mickey.

— Aurais-tu oublié les règles, et veux-tu jeter la disgrâce sur ton peuple et ton métier ? Tu es le meilleur forgeron de Faerie, Geno Frappe-Devant, tu devrais comprendre que cela implique certaines responsabilités, ajouta Kelsey, visiblement en colère.

— Cette capture n'est pas loyale ! dit le nain, trépignant, en essayant de croiser les bras sur sa poitrine, geste rendu impossible par les attaches qui le serraient.

— Comment ça ? demandèrent en chœur Kelsey et Mickey.

— Tu m'as capturé, mais tu n'étais pas le premier assaillant ! Et, comme tu dis, la loi, c'est la loi : seul le premier assaillant est autorisé à effectuer cette prise !

— Qui ?... commença Mickey, qui comprit la réponse en regardant Gary, le seul qui se soit trouvé là avant eux.

— Tu as tout gâché ! Qui t'a donné le droit ? gronda Kelsey en se tournant vers le pauvre Gary.

— Je n'ai rien fait ! se défendit ce dernier.

— Nom d'un caillou ! Il m'a frappé avec une pierre, et en plein visage !

Le nain donna un violent coup de pied dans le rocher, près duquel se trouvait toujours le flacon vide.

— Explique-toi ! commanda Kelsey.

— Je... je n'étais pas là pour l'attraper, bégaya Gary.

— Pour me tuer, alors ? Cela aussi annule le droit de l'elfe à me faire prisonnier, gronda Geno.

— Non ! Je voulais juste l'empêcher de boire, cria Gary en regardant Mickey, le seul dans cette assemblée à pouvoir l'aider.

— C'est pire que de me tuer !

— Mais le breuvage était empoisonné, expliqua Gary.

— Empoisonné ? Allons, mon garçon, comment pouvais-tu le savoir ? s'étonna Mickey.

— Je l'ai vu. Le corbeau... enfin le serpent... D'abord c'était un corbeau et puis il s'est transformé en serpent. Alors, il est allé vers la table, enfin, vers le flacon.

— Hum ! C'est tout à fait crédible, admit Mickey. Et ensuite ?

— Ensuite il a mis ses crochets sur le rebord de la bouteille et il a craché du venin dedans. C'est vrai, je le jure, je l'ai vu !

— Conte de fées ! bougonna Geno.

— Et c'est toi qui dis ça ? répondit Gary.

Kelsey et Mickey échangèrent un long regard. Si les soupçons qu'ils avaient quant à l'origine de leurs problèmes étaient fondés, alors ce que disait Gary était vraisemblable.

Cependant la question devint secondaire quand, un moment plus tard, le mur du fond de la caverne s'ouvrit en grand pour laisser passer une dizaine de nains agitant toutes sortes d'armes. Ils encerclèrent les trois compagnons en un clin d'œil. L'un d'eux, bossu, les cheveux et la barbe gris, demanda calmement à Geno :

— Lequel devons-nous tuer le premier ?

— Attends un peu, Durin, répondit Geno, qui n'était pas pressé de ruiner sa réputation, même si la fable de Gary lui paraissait à peine croyable.

Kelsey agrippa son épée, l'approchant du cou de

Geno. Mickey, qui fumait sa pipe, paraissait parfaitement à l'aise.

— Dis-moi, qui vous a dit que nous étions par ici, hum ? interrogea le lutin, qui venait dans un éclair de rassembler les pièces du puzzle.

Durin et son frère échangèrent des regards curieux.

— Nous vous avons vus nous-mêmes. Vous étiez en train de traverser les sentiers du haut, répondit Dvalin avec franchise.

— Ah ! N'avez-vous donc rien de mieux à faire que d'effrayer d'innocents voyageurs ? Car mes compagnons et moi avons bel et bien subi la malice des gnomes, poursuivit Mickey.

— Voleurs ! s'écria Dvalin avec colère.

— Ah ! Et comment connaissiez-vous nos intentions, hein ? Qui vous a dit que nous venions chercher Geno ?

Les deux frères se consultèrent du regard et haussèrent les épaules, supposant qu'il n'y avait pas de mal à dire la vérité.

— C'était un grand oiseau qui parlait, répondit Durin.

— Un corbeau ? demanda Mickey en regardant Gary.

Celui-ci approuva.

Les nains hochèrent la tête de concert.

Mickey agita un doigt et fit venir le flacon.

— Il reste encore un peu d'hydromel dedans... Voudrais-tu bien en boire ? demanda le lutin en tendant le flacon à Geno.

— Bon sang ! cracha-t-il en donnant un grand coup de pied dans un caillou, qui traversa la pièce tel un boulet.

— Qu'y a-t-il ? Qui devons-nous tuer ? cria Durin.

Tous ses congénères brandirent leurs armes comme un seul nain.

— Personne ! J'ai été capturé loyalement et il semblerait que je sois redevable à cet elfe et que je doive ma vie au jeune humain, grogna Geno.

— Non ! crièrent plusieurs nains, levant leurs armes et faisant un pas vers les trois compagnons.

Mais Geno connaissait les règles de la capture, qu'il devait respecter plus souvent qu'à son tour, cette responsabilité retombant souvent sur les épaules dures comme de la pierre du meilleur forgeron de tout Faerie.

Ils quittèrent le Firth de Buldre un moment plus tard, accompagnés par une dizaine de gardes armés, fort contrariés de la tournure qu'avaient prise les événements. Mais les guerriers aux jambes torses ne cherchèrent pas à retarder le départ de Kelsey, qui tenait fermement Geno.

Gary n'avait pas tout compris et l'étendue de son ignorance continua de le tracasser bien après que les nains les eurent quittés.

— Pourquoi nous ont-ils laissés partir ? demanda-t-il à Mickey qui était de nouveau perché sur son épaule et lisait.

— Je ne comprendrai jamais les hobbits ! Pourquoi Bilbo regrette-t-il d'avoir gagné la bague ? Ce Gollum est une vraie fripouille ! répondit Mickey en montrant le livre à Gary.

Gary n'eut pas besoin de réfléchir longtemps. Il connaissait l'histoire sur le bout du doigt.

— Bilbo n'a pas joué loyalement au jeu des devinettes. Il a triché, et le fait qu'il ait gardé l'anneau peut être considéré comme du vol, expliqua-t-il.

— Vois-tu, Faerie est un pays qui obéit à des coutumes fort anciennes, et la loi, c'est la loi, mon garçon — si tu ne respectes pas les usages, tu te déshonores aux yeux de tous. Et que devient-on sans son honneur, je te le demande ? Même ce misérable, dans le livre, bien pire que notre Geno, y a réfléchi à deux fois avant d'essayer de gruger le hobbit.

Gary médita les paroles du lutin. Il se demandait combien de personnes, dans son propre monde, se seraient rendues ainsi, pour une chose aussi intangible que l'honneur. Geno, lui, l'avait fait alors qu'il possédait un net avantage sur eux.

— Encore une question, dit-il au lutin qui s'était replongé dans sa lecture.

Celui-ci leva les yeux.

— Tu as dit que les illusions ne réussissaient pas toujours avec les nains, mais quand nous étions dans la caverne de Geno, tu l'as complètement bluffé avec l'image de Kelsey marchant dans le faux tunnel.

— Oui, fiston ! Mais dans ce cas, j'ai montré à Geno ce qu'il avait le plus envie de voir ! La magie marche mieux ainsi — pas seulement la magie, d'ailleurs, hein ?

Gary hocha la tête. Cela semblait assez logique.

— Où allons-nous maintenant ? demanda-t-il en regardant Kelsey et Geno qui marchaient devant eux.

— Tu as dit *une* question, lui rappela Mickey.

Gary lui lança un regard implorant.

— Nous allons traverser les monts vers l'est — les sentiers sont plats, et le chemin sera plus aisé avec Geno qui parlera aux pierres. Ensuite nous irons à Gondabuggan pour y capturer un gnome voleur — ce sont les seconds meilleurs voleurs au monde, vois-tu ?

Gary avait sa petite idée quant à l'espèce à laquelle appartenaient les premiers, mais il garda son opinion pour lui.

— Et puis nous retournerons vers le sud de Dvergamal, par les plaines et les Crahgs, jusqu'à un endroit qui s'appelle le Pouce du Géant — c'est là que nous trouverons le griffon.

Ceridwen survola du regard les quelques lieues qui menaient à Dvergamal, vers où elle savait que cheminaient Kelsey et ses compagnons. La sorcière avait quitté la forteresse de Dvalin, de Durin et de leur tribu après le départ de la petite troupe. Avec les nains sur leurs gardes, elle savait qu'elle ne pouvait rien contre Kelsey. Elle devait faire faire demi-tour au groupe et l'amener dans les plaines à l'ouest des montagnes afin de gagner un peu de temps.

Elle se tenait sous un arbre sacré non loin d'une pierre grise tout à fait quelconque, un lieu qu'elle avait repéré depuis des lustres.

— Réveille-toi, Vieille Femme. J'ai besoin de toi maintenant, demanda doucement la sorcière.

Un long moment s'écoula sans que rien se produise.

— Allons, c'est l'heure ! appela de nouveau Ceridwen, haussant un peu la voix.

Elle sortit un petit sac de la poche de sa robe noire, le passant rapidement d'une main à l'autre, car il était d'un froid mortel.

— L'été est fini, l'automne s'achève, mentit la sorcière.

Elle ouvrit le sachet au-dessus de la borne sur laquelle elle déversa des cristaux magiques scintillants et glacés. Presque aussitôt la pierre se mit à trembler. Sa couleur vira du gris terne au bleu glacé, puis elle se mit à grossir et à changer de forme.

Bientôt elle s'éleva à six pas au-dessus de la sorcière, et elle continuait de grandir. Son aspect devint celui d'une vieille femme aux cheveux blancs, sorte de cyclope femelle dont la peau avait la couleur de la glace par un beau matin d'hiver. En dépit de sa taille, elle avait l'air maigre, et incroyablement décharnée. Elle était drapée dans une couverture usée.

— Cailleac, chuchota Ceridwen, de toute évidence impressionnée par la métamorphose.

La géante regarda autour d'elle avec curiosité.

— La Toussaint n'est pas passée ! Et qu'est-ce que c'est, ça ? dit-elle à travers ses dents tachées de brun.

Se penchant vers le sol, elle aperçut Ceridwen pour la première fois.

— Ah, la sorcière, dit Cailleac, comme si ces mots expliquaient tout.

— J'ai besoin de toi maintenant.

— Mon temps n'est pas encore venu.

— Il s'agit seulement de Dvergamal. Dans les montagnes où le vent souffle même en plein été. Je te demande juste un petit service et tu pourras ensuite retourner à ton sommeil.

Cailleac regarda autour d'elle. Les fleurs fraîchement écloses et la campagne verdoyante la mettaient mal à l'aise. Ceridwen lui lança une autre poignée de poussière et elle parut se sentir mieux.

— Si tu fais ça pour moi, ton lit sera fait en toute saison. Mes serviteurs le garderont froid pour toi et te préviendront quand la Toussaint sera passée, promit Ceridwen.

— Seulement dans les montagnes, alors ? s'assura Cailleac.

Ceridwen sourit et hocha la tête, consciente d'avoir gagné le temps dont elle avait besoin.

Les compagnons avaient fait halte sur une grande pierre plate dans une ravine, entre deux pics montagneux. Le vent était âpre et mordant cette nuit-là, la seconde depuis qu'ils avaient quitté le Firth de Buldre, mais il sembla agréablement rafraîchissant aux voyageurs épuisés. Gary, Mickey et Geno étaient assis autour du feu et Gary était ravi d'avoir pu enlever son armure. Avec le forgeron pour guide, Kelsey pensait qu'ils étaient en sécurité. D'autre part, les nains avaient juré de ne pas s'interposer. Enfin, les pierres indiqueraient à Geno l'arrivée de l'ennemi bien avant qu'il ne devienne trop dangereux. L'elfe avait ôté les fers de Geno, sachant que les liens de l'honneur le retiendraient plus sûrement qu'aucun métal.

Gary ne parvenait pas à détacher son regard du nain. Il était bien différent des siens, du moins de ceux que Gary avait eu l'occasion de voir. Il avait l'air plus jeune, presque gamin, en dépit d'une évidente force physique. Ses cheveux hirsutes étaient brillants et son regard pers scintillait, vif et éveillé. Sa dent manquante rappelait à Gary un de ses neveux, un gosse espiègle qui ne pouvait sourire sans révéler immanquablement son goût du risque.

— Depuis quand es-tu forgeron ? demanda Gary, qui fut le premier surpris par ses paroles.

Il essayait de déterminer l'âge approximatif du nain.

Geno lui lança un regard noir et ne répondit pas. Mickey sortit de sa lecture pour regarder Gary.

— Euh, c'est tout ce que tu fais, dans la vie ? bégaya Gary, mal à l'aise.

L'autre se leva et s'éloigna du feu.

Le lutin gloussa et se remit à lire.

— Mais qu'ai-je dit qui puisse l'offenser ? demanda Gary, déterminé à en savoir plus.

— Tu t'imagines qu'il va te tenir le crachoir ? Il a été cap-tu-ré, mon garçon !

— Toi aussi, et pourtant tu te montres amical ! répondit Gary avec indignation en repoussant les cheveux qui lui tombaient dans les yeux.

— Je suis un lutin, je suis fait pour être capturé ! Ça rend la vie de tout le monde plus agréable, répliqua Mickey, philosophe.

— Tu parles ! Tu étais aussi malheureux que Geno, et sans doute l'es-tu encore, mais tu fais au moins l'effort d'être poli. Et puis, à ce moment-là, moi aussi je suis un prisonnier, dit-il à voix suffisamment haute pour que Geno puisse l'entendre.

— Geno a une dette envers toi. Il n'aime guère cela !

Gary ne comprenait pas.

— Tu lui as sauvé la vie ! La loi, c'est la loi — et il y a aussi des règles à observer quand on a sauvé une vie, ajouta en riant le lutin.

Le jeune homme avait bien du mal à comprendre ce qui se passait à Faerie.

— Il vient avec nous, je pensais qu'ainsi il remboursait sa dette envers moi ?

— Il est venu parce que Kelsey l'a capturé, et non à cause de toi ! C'est la quête de l'elfe, pas la tienne, mon garçon.

Geno revint vers le feu et continua de fixer Gary.

— Je ne veux aucune faveur ! s'écria tout d'un coup le jeune homme qui en avait assez de ce regard.

Geno grogna et fonça tout droit à travers les flammes. Il cloua Gary au sol sans la moindre difficulté.

— Tu n'aurais jamais dû dire cela, remarqua Mickey, retournant à sa lecture.

Geno maintenait Gary d'une poigne de fer. Le jeune

homme lutta en vain pour se dégager, et pendant tout ce temps le nain le scrutait en montrant le trou dans sa denture.

— Lâche-moi... essaya de dire Gary, mais Geno lui donna un coup de tête qui le fit taire.

— Que se passe-t-il ? demanda Kelsey en fonçant, l'épée au clair.

— Le garçon a insulté le nain, répondit Mickey d'un air absent.

Geno lâcha Gary, grogna et vint reprendre sa place de l'autre côté du feu en marchant sur les braises.

Il s'assit par terre en jetant à nouveau un coup d'œil meurtrier à Gary.

Quand Gary s'endormit enfin, l'autre le fixait encore.

Gary s'éveilla un peu avant l'aube en frissonnant car le vent était glacé. Tout le monde était déjà levé.

— Je ne pensais pas que nous étions à une telle altitude, dit Gary en rejoignant ses compagnons.

— Nous ne sommes pas si haut que cela — et il fait un peu frisquet pour la saison, même sur les pics les plus élevés de Dvergamal, mais il n'y a rien à craindre, nous allons rallumer le feu et le soleil ne tardera plus, le rassura le lutin.

L'aube se leva peu après, grise et triste. Le vent s'était un peu calmé mais l'air était toujours aussi froid.

— On dirait qu'il va pleuvoir, remarqua Mickey.

Kelsey n'eut pas l'air d'apprécier la sombre prévision. Ils se mirent en route sans avoir rien avalé.

Les premiers flocons de neige flottèrent autour d'eux moins d'une heure plus tard.

Kelsey regarda le nain, espérant une explication. Après tout, il était ici chez lui. Mais le forgeron avait l'air aussi perplexe que les autres.

— Faut-il continuer ou faire demi-tour ? Il y a encore une semaine de marche, tandis qu'il ne faudrait que deux jours pour rentrer, intervint Mickey.

— Ce temps-là ne peut pas continuer. L'été approche et même Dvergamal se réchauffe sous son souffle, insista Kelsey.

La bise se leva dans la vallée.

Vers midi, la neige formait un épais tapis et le sentier verglacé devenait dangereusement glissant. C'est alors qu'ils découvrirent la raison de ces frimas inhabituels.

Geno bondit comme si une voix inconnue lui avait parlé. Il se rua vers un point plus élevé qu'ils venaient juste de dépasser et scruta le ciel au loin à travers le blizzard qui était en train de se former.

— Cailleac Bheur ! cria-t-il.

C'étaient les premiers mots qu'il prononçait depuis qu'il était parti de chez lui.

Kelsey et Mickey faillirent tomber à la renverse à cette révélation inattendue. Quand ils se furent remis de leur émotion, ils rejoignirent le nain, Gary sur leurs talons.

Gary regarda les pics montagneux. Il crut voir quelque chose mais il lui était tout simplement impossible d'en croire ses yeux.

— Cailleac Bheur répéta Geno.

— La Vieille Femme, traduisit Mickey pour Gary.

Gary regarda avec plus d'attention avant de comprendre que sa vue ne lui jouait pas un tour. Dérivant sur les nuages de montagne en montagne, à peine visible sous un voile de neige, l'immense silhouette d'une vieillarde était traînée par plusieurs grands hérons.

— Tu as sûrement entendu parler de la Hag bleue ? C'est elle qui amène l'hiver, qui blanchit et gèle le sol. Son toucher est mortel pour les humains et la terre, mon garçon.

— Mais elle a plusieurs mois d'avance ! remarqua Kelsey.

Toutefois les paroles de l'elfe restèrent sans écho, car la Hag bleue se dirigeait vers eux, laissant derrière elle, en un sillage mortel, des pics enneigés là où il n'y avait eu que de la pierre nue quelques instants plus tôt.

10

Un drôle d'hiver

— NOUS ALLONS RESTER SUR LES PISTES DU BAS, INSISTA Kelsey qui les menait à vive allure contre la tempête qui se préparait.

Les regards que Geno et Mickey échangèrent ne réconfortèrent pas Gary. Il lui semblait bien avoir entendu parler de la Hag bleue auparavant, peut-être dans un conte de fées, et il se rappelait vaguement que ce qu'on en disait n'était pas encourageant.

La température continuait de chuter. Kelsey les guida vers des sentiers en contrebas, mais même là, la couche de neige montait à vue d'œil. Ils peinèrent, glissant sur les pierres verglacées et se battant contre le vent glacial. L'elfe finit par admettre qu'ils ne pouvaient pas continuer ainsi.

— Hum, nous voilà au cœur de la tourmente ! Tu nous conduis tout droit dans les bras mortels de Cailleac ! remarqua Mickey.

Kelsey se tourna vers Geno.

— Ramène-nous vers l'ouest par les chemins les plus rapides que tu connaisses.

— Tu outrepasses tes droits ! répondit le nain qui ne put cependant dissimuler son soulagement.

— En nous aidant, tu sauves ta vie. Les nains et les elfes ont tout à redouter de la Hag bleue, lui rappela Kelsey.

Le grommellement de Geno était chargé de haine,

mais il fit demi-tour. Il les conduisait à vive allure, et Gary eut de nouveau du mal à les suivre. Mickey, perché sur son épaule, lui prédisait les pires malheurs s'il se laissait distancer.

Au début, le petit groupe prit de l'avance sur la tempête car les sentiers étaient plats et praticables. Mais dès qu'ils parvinrent sur un terrain plus accidenté, le vent les rattrapa, leur mordant le dos, hurlant comme une meute de loups affamés. La neige tourbillonnait autour d'eux, les aveuglant.

Ils arrivèrent bientôt en bas d'une pente raide et particulièrement glissante. Il y avait un ravin à leur droite.

Kelsey brailla des avertissements, Gary cria et le lutin, qui se retenait comme il pouvait, étrangla presque le jeune homme. Alors qu'ils arrivaient en bas, la piste disparut dans un coude vers la droite, leur donnant l'impression qu'ils allaient basculer tout droit dans le gouffre.

Geno connaissait bien les environs. Il se fiait davantage à ce que lui disaient les pierres qu'à ce que lui montraient ses yeux. Il invoqua les puissances de la montagne, et un bloc jaillit du sol, empêchant la chute et facilitant le passage de la troupe. Chaque fois que le sentier devenait trop dangereux, le pouvoir magique du nain soulevait une pierre pour en faire un parapet, ou déplaçait un rocher pour en faire un pont...

Ils progressaient de plus en plus difficilement au fur et à mesure que la neige s'épaississait. Les pieds de Gary s'engourdissaient et il faillit à plusieurs reprises se laisser tomber sur le sol et attendre que le blizzard l'ensevelisse.

— Une caverne, annonça alors Geno.

Il se glissa derrière un rocher dans une ouverture étroite.

— Nous ne pourrons pas nous reposer longtemps, dit Kelsey.

— Je ne tiens plus sur mes jambes. Je n'y arriverai jamais si nous retournons dehors, rétorqua Gary.

— Moi aussi, je préférerais rester ici, allumer un feu et attendre que la tourmente se calme. Mais je crains que Cailleac ne soit sortie de son sommeil que dans un but bien précis. Les chemins seront bloqués avant la tombée de la nuit et nous n'aurons nulle part où aller, argua Kelsey.

— C'est vrai, nous ne pouvons pas rester ici ! insista Mickey.

— Qui a dit que nous le devions ? Mais nous ne sommes pas obligés de sortir, déclara soudain Geno.

Les trois autres le regardèrent avec curiosité.

— Faites un feu, ordonna-t-il.

Puis il se dirigea vers le fond de la caverne, appuya son épaule contre la roche et poussa de toutes ses forces. À l'étonnement du groupe, la pierre pivota, révélant l'entrée d'une galerie souterraine.

— Réchauffons-nous pendant que nous nous reposons, dit simplement Geno.

Kelsey gardait toujours dans son sac du petit bois, dont il fit rapidement jaillir quelques flammes. Ils savaient qu'il ne durerait pas longtemps et ils se serrèrent autour, pour ne pas perdre la moindre parcelle de chaleur.

— Ce tunnel va-t-il loin ? demanda Kelsey.

Maintenant que le danger immédiat était écarté, l'elfe était inquiet de ce que leur réservait l'avenir.

— Très loin, répondit Geno.

— Tu nous as tous sauvés, remarqua Gary.

— Tais-toi. J'ai sauvé ma vie, c'est tout !

— Oui ! Il se trouve juste que nous étions là — et tu nous as sauvés en même temps, ajouta Mickey qui comprenait les sentiments du nain.

Geno frotta ses mains l'une contre l'autre, chassa les cheveux qui tombaient sur son visage et s'éloigna du feu.

— Reste tranquille, mon garçon ! Inutile de chercher à te montrer amical avec lui. Si tu lui échauffes la bile, il nous abandonnera tous dans le noir, chuchota le lutin.

— Il est temps d'y aller, dit Kelsey, s'étant aperçu que Geno avait déjà disparu dans le tunnel.

L'elfe regarda le feu qui mourait en se demandant s'il pourrait sauver une branche pour en faire une torche. Mais il ne restait pas assez de bois et Kelsey renonça à regret.

— Hum, tâche de rester tout près du nain, lui conseilla Mickey.

Kelsey regarda son arc et les braises qui étincelaient dans la pénombre.

— Bah ! Ça ne brûlera que quelques minutes et ensuite tu seras sans lumière et sans défense, lui rappela Mickey.

Kelsey haussa les épaules, mal à l'aise, et se lança à la suite de Geno.

— Les elfes ne raffolent guère des souterrains, vois-tu ? expliqua Mickey à Gary en reprenant son poste sur l'épaule du jeune homme.

— Je le savais, répondit ce dernier.

L'obscurité était telle que Gary ne voyait pas sa propre main.

Il soupira bruyamment lorsque Mickey, sur son perchoir, fit de la lumière pour lire.

— Éteins ça ! gronda Geno.

— Nous ne sommes pas tous des nains, sais-tu ? Nos yeux ne peuvent rien voir dans la nuit ! répondit Mickey.

Geno fit promptement demi-tour, renversant presque Kelsey en passant, et se planta devant Mickey.

— Éteins-ça, gronda-t-il à nouveau.

Kelsey, que la petite lueur réconfortait un peu, tenta de s'interposer, mais Geno refusa d'en démordre.

— Il y a des choses qui dorment, là, dans le noir et il vaudrait mieux ne pas les réveiller, avertit le nain.

Gary et Mickey regardèrent Kelsey qui transpirait, mal à l'aise dans ce tunnel. Quand Geno passa devant l'elfe et lui jeta un regard menaçant, Kelsey haussa les épaules et continua son chemin.

À contrecœur, Mickey fit disparaître la petite sphère lumineuse.

— Bon. Maintenant restez près de moi. Si vous vous perdez ici, vous ne retrouverez jamais votre chemin, les avertit Geno.

Ils avançaient lentement, péniblement. Même l'agile Kelsey trébuchait souvent. Gary était en train de songer que Geno devait certainement apprécier la situation, lorsque son heaume heurta une stalactite. Mickey tomba de son épaule en poussant un cri.

— Rentrez votre tête, dit Geno, un peu tard.

Mickey fit de la lumière, le temps de retrouver son chemin jusqu'à Gary. Le nain, trop amusé pour s'énerver cette fois-ci, continua son chemin sans les houspiller.

C'était la première fois que Gary s'aventurait aussi loin sous terre. Il n'était pas claustrophobe mais chacun de ses pas se faisait plus hésitant car il prenait conscience des tonnes de pierres qu'il avait au-dessus de la tête. L'air se réchauffa, c'était au moins ça, mais Gary se mit à respirer de plus en plus difficilement. Il sentait que, s'il n'appelait pas au secours, il risquait de tomber sans connaissance.

— Ça va, mon garçon ? s'inquiéta Mickey en entendant sa respiration saccadée.

Comme Gary ne répondait pas, Mickey fit revenir son globe phosphorescent.

— Éteins ça ! aboya Geno.

— Non ! supplia Kelsey qui en avait plus qu'assez. Je préfère encore affronter une horde de démons que de continuer ainsi dans le noir.

— Très bien ! Si jamais vous réveillez les êtres de la nuit, je vous laisserai vous battre avec plaisir !

— Garde la lumière, insista Kelsey.

Le lutin, impassible, sortit son livre, toujours prêt à tirer le meilleur parti de chaque situation.

En reprenant sa marche, Gary se demanda s'il ne préférait pas, tout compte fait, rester dans les ténèbres. Dès que la voûte rocheuse se resserrait autour d'eux, il avait l'impression qu'ils allaient être écrasés. Mais lorsque le passage s'élargissait, les stalactites louchaient vers lui et les stalagmites prenaient l'aspect de ces entités maléfiques dont Kelsey avait parlé.

Ils progressèrent cependant plus rapidement, n'ayant pas à tâtonner dans le noir et ne se cognant plus à chaque pas. Même Geno avait l'air plus à l'aise, surtout quand le tunnel commença à remonter.

Ils ne savaient pas quelle distance ils avaient ainsi parcourue, ni depuis combien de temps ils étaient debout. Aussi furent-ils agréablement surpris quand ils virent soudain la lumière du jour. Ils débouchèrent à l'ouest de Dvergamal, pas très loin des premières collines.

— Hé, hé ! En une demi-journée, nous avons couvert l'équivalent de deux jours de route ! remarqua Mickey avec une admiration évidente.

Mickey avait vu juste, mais tout danger n'était pas écarté. La tempête de la Hag bleue était passée par là, et les flocons qui tombaient toujours obstruaient presque l'ouverture du tunnel.

— Nous ne gagnerons rien à attendre. Il vaut mieux aller vite avant que le froid ne nous affaiblisse, conseilla Kelsey.

La neige fraîche ne résista pas aux pas lourds de Geno. Muni d'un marteau dans chaque main, il fonça en avant comme un fou, brisant les plaques de glace, écartant les congères.

Le suivant en file indienne, les autres avancèrent plus facilement, malgré le blizzard qui augmentait et le froid qui les mordait. Kelsey était forcé de faire un pas sur le côté pour chaque pas en avant. Mickey rangea prudemment son livre et se cramponna au heaume de Gary.

Avec les contreforts en vue et Geno qui leur ouvrait le chemin, le groupe reprit espoir et accéléra l'allure.

Ce furent sans doute ce rythme forcé et ce regain de confiance qui rendirent Gary un peu moins prudent. Le désastre survint en haut d'un sentier glissant.

Abritée du vent par une haute montagne, cette piste qui longeait un ravin était moins enneigée. Les quatre compagnons cheminaient, menés par Geno. Gary fermait la marche avec Mickey juché sur son épaule.

Le lutin regretta d'avoir desserré son étreinte quand Gary, glissant sur le dos, se mit à dévaler la pente, prenant rapidement de la vitesse. Comme une tortue sur le dos, le jeune homme en armure battait l'air, totalement impuissant. Kelsey s'écarta sur son passage. Geno, qui était occupé à magnétiser une pierre qui leur barrait la route, ne remarqua Gary qu'au dernier moment.

Le nain se retourna et s'arc-bouta, les muscles tendus, quand Gary lui rentra dedans. La violence de l'impact envoya Mickey valdinguer dans les airs. Tous trois parvinrent enfin à s'arrêter, Mickey à cheval sur la tête de Geno, et les talons de ce dernier pendant dans le vide.

— Tu as failli nous tuer tous les deux ! grogna Geno à l'adresse de Gary.

— Tous les trois, tu veux dire ! rectifia Mickey.

Il était sur le point d'ajouter autre chose, mais ses paroles se perdirent dans un cri perçant. Une bourrasque soudaine le fit basculer, le long du dos de Geno, vers le gouffre.

— Mickey ! hurla Gary, roulant pour pencher la tête au bord du précipice.

Il vit le lutin qui tombait, son béret écossais flottant dans les airs, puis son parapluie s'ouvrit, leur donnant un faible espoir.

Mais le vent s'engouffra dans le ravin et le parapluie se mit à tournoyer sur lui-même avant de se replier. Ils entendirent un autre cri, et Mickey disparut, enseveli sous la neige.

— Mickey ! chuchota Gary, anéanti.

— Le lutin a plus d'un tour dans son sac, dit Kelsey qui n'avait pas l'air aussi confiant qu'il voulait bien le laisser entendre.

Gary continuait de fixer l'abîme.

— Comment peut-on arriver jusqu'en bas ? demanda Kelsey à Geno.

Le nain pointa le doigt vers la faille. Le sentier continuait de l'autre côté du vide.

Sans dire un mot, le nain sauta par-dessus le gouffre. Manquant de peu le bord opposé, il s'écrasa sur la falaise, où il trouva heureusement une prise, et se hissa sur le sentier.

Kelsey suivit. Deux enjambées et un saut plein de grâce l'amenèrent en face.

Ébahi, Gary les suivit du regard, puis se pencha vers la crevasse.

Il savait qu'il n'y avait que trois pas à franchir, mais la distance lui paraissait énorme. Sans la neige et sans son armure, il aurait probablement pu sauter, si du moins il en avait trouvé le courage.

— Tu dois traverser ! Si nous prenons du retard, la colère de Cailleac va nous enterrer vivants, hurla Kelsey, dont la voix semblait venir de très loin.

— Tu oublies ce que je porte. Je n'ai aucune chance ! cria Gary.

Il entendit Geno et Kelsey échanger quelques mots mais ne put comprendre ce qu'ils disaient.

— Je vais te jeter une corde. Attache-la bien autour de toi, conseilla Kelsey après ce qui parut une éternité à Gary.

Gary ne voyait pas en quoi cela pouvait l'aider. S'il sautait et que le fil fût trop court, il se fracasserait sur les rochers en contrebas et se briserait probablement tous les os.

— Attends la vague ! lui recommanda Geno.

— La vague ?

Le ton de Gary ne révélait pas une confiance excessive dans le procédé de ses compagnons.

— Tu sauras quand il faudra sauter, promit le nain.

Puis Gary l'entendit chantonner doucement, aussi doucement que Geno le pouvait avec sa voix rocailleuse. Le sol se mit à vibrer sous les pieds de Gary, roulant et ondulant comme la houle d'un océan.

Le mouvement s'accéléra bientôt, chaque lame devenant plus puissante que la précédente. La glace craqua et glissa. La pierre gémit sous l'effort et Gary, les yeux écarquillés, sentit un énorme rouleau se lever derrière lui. Comprenant alors les paroles du nain, il attendit la vague, sachant qu'il serait projeté dans l'abîme s'il ne sautait pas. Il rassembla son courage et bondit en avant.

La synchronisation fut parfaite. Il s'éleva haut et loin, franchit le vide sans effort, et dépassa même Geno et Kelsey. Il était tellement soulagé d'avoir franchi le gouffre qu'il en oublia un léger détail.

Il fallait atterrir.

Gary prit pied sur le sol et chancela aussitôt. Comprenant qu'il ne pourrait pas conserver l'équilibre, il dévia rapidement vers un gros matelas blanc qui avait l'air accueillant. Mais les apparences sont souvent trompeuses, comme Gary allait l'apprendre à ses dépens en s'écrasant sur le rocher recouvert par la neige !

Il resta immobile un long moment, insensible au froid qui régnait.

Il ne voyait que les étoiles, une fois de plus !

Puis il sentit une petite main le saisir rudement par le bras. Il vola derechef dans les airs et se retrouva enfin debout.

Il lui fallut résister au vertige qui s'était emparé de lui, car avant même de s'assurer qu'il était à nouveau sur ses pieds, Kelsey et Geno s'étaient remis en marche.

Ils avancèrent en silence pendant un certain temps jusqu'à ce que Geno, se figeant soudain sur place, pose son oreille contre la paroi de la montagne. Il recula comme s'il réfléchissait à ce que le rocher venait de lui dire. Il saisit ensuite une plaque de pierre, tira de toutes ses forces et la posa sur le sol.

— Montez là-dessus. Le sentier est verglacé à partir d'ici, dit-il.

Kelsey sauta, mais Gary n'était pas très enthousiasmé à l'idée de faire du toboggan sur un chemin étroit bordé d'un ravin !

— Reste si tu veux, mais je ne viendrai pas rechercher ton cadavre quand la tempête aura cessé, dit Geno en donnant un coup de pied à la luge improvisée.

Gary le rattrapa en trois enjambées, plongea la tête la première et se cramponna au traîneau. Ils avaient déjà parcouru une bonne distance quand Gary réussit à se hisser à bord, prenant place entre l'elfe et le nain.

Geno se trouvait à l'arrière, son champ de vision totalement occulté par le dos de Gary. Vu que le jeune homme considérait le forgeron comme leur pilote, il n'était pas très rassuré par leurs positions respectives sur le radeau de pierre, mais, de toute façon, le nain avait fermé les yeux et se concentrait. Il appelait les montagnes à l'aide, les implorant de le guider.

Ils filaient à une allure vertigineuse. Le vent hurlait à l'intérieur du heaume de Gary. La visière n'offrait pas une protection suffisante pour empêcher les trombes d'air de lui brûler les yeux et de lui arracher des larmes. Le monde se transforma bizarrement ; dans un flou irréel, les montagnes se fondaient les unes dans les autres et défilaient à toute vitesse.

Alors qu'ils traversaient un amas de pierres, Gary eut l'impression que quelqu'un avait allumé un stroboscope car la lumière se mit à clignoter, apparaissant et disparaissant selon qu'ils sortaient ou rentraient, passant sur une arche de pierre ou sous un tunnel étroit.

— Tenez-vous bien ! cria Geno alors qu'ils débouchaient sur une nouvelle vallée.

Ils planèrent dans le vide et les cimes disparurent derrière eux. Retombant brutalement, ils filèrent de plus belle, tandis que le vent leur fouettait le visage et menaçait de les renverser.

— Tous à gauche ! hurla Geno.

Ils se déportèrent sur le côté avec un bel ensemble afin de conserver leur équilibre menacé par d'opiniâtres bourrasques. La terre et le ciel tourbillonnèrent autour d'eux quand le sentier prit fin brutalement. Entraînés à une vitesse folle, ils furent éjectés avec violence. Gary glissa, Kelsey sauta et ils virent avec horreur Geno et la luge foncer sur une paroi rocheuse.

Geno se recroquevilla et lança la plaque de pierre dans l'air.

Crac !

Heurtant le mur, elle se brisa en mille morceaux. Geno arriva juste après, les pieds en avant, et se releva avant que Kelsey ou Gary n'aient pu intervenir.

— Belle promenade, commenta Kelsey.

Gary lui jeta un regard sidéré.

— Combien de temps cela nous aurait-il demandé si nous avions dû effectuer le trajet à pied ? Nous touchons au but maintenant et serons bientôt sortis de Dvergamal, expliqua l'elfe.

— Et Mickey ? demanda Gary à ses deux compagnons.

— Nous allons bientôt arriver près de l'endroit où il est tombé, répondit Geno.

Kelsey observa le ciel sombre et son expression disait assez combien il leur serait difficile de retrouver le lutin. Le soleil avait beau se coucher tard en cette saison, le ciel était tellement nuageux que la lumière de cette fin d'après-midi était déjà très faible.

La neige était encore plus épaisse maintenant mais les sentiers étaient assez réguliers. Geno leur ouvrait la marche et ils avançaient facilement. Kelsey retrouva le béret écossais de Mickey au bout d'une heure ou deux mais ils ne virent aucune autre trace du lutin. Leurs appels étaient engloutis par la tempête.

Une lueur crépusculaire tomba sur eux. Gary avait presque perdu espoir quand il remarqua un point brillant de l'autre côté du chemin. Ce n'était pas un feu mais une luminescence magique. Ils se ruèrent vers un banc de neige au centre duquel était creusé un trou en forme de lutin.

— Mickey ! appela le jeune homme.

En dépit de leurs doigts engourdis, Kelsey et Gary se mirent à creuser frénétiquement. Deux heures s'étaient écoulées depuis la chute du lutin et ils n'avaient pas besoin de formuler leurs inquiétudes. Mickey avait-il survécu sous cette congère ?

— Vous ne vous figurez tout de même pas que je serais resté là-dessous ? demanda suavement le lutin, confortablement installé dans une petite anfractuosité, bien à l'abri des rafales de vent.

Puis il avisa la ceinture de Kelsey et sourit.

— Ah, je vois que vous avez remis la main sur mon béret... Tant mieux !

— Incroyable ! fut tout ce que Gary parvint à prononcer.

Ils découvrirent rapidement que le gros de la tempête était passé. Ils sortirent des derniers contreforts de la montagne un moment plus tard, passant de l'hiver à l'été, car même Cailleac n'avait guère de pouvoirs sur les plaines en cette saison. Cela rappela à Gary la fois où il avait quitté Boston par un froid polaire pour atterrir à Los Angeles en pleine canicule.

Ils s'installèrent pour la nuit et Kelsey s'éloigna, son arc à la main. Il revint un peu plus tard, chargé de gibier.

— Tu m'as sauvé quand nous étions là-haut, dit Gary à Geno en levant les yeux vers les hauteurs de Dvergamal.

Un éclair de colère traversa le regard pers de Geno.

— J'ai sauvé ma vie, c'est tout, répondit-il.

— Non, pas au ravin dans lequel Mickey est tombé. Quand je ne pouvais pas traverser et que tu t'es servi de ta magie pour me faire passer. Tu aurais pu continuer sans moi ! corrigea Gary.

Geno rumina ces paroles pendant un moment puis il cracha sur les chaussures de Gary et s'éloigna.

Kelsey survint sur ces entrefaites.

— Prends garde de ne pas trop le libérer de sa dette envers nous ! gronda l'elfe.

Ses paroles résonnèrent comme une menace. Kelsey s'éloigna à son tour.

Désarmé, Gary regarda Mickey qui avait croisé les bras et affichait un air furibond.

— Ah ! Maintenant tu as eu ce que tu voulais ! Geno ne te doit plus rien — à ta place, j'éviterais de lui parler, il est capable de t'arracher la langue !

— Pourquoi est-il si malheureux ? rétorqua Gary.

— Les nains haïssent ceux qui ne sont pas comme eux. En plus, il a été capturé, ce qui le rend particulièrement peu aimable !

Mais Gary n'était pas d'accord avec Mickey. Pour une raison qu'ils ignoraient, Geno avait pris la peine de le sauver, de les sauver tous. Il devait bien y avoir une explication...

11

Les trolls

LE SERPENT LEVA LA TÊTE, TERRIFIANT. EN UN ÉCLAIR, IL FONDIT sur la malheureuse victime, qu'il saisit de ses crocs voraces. Le crapaud se débattit mais il n'était qu'une petite chose sans défense. C'était dans l'ordre des choses.

Mais pour Geek, le gobelin transformé en batracien, cela n'avait rien de naturel du tout. Il savait que le reptile allait bientôt l'engloutir définitivement. C'en serait alors fini de lui ! Il avait déjà assisté à des scènes de ce genre et il savait que la digestion des serpents était lente. Combien de temps son agonie allait-elle durer ?

— Geek, ce n'est vraiment pas le moment de s'amuser ! s'impatienta Ceridwen.

— S'amuser ! gémit Geek, dont le cri se transforma en un grotesque croassement.

Puis Geek aperçut l'extrémité d'une baguette magique devant ses yeux globuleux. Le serpent essaya de s'enfuir, sa proie toujours dans la gueule. Ceridwen murmura quelques mots et Geek entendit un *pop !* La seconde suivante, il était de nouveau un gobelin, et il gisait la tête dans la boue.

— Merci, oh, merci, Milady ! s'exclama-t-il en essayant de ramper vers les pieds de la sorcière.

Mais il buta dans le cadavre du serpent, dont le corps avait explosé sous l'impact de la transformation, et dont les mâchoires restaient fermées sur ses jambes. Il se débarrassa des restes de la bestiole, écœuré.

— Voudrais-tu bien arrêter de jouer avec ce serpent ? Nous avons beaucoup de choses à faire. Et sors de cette boue ! Tu es le domestique personnel de Lady Ceridwen ! Essaie au moins d'en avoir l'air !

Geek réprima les imprécations qu'il aurait voulu crier à sa terrible maîtresse et continua d'embrasser ses pieds boueux. Et le coup de pied qu'il reçut au visage ne suffit pas pour mettre fin à ses débordements d'affection.

— Je les ai détournés de Dvergamal. Nous devons maintenant les rattraper dans la plaine avant qu'ils n'arrivent vers les Crahgs. *Tu* dois les rattraper.

Geek faillit s'évanouir, mesurant la portée de son échec. Il regarda la charogne du serpent. Il savait que les marais grouillaient de créatures bien plus effrayantes.

— Geek va aller chercher les gobelins pour l'aider.

— Ces crétins ? Pour échouer une fois de plus ! Nous avons besoin d'alliés beaucoup plus sûrs, et surtout plus grands, pour vaincre Kelsenellenelvial et ses amis. Ils ont un nain avec eux maintenant.

— Plus grands ? répéta Geek, qui redoutait la réponse.

— Tu iras à Dvergamal, dans une vallée redoutée de tous, même du Petit Peuple des montagnes.

Geek pâlit, comprenant enfin pour quelle raison elle l'avait sauvé des crocs du reptile.

— J'y ai quelques amis que tu devras enrôler, poursuivit calmement la sorcière, comme si elle lui demandait un simple service.

— Lady... commença Geek, regrettant soudain son état de crapaud.

— Ils sont assez grands pour attraper l'elfe, et assez rusés pour échapper aux sortilèges du lutin, continuait la sorcière, sourde aux gémissements de son âme damnée.

Cette description était toutefois inutile ; Geek avait bien compris qu'elle parlait des trolls, ces épouvantables créatures, que même la toute-puissante Ceridwen n'osait affronter !

— Lady...

— Promets-leur cent pièces d'or et une douzaine de moutons, voilà qui devrait suffire à les appâter. Tu doubleras la récompense s'ils ne tuent pas l'elfe et ses amis. Qu'ils se contentent de les capturer et de me les amener.

— Mais les trolls vont dévorer Geek !

— Oh, Geek ! Tu ne penses donc qu'à jouer ? Ils ne te mangeront pas si tu leur promets de l'or, s'esclaffa Ceridwen.

— Geek va leur apporter de l'or ? demanda le gobelin, plein d'espoir.

Ceridwen rit de plus belle.

— Je n'ai pas dit *apporter* mais *promettre*, mon pauvre Geek !

Mais devant la mine déconfite du gobelin, elle reprit :

— Oh, très bien, donne-leur ça !

Le sourire du gobelin se figea lorsqu'il vit qu'elle ne lui tendait qu'une seule pièce.

— Donne-leur ça, et promets-leur le reste, expliqua-t-elle.

Geek scruta l'horizon en direction de l'ouest, vers les hautes montagnes couvertes de neiges éternelles, puis se tourna vers ce qui restait du serpent, se demandant quel sort était préférable.

Mais ce n'était pas à lui de choisir.

Ceridwen psalmodia quelques paroles et fit un geste de la main. En un clin d'œil, Geek fut transporté à des lieues des marais et des plaines. Les cimes enneigées se dressaient tout autour de lui.

— Non, Lady, non ! supplia-t-il en claquant des dents.

Mais Ceridwen ne pouvait pas l'entendre et, de toute façon, ne se souciait guère de son confort !

Il se mit en marche. La tempête de Cailleac s'était

calmée et la température était redevenue normale, mais des pans entiers du chemin restaient ensevelis sous les congères.

Le pauvre Geek allait de moins en moins vite, plus ralenti par sa propre inquiétude que par le verglas des sentiers. Il songea avec une certaine nostalgie à la mâchoire du serpent ; au moins, il y faisait chaud.

Geek avait rarement eu affaire aux trolls, surtout à ceux des montagnes, immenses et redoutables, toujours affamés et prêts à avaler tout ce qui leur tombait sous la dent.

Il arriva bientôt au bord d'une corniche. Il essaya de se faire aussi discret que possible : il entendait au loin des éclats de voix et il voyait la lueur d'un feu de camp. C'étaient bien ceux qu'il cherchait ! Il hésita. Devait-il se montrer ? Son problème se résolut de lui-même. Soudain le monde devint noir pour le pauvre Geek dont la tête fut recouverte d'un sac. En quelques secondes il était soulevé par les pieds et jeté sur une large épaule.

— Dix mille pièces d'or et un million de moutons ! hurla-t-il, au comble de la panique.

À travers le sac, il sentait l'haleine fétide du troll, qui lui donnait la nausée. Puis, réussissant à dégager une main, il montra au molosse l'unique échantillon du trésor promis.

Les compagnons avaient repris leur longue marche. Une peur diffuse régnait parmi eux, nourrie par la présence invisible de leur insaisissable ennemi. L'air renfrogné du nain ne faisait rien pour améliorer les choses. Aucun d'eux n'osa demander à Geno de les aider et il ne leur proposa pas son assistance.

Le visage fermé, Kelsey les conduisait en silence. Tout à coup, Mickey le rattrapa et se planta devant lui, en colère.

— Où allons-nous comme ça, hum ? Tu as besoin d'un gnome, et leur repaire, Gondabuggan, se trouve au nord et non au sud !

Kelsey regarda le lutin sans broncher.

— Les gnomes sont presque les meilleurs voleurs, poursuivit le lutin, un peu hésitant, car il commençait à comprendre où l'elfe voulait en venir.

— Ça ne me suffit pas, je veux le meilleur, répliqua l'autre d'un ton égal.

— Tu passes les bornes ! marmonna Mickey dont les yeux gris étincelants s'étaient réduits à deux fentes sombres.

— Eh bien, reste ici, alors, suggéra Kelsey, dont le regard menaçant promettait au lutin les pires sévices s'il ne suivait pas le mouvement.

Ce dernier n'était pas véritablement surpris. Il se doutait depuis le début de ce que Kelsey allait lui demander. Les elfes étaient plutôt d'un naturel agréable, surtout à l'égard des lutins, mais il faut croire que cette quête avait éteint jusqu'à la dernière étincelle de gaieté chez Kelsey.

Le lutin tira sur sa pipe et laissa l'autre le dépasser. Il reprit la file derrière Gary sans dire un mot. Quelques instants plus tard, il avait retrouvé sa place habituelle sur l'épaule du jeune homme, le livre à la main.

La familiarité du lutin ne dérangeait pas Gary. Après ses gaffes de la nuit précédente et la colère de Geno et de Kelsey, il trouvait sa compagnie réconfortante.

Ce jour-là, ils cheminèrent en silence. Kelsey les menait, loin devant eux, la main sur le fourreau de son épée, tandis que les autres suivaient sans ordre particulier. Geno ronchonnait et crachait de temps à autre, généralement en direction du pauvre Gary.

Ce dernier commençait à trouver tout cela un peu monotone, sauf de temps en temps, lorsque Mickey utilisait quelque chose qui ressemblait à un sifflet. Mais comme aucun son ne sortait du petit instrument d'argent quand Mickey soufflait dedans, Gary ne jugea pas utile de le questionner à ce sujet et cessa d'y penser.

Il réfléchissait à son propre sort. Il était désormais

sûr d'être bien vivant et bien éveillé. Mais si ce n'était pas un rêve, qu'est-ce que cela pouvait bien être ? La seule hypothèse qui lui venait à l'esprit, c'est qu'il était devenu fou. Il essaya, à plusieurs reprises, de deviner quel était le déguisement de ses compagnons, de les voir comme les verraient ceux de son propre monde.

Mais il abandonna rapidement. S'il était réellement devenu fou, il lui serait de toute évidence impossible d'échapper consciemment à son délire.

Il décida donc de continuer à jouer le jeu et de profiter de l'aventure. Cependant, il ne pouvait oublier ses parents, ni le chagrin qu'il devait leur causer.

Gary se dit qu'il y avait quelque chose d'anormal quand il vit Mickey, le sifflet à la main, se glisser hors du camp, cette nuit-là. Il suivit le lutin sans se faire remarquer et en évitant de le perdre de vue. Mickey réussit malgré tout à disparaître. Le jeune homme le chercha dans le noir pendant quelque temps, mais en vain.

Il était sur le point d'abandonner et de rentrer au camp quand il entendit un drôle de bruit, aussitôt suivi de la voix du lutin. Il se dirigea silencieusement dans cette direction et étouffa un cri de surprise en apercevant, à la lumière de la pleine lune, le compagnon de Mickey, le farfadet qui l'avait touché de sa flèche empoisonnée au commencement de toute cette aventure.

— Va ! À toi de jouer, chuchota Mickey.

Gary ne comprit pas la réponse du farfadet, qui avait une voix haut perchée.

— Sûr que c'est du gâchis ! reprit Mickey. Mais je ne peux pas agir autrement sans provoquer le courroux des Tylwyth Teg, hum, et je n'ai nul désir de pénétrer dans le repaire de Robert sans quelques atouts dans ma manche...

Gary se répéta mentalement le nom de Robert. Il ne pouvait pas s'agir du dragon. Mais alors qui d'autre... ?

Le farfadet dit à nouveau quelque chose que Gary ne put entendre.

— Je le ramènerai, ne t'en fais donc pas ! Mais il

faut d'abord que je me sorte de ce guêpier, insista le lutin.

Le farfadet salua et disparut dans les buissons. Mickey regarda devant lui pendant un moment, puis il soupira et tira sur sa pipe.

Gary jugea préférable de ne pas questionner Mickey à propos de ce mystérieux conciliabule. Aussi ne dit-il rien ce soir-là quand le lutin revint au camp, ni le lendemain pendant qu'ils cheminaient sur les collines.

Le temps était agréable — si la compagnie ne l'était pas — et le jour suivant se déroula sans incident. Quand les abords de Dvergamal furent enfin en vue, Kelsey accéléra le mouvement.

Mais Geno s'arrêta brusquement et, le nez en l'air, se mit à renifler. Mickey décroisa ses chevilles et leva les yeux de son livre. Même Kelsey se retourna vers le nain avec curiosité. Ce dernier ne semblait pas les remarquer. Il se tenait immobile, la tête en arrière, respirant par à-coups.

— Hum ! fit Mickey.

— Qu'est-ce qu'il y a ? demanda Kelsey en sortant son épée.

La tension monta de façon perceptible.

— Hum hum ! reprit Mickey.

Geno regarda à droite puis à gauche, son regard fouillant toutes les directions.

L'anxiété se reflétait dans les yeux dorés de Kelsey.

— Qu'est-ce que c'est ? répéta-t-il.

— Des trolls, annonça le nain.

— Hum hum hum ! insista Mickey.

Gary se tourna d'un bloc vers le lutin.

— Ça suffit ! Depuis que nous avons quitté Dilnamarra, j'ai l'impression que Kelsey et toi en savez plus long que vous ne voulez le dire. Qu'est-ce qui se passe, à la fin ? Qui est après nous ? Et pourquoi ?

— Tu ne comprendrais point — et cela ne te concerne aucunement, commença Mickey.

— Tu me dis tout, maintenant, ou je rentre chez moi ! s'énerva Gary.

Il jeta sa lance sur le sol, laissa tomber l'étui de Donigarten et croisa les bras sur sa poitrine en un geste de défi.

— Explique-lui, mais d'abord, sauvons-nous ! dit Kelsey.

Geno était toujours en train de renifler l'air et semblait de plus en plus inquiet.

En voyant le nain alarmé pour la première fois, Gary perdit le fil de son discours. Il ramassa ses affaires et emboîta le pas à ses compagnons qui s'éloignaient déjà en toute hâte.

— Encore un coup de Ceridwen ! commenta le lutin en reprenant son siège de prédilection.

— Vous avez provoqué la colère de la sorcière ? cria Geno qui venait de les dépasser et qui avait surpris ces paroles.

Il pila et se retourna brutalement, la mâchoire serrée et les yeux lançant des éclairs.

— C'est elle qui a réveillé Cailleac, dit-il avec colère.

Mickey hocha la tête gravement.

Geno se tourna vers Kelsey.

— Tu ne m'as pas dit qu'il faudrait l'affronter ! Tu n'as pas parlé d'elle du tout !

Gary essayait de suivre la conversation, concentré sur le nom de Ceridwen qu'il était certain d'avoir déjà entendu dans son propre monde, comme d'ailleurs tant de noms de Faerie, qui lui étaient aussi familiers.

— Je ne savais pas que c'était elle. C'est seulement quand j'ai vu Cailleac dériver sur les sommets de Dvergamal que j'ai commencé à comprendre que tous les problèmes que nous avons rencontrés ces derniers temps ne sont pas le fruit du hasard, répondit Kelsey en toute honnêteté.

— Car elle est la seule à pouvoir réveiller Cailleac, conclut Geno.

— Et les trolls ? demanda Mickey en les ramenant à la situation présente.

Geno se remit à renifler dans toutes les directions.

— Ils ne sont pas loin.

Soudain, ils sentirent l'épouvantable puanteur.

— Courez ! cria Kelsey.

Geno détala, suivi de l'elfe, qui s'arrêtait régulièrement pour encourager Gary. Le jeune homme, désormais habitué à son armure, était capable de suivre le rythme. Mais la puanteur des trolls les rattrapait peu à peu, intensifiant leur angoisse.

Geno les conduisit vers un tertre.

— Ils sont partout ! Préparez-vous à vous défendre ! cria le nain en saisissant ses deux marteaux préférés.

Kelsey enleva son arc de son épaule et le banda rapidement tandis que Mickey sautait de son perchoir et examinait les environs, cherchant dans son répertoire les sorts les plus efficaces pour leur situation. Gary n'avait pas la moindre idée de ce qu'il fallait faire, mais il fit de son mieux pour donner le change.

Il saisit sa lance, jaugeant son équilibre, et posa son doigt sur la pointe d'un air connaisseur. Un filet de sang jaillit de sa main, ruinant tous ses efforts.

En voyant ses compagnons effrayés par les trolls, Gary espéra que l'arme enchantée qu'il portait sur son dos lui viendrait en aide quand le combat commencerait.

Il resta immobile, se demandant à quoi pouvait ressembler un troll.

Il n'eut pas longtemps à attendre ! Une forme immense, vaguement humanoïde, apparut au-delà des collines et se dirigea lourdement vers eux sur des jambes aussi épaisses que le tronc d'un vieux chêne. Deux autres apparurent à sa suite.

— Il y en a trois au nord, compta Gary, qui clignait des yeux au travers de la visière de son heaume.

— Trois de ce côté, corrigea Mickey.

Gary suivit le regard du lutin et vit une autre créature, qui était suffisamment proche pour qu'il puisse l'admirer en détail. Elle était haute comme deux hommes et portait des fourrures sales sur sa peau verte parsemée de verrues. Alors que ses jambes et son torse étaient incroyablement épais, ses bras étaient longs et minces, terminés par de longues griffes recourbées, sans doute pour faciliter la capture. Des yeux jaunes et des dents encore plus jaunes complétaient ce portrait. Quand il fut enfin capable de détourner la vue de cet horrible spectacle, Gary regarda tout autour de lui. Trois autres trolls, dont un plus petit, s'approchaient d'eux.

— Eh bien, mon gars ! Fait grand jour, hum ? Quand tu seras de retour dans ton monde, tu pourras dire à ton M. Tolkien que tu as vu sept trolls qui marchaient sous le soleil ! ricana Mickey.

— Ceux-là ne sont pas comme les autres. Ils cherchent des proies à capturer, remarqua Geno.

— Moi, une proie ? Elle est bien bonne ! grinça le lutin.

— Ils ne nous tiennent pas encore ! approuva Kelsey.

Si Gary avait déjà eu un aperçu des prouesses de Kelsey lors de son affrontement à l'épée contre les gobelins, il fut cette fois-ci définitivement convaincu de son habileté au combat. L'elfe visa le troll le plus proche, et de son arc jaillit une volée de flèches.

La cinquième partit avant même que la première n'ait touché son but.

Le tir de l'elfe était presque parfait mais semblait ne faire aucun effet. Le molosse, touché à l'épaule, à peine égratigné au cou, écarta les projectiles d'un geste de la main, comme Gary l'eût fait d'un simple moucheron. Mais lorsque Kelsey lui décocha une flèche dans l'œil, il hurla de douleur, vacilla sur le côté et tomba. Il râlait et se débattait, ses doigts crochus creusant des sillons dans la prairie.

Geno se mit à l'ouvrage et lança plusieurs marteaux qui volèrent et rebondirent sur les assaillants avec une puissance extraordinaire.

— Aïe ! Ouille ! beugla le premier en recevant un marteau sur le doigt.

— Mon nez ! Y m'a cassé le nez ! brailla le second.

Bien qu'il fût à une certaine distance, Gary entendit le cartilage craquer. Le monstre attrapa son énorme museau entre ses deux mains et le tordit pour endiguer le flot de sang.

Les deux éclopés s'éloignèrent, plus soucieux de se tenir à l'écart du vol ininterrompu de marteaux que de prendre d'assaut le tertre.

Gary regarda sa lance puis les mastodontes qui se rapprochaient. Les trois qui se trouvaient derrière lui ne représentaient pas un danger immédiat. Ils étaient en train de zigzaguer afin d'éviter un immense trou qui venait d'apparaître dans le sol. Gary venait de passer par là, courant droit devant lui, et il n'avait rien remarqué à cet endroit. Il n'eut pas besoin de voir le lutin pour comprendre ce qui se passait. Mais il en fallait plus pour décourager le troll qui venait de l'autre côté et qui, ayant distancé son petit compagnon, fonçait à une allure inquiétante. Seul Gary pouvait maintenant l'arrêter, Geno et Kelsey étant sur d'autres fronts.

Il posa de nouveau les yeux sur sa lance.

— *Ne songe même pas à la jeter*, fit la voix dans sa tête.

— Je n'y pensais pas !

— *Mille pardons. Sois courageux maintenant, jeune pousse. Je te guiderai.*

Gary appréciait cette aide mais il ne se sentait pas très courageux. Le monstre n'avait pas encore commencé à gravir le tertre mais ses méchants yeux jaunes étaient déjà au niveau de ceux de Gary. Il était armé d'un énorme gourdin.

— *Frappe avant qu'il ne grimpe !* ordonna la voix.

C'est ce que fit Gary, orientant son arme sur l'immense poitrine de son adversaire. La pointe s'enfonça de quelques pouces et le long manche se plia.

— Ah ben zut alors ! s'exclama le géant, qui ralentit.

Gary n'hésita pas une seconde. Mû par son instinct, il replia ses jambes sous lui et sauta, frappant de son bouclier le visage et la poitrine du monstre.

Le jeune homme rebondit, abasourdi, le souffle court, tandis que chaque plaque de son armure cliquetait.

— *Il ne faut jamais frapper un troll avec un bouclier !*

À genoux, Gary saisit à peine ce que lui disait l'arme

qui gisait maintenant à terre. Mais il comprit ce que signifiaient les pieds démesurément grands qui se trouvaient de chaque côté de lui. Levant les yeux, il vit le goliath, qui s'apprêtait à l'écraser avec son gourdin.

— *Attention !*

Gary obéit de nouveau à son intuition, saisit sa lance à deux mains et la projeta de toutes ses forces au-dessus de sa tête. Le monstre tressauta, grogna faiblement puis tomba en arrachant l'arme de la poigne du jeune homme.

Gary était soulagé. Il savait qu'il s'était bien débrouillé, mais en regardant autour de lui, il vit que l'instant était peu propice aux félicitations.

Geno était à court de petits marteaux à lancer et faisait bravement face aux deux trolls. Un grand maillet dans chaque main, il sautillait entre les jambes des géants et frappait tout ce qu'il trouvait.

Kelsey n'avait pas rejoint le nain car deux autres trolls avaient fini par contourner le trou créé par Mickey et l'encerclaient.

— *Deux* ? s'interrogea Gary.

Traversé d'un horrible pressentiment, il se retourna aussitôt en brandissant son bouclier par réflexe.

Le molosse tenait un gigantesque gourdin. Il en cogna le bouclier du jeune homme, brisant presque son bras, puis le frappa à la tempe. Le heaume tournoya un moment et s'arrêta finalement, à l'envers.

La lance de Donigarten le supplia de réagir, de fuir, de rouler sur la pente du tertre.

En vain ! Gary ne voyait et n'entendait plus rien. Le sol se rua à sa rencontre mais il ne le savait pas.

L'épée de Kelsey tournoyait et virevoltait, découpait de grands arcs dans l'espace puis fonçait tout droit. Les deux monstres qui encerclaient Kelsey étaient blessés mais ce n'étaient que des égratignures. Face à de tels mastodontes, l'arme de l'elfe ne faisait pas le poids.

Malgré tout, Kelsey se défendait comme un beau diable. Il fallait garder courage. Deux trolls étaient vaincus, celui qu'il avait blessé à l'œil et celui que Gary avait embroché à l'aine, mais il en restait encore cinq. L'un était occupé à envelopper Gary dans un filet comme un vulgaire paquet. Geno s'en coltinait deux autres.

Il était temps pour Kelsey de frapper un grand coup.

— Encerclez-le ! cria l'un des assaillants en se glissant sur le côté de Kelsey.

L'autre troll se plaça en face de son compagnon. Kelsey avait fort à faire pour les maintenir à distance. Ils avançaient, reculaient, brandissant et agitant leurs gourdins à la recherche d'une ouverture.

Kelsey plongea pour éviter un coup, mais au lieu de se mettre en retrait pour garder sa posture défensive, il se pencha en avant et fonça droit devant lui. Le troll, surpris, n'eut pas le temps de remettre sa massue en place pour se défendre. Il agita le bras afin de faire reculer Kelsey, mais sans succès.

L'elfe chargea férocement. Son épée se plia presque en deux quand il pourfendit la poitrine du monstre, plus dure que la pierre. Comme c'était une épée elfique, elle ne cassa pas sous le choc. Le troll hurla quand la lame transperça ses côtes puis il tomba en étreignant sa poitrine.

Le compagnon de la créature qui venait de succomber brama et brandit son gourdin mais Kelsey, qui l'avait entendu, ne fut pas surpris. Il rentra la tête dans les épaules, roula au sol et échappa de peu au coup. Le troll plongea sur Kelsey et, de son énorme main, l'attrapa par une jambe. Puis il se mit à genoux, tira de toutes ses forces avec l'intention de faire basculer Kelsey.

L'elfe parvint à rester debout malgré la force incroyable du monstre. Kelsey, vétéran de nombreuses batailles, eut le réflexe de s'arc-bouter pour conserver l'équilibre et de dégainer son épée. Le troll fut atteint à la main. Trois doigts tombèrent à terre et Kelsey, libéré de la poigne de fer de la créature, vola dans les airs. Agile comme un chat, il atterrit sans difficulté et revint aussitôt à la charge.

Mais une botte tomba sur son dos et l'aplatit au sol.

Kelsey avait l'impression qu'une montagne lui était tombée dessus. Il lui était impossible de bouger sous ce poids énorme.

— Écrabouille-le, Earl ! Y m'a coupé les doigts ! entendit-il hurler.

Geno s'était déjà battu contre des trolls. Ils étaient les pires ennemis des nains de Dvergamal et chaque fois que l'un de leurs groupes de chasseurs était passé près du Firth de Buldre, Geno avait personnellement dirigé l'assaut.

Jusqu'à présent, l'affrontement avait toujours tourné en sa faveur. C'était la première fois qu'il se trouvait dépassé en nombre par ses ennemis de toujours. Inébranlable, il grondait et crachait. Si cela devait être son dernier combat, ce serait aussi le plus glorieux !

— Je vais te transformer en chair à pât...

Le monstre fut brutalement interrompu par le marteau de Geno qui lui avait cassé deux dents. Le troll recracha le projectile ; le nain se précipita pour le récupérer.

L'autre troll, voulant empêcher Geno de reprendre son arme, se rua sur le nain, les deux mains en avant.

— Imbécile ! se moqua Geno quand il vit les doigts du troll à sa portée. Ça va faire mal ! promit-il, et il propulsa ses marteaux l'un après l'autre sur les grosses paluches du géant qui s'éloigna en sautillant, les bras tendus, secouant les mains en une grotesque gymnastique.

Soudain, il se sentait moins pressé d'attraper le nain ou qui que ce fût d'autre.

Mais Geno n'en avait pas encore terminé avec le malheureux. Il fonça entre ses jambes, puis fit brusquement demi-tour. La ruse fonctionna à merveille car le monstre stupide était encore en train de regarder par-dessus son épaule que Geno lui assenait son marteau sur la rotule.

Kelsey regarda son bras se transformer en horribles tentacules terminés par des griffes crochues. Le troll qui se trouvait au-dessus de lui recula sous l'effet de la surprise et son pied se leva suffisamment pour permettre à l'elfe de reprendre sa respiration.

Kelsey aperçut alors Mickey, caché près du troll que Gary avait tué. L'elfe voulut remercier le lutin mais il poussa un cri. Derrière Mickey, se tenait un gobelin, un sac à la main.

Le filet recouvrit Mickey, et l'illusion s'évanouit. Le troll gronda et écrasa Kelsey de plus belle.

— Vas-y, Earl, écrabouille-le ! s'égosillait son compagnon blessé.

Kelsey crut sa dernière heure venue. Mais l'autre se pencha, le ramassa et le jeta dans le filet qui contenait déjà Gary.

— Je le tiens ! Je le tiens ! braillait Geek, ravi, en secouant sa prise.

Mais le sac devint mou, donnant l'illusion que le lutin s'était évaporé. Ébahi, le gobelin ouvrit le sac et y plongea le nez.

Le long tuyau d'une pipe en jaillit et rentra dans l'œil du gobelin qui lâcha son précieux butin. Le lutin jaillit du sac, hilare. Mais sa joie fut de courte durée. Une gigantesque main l'attrapa et le souleva dans les airs.

— Recommence pas ça, moucheron, ou je t'aplatis aussi sec ! cracha le troll en serrant le lutin entre deux gros doigts boudinés.

Mickey ne se le fit pas dire deux fois.

Le troll agrippait son genou blessé et sautillait sur sa jambe valide. Mais chaque fois qu'il touchait terre, Geno lui donnait un coup de marteau sur le pied.

Le molosse édenté se glissa derrière le nain, le gourdin levé.

— Aussi discret qu'un coup de tonnerre ! se moqua Geno en se retournant et en se jetant hors de portée.

La massue vint s'écraser lourdement sur la bonne jambe de son compère qui s'écroula, dégringolant le tertre, telle une avalanche. L'autre se déchaîna, fou de rage. Il agitait son gourdin dans tous les sens sans pour autant parvenir à atteindre Geno.

— Ve vais te maffacrer, fale nabot ! hurlait-il.

Le nain trébucha et plongea, apparemment perdu, mais manœuvrant en réalité pour mieux ajuster ses coups. Il jeta un marteau en même temps qu'il abattait sa massue. Le troll ne comprit la tactique que lorsqu'il reçut le projectile en plein visage. Au comble de la fureur, il cracha une troisième dent. Geno s'était déjà redressé, prêt à continuer.

Le troll voulut se montrer plus malin. Il se pencha vers le nain, brandissant son arme.

Geno lança un marteau sur le gourdin, qui rebondit à son tour sur le visage du troll. Ce dernier rugit et leva de nouveau son arme, ainsi que l'avait prévu le nain. Geno lui sauta au visage, s'accrocha à ses cheveux et le frappa à coups répétés avec l'arme qui lui restait. Il comprenait et anticipait le moindre des mouvements de la créature, ce qui lui permit de s'éjecter au moment où le gourdin s'écrasait.

La tête du géant bascula en arrière. Le monstre resta immobile un long moment, puis tomba comme un arbre coupé.

Mais Earl vint à la rescousse, suivi de son compagnon aux sept doigts et par un troll qui portait un sac.

— Désolé de vous abandonner ! cria Geno à ses compagnons capturés.

Le nain pensait que son contrat était rempli. Il n'avait jamais promis de mourir aux côtés de l'elfe. Mais quand il fit demi-tour, il découvrit que la retraite était coupée. Un autre troll, avec une flèche qui sortait de son œil, se tenait maintenant derrière lui. Le premier ennemi que Geno avait vaincu était de retour !

Le combat fut bref... Jetant ses dernières forces dans la bataille, Geno s'empara de ses marteaux.

Mais les assaillants étaient trop nombreux. Un sac s'abattit sur la tête du nain.

Les quatre compagnons étaient désormais aux mains des trolls et de leur mystérieux commanditaire.

12

Ynis Gwydrin

Un long moment s'écoula avant que Gary n'ouvre les yeux. Il se trouvait avec Kelsey, dans un filet suspendu sur une perche posée sur les épaules de deux des trolls. Les autres molosses cheminaient à leurs côtés. La première chose que remarqua Gary, à part les élancements causés par un terrible mal de tête, fut l'état pitoyable de leurs ravisseurs. En effet, les trolls, bien que victorieux, n'étaient pas sortis indemnes de la bagarre. Ils n'étaient plus que six maintenant, au lieu de sept, et chacun était plus ou moins estropié. Celui qui portait le filet à l'avant avait perdu trois doigts à la main droite tandis que celui de derrière arborait un bandage autour de la tête et sur l'œil.

Celui qui avait pris la lance de Gary entre les jambes avait adopté une curieuse démarche en canard, un autre boitait de façon prononcée et passait régulièrement la main sous son genou en gémissant. Les deux derniers marchaient devant avec un gobelin. Gary ne pouvait pas les voir tous, mais il remarqua que l'un d'entre eux transportait un grand sac qu'il cognait contre chaque tronc d'arbre qui se trouvait sur le côté de la route. En entendant les grognements et les râles qui s'en échappaient régulièrement, Gary devina aussitôt que la position de Geno était encore plus inconfortable que la sienne.

— On n'a pas gagné, hein ? marmonna-t-il dès qu'il fut capable de parler.

Il avait la bouche pâteuse et la gorge sèche. Combien de temps était-il resté évanoui ?

Kelsey se contorsionna et la jambe de Gary se tordit de façon douloureuse.

— Nous nous en sommes mieux sortis que d'autres ! grogna l'elfe, blessé dans sa fierté.

— Eh, ferme-la ! aboya le troll qui se trouvait derrière en secouant rudement le filet.

Les cordes se tendirent autour de Gary, s'insinuant dans des fentes de l'armure et lui sciant la peau.

— Au moins, Mickey a pu s'échapper, chuchota Gary, plein d'espoir, quelques minutes plus tard.

— Il n'a pas réussi. C'est le grand, devant, qui le tient, expliqua Kelsey.

— C'est Earl qui l'a ! Il est dans sa poche ! Même ce petit avorton, y pourra pas s'échapper de la poche à Earl, répliqua d'une voix rageuse le troll devant eux.

Celui qui se trouvait derrière secoua à nouveau le filet et Gary retomba dans le silence, profondément malheureux. Quel sort affreux lui était-il réservé ? Allait-il être cuit dans une grande marmite ? Dévoré par un dragon ? Enseveli vivant au plus profond d'une caverne ? Et que signifiait la mort en terre de Faerie ? Quelle répercussion cela aurait-il dans son propre monde ? Gary se souvenait d'avoir entendu parler de gens qui décédaient dans leur sommeil après avoir rêvé de leur mort, tant le choc était grand. Il n'avait jamais cru à ces histoires mais il n'avait aucune envie de vérifier par lui-même.

Gary était désormais convaincu qu'il ne s'agissait pas d'un rêve, mais il craignait sérieusement d'être devenu fou. Les trolls n'étaient-ils pas en fait des médecins, ceux qu'on appelle habituellement « les hommes en blanc » ? Gary chassa ces pensées absurdes. Finalement, il préférait croire qu'il se trouvait vraiment dans le monde magique de Faerie.

Et ça, n'était-ce pas une pensée absurde ?

Les géants allaient bon train car, même blessés, ils pouvaient couvrir de grandes distances avec leurs longues pattes. Ils traversèrent ainsi la plaine vallonnée, puis une forêt touffue. Ils ne s'arrêtèrent même pas pour se reposer, continuèrent à marcher toute la nuit et, au matin, ils abordèrent une région montagneuse. Gary, si perdu fût-il, était certain que ces pics n'étaient pas ceux de Dvergamal.

— Penllyn, annonça lugubrement Kelsey.

Gary connaissait ce nom mais il ne savait pas ce qu'il signifiait. Kelsey sombra dans le silence tandis que les trolls les emmenaient toujours plus loin, franchissant infatigablement des passages étroits, d'obscurs tunnels, enjambant des corniches que Gary aurait mis des heures à escalader.

La situation de Geno ne s'améliorait pas. Le troll qui portait le sac le laissa soudain tomber brutalement sur le sol et le traîna derrière lui, le faisant rebondir à dessein sur de grosses pierres tandis que ses amis et lui ricanaient méchamment. On entendit Geno, grommelant et fulminant, leur promettre les pires représailles.

— Gwydrin ! Gwydrin ! brailla Geek un peu plus tard.

Les trolls s'agitèrent nerveusement en entendant le gobelin, mais ce fut Kelsey qui sembla le plus tendu. Jamais Gary n'avait vu l'elfe aussi anxieux.

— Qu'est-ce que Gwydrin ? chuchota Gary.

L'elfe garda le silence.

La troupe contourna un rocher et ils découvrirent un grand lac de montagne qui s'étalait devant eux, les cimes environnantes se reflétant à la surface cristalline de l'eau. Une île se dressait en plein milieu, très éloignée, à peine visible. La vue de ce spectacle emplit Gary d'une terreur incontrôlée. Sans pouvoir l'expliquer, il savait que cet îlot était leur destination, comme s'il en émanait des forces maléfiques.

— Gwydrin ! répéta Geek, se précipitant vers le rivage et conduisant les trolls vers plusieurs petits bateaux dissimulés dans les hautes herbes. Il faut les mettre dans les barques. On va les amener à la Lady, ordonna-t-il.

— Où qu'est ma récompense, gobelin ? croassa Earl en jetant un coup d'œil inquiet aux embarcations, décidément trop petites pour les géants !

— Lady va venir, promit Geek.

— Y faut payer ou Earl te mange tout cru, menaça l'autre.

— Deux cents ?

— T'as dit dix mille, hurla le troll aux sept doigts en laissant tomber la perche qui retenait le filet.

Geek s'écarta de la brute, mais il ne pouvait s'enfuir.

— Ouais, et un million de moutons ! Où qu'y sont, mes moutons ? beugla Earl en envoyant dans le dos du gobelin une grande claque qui le projeta tête la première dans la vase.

Il se baissa pour le relever et le secoua vigoureusement.

Geek n'essaya même pas de se débattre. La main du géant recouvrait entièrement sa tête, et il savait qu'une secousse suffirait pour lui briser la nuque.

Le cri d'un grand oiseau noir se réverbéra sur le lac. Captifs et ravisseurs le regardèrent planer dans le ciel clair, devenant plus grand au fur et à mesure qu'il se rapprochait d'eux. Effleurant la surface de l'eau, il vint se poser sur le rivage dans un bruissement d'ailes, juste devant Earl et ses prisonniers.

— Qu'est-ce... commença le géant, interrompu par un éclair soudain.

Quand il retrouva la vue, Ceridwen se tenait devant lui, froide et impassible, très belle dans sa robe noire chatoyante.

— Qu'est-ce... essaya à nouveau Earl, mais il avait complètement oublié ce qu'il voulait dire et les mots restèrent coincés dans sa gorge.

— Bien. Je vois qu'ils sont vivants, ronronna Ceridwen.

Elle s'approcha de Gary et de Kelsey, essayant de

distinguer leurs formes dans le fatras de cordes, de bras et de jambes.

Puis elle avisa le sac taché de sang.

Comme s'il n'attendait que ça, le troll agita le sac et Geno se mit à rugir.

— Le lutin est-il là aussi ?

— Ouais, dans ma poche, grommela Earl qui devenait de plus en plus méfiant et de moins en moins impressionnable.

— Il est vivant ?

— D'abord, la récompense !

— Deux cents pièces d'or et deux douzaines de moutons, proposa la sorcière.

— Tu as dit mille pièces d'or, rétorqua Earl en secouant Geek.

— Et un million de mout... commença le troll aux sept doigts, mais le regard glacial de Ceridwen le dissuada de continuer.

— Mon offre était de *cent* pièces d'or et *une* douzaine de moutons. Le double s'ils étaient en vie. C'est à prendre ou à laisser, dit-elle aux trolls et au gobelin terrifiés.

Les molosses protestèrent bruyamment, chacun regardant l'autre, espérant qu'il s'en trouverait un pour agir le premier. Malgré tout, la réputation de Ceridwen n'était pas à traiter à la légère, même pour une bande de trolls.

— Dix mille ou on vous dévore tous ! gronda finalement l'un des monstres.

Il fit un pas vers Ceridwen, mais la sorcière murmura quelques mots et il se retrouva en train de sauter au lieu de marcher.

— Oh ! Un lapin ! s'écria le troll aux sept doigts.

En effet, là où se trouvait un mastodonte haut comme deux hommes, était maintenant assis un petit lapin aux grandes oreilles, pas plus haut que le pouce d'Earl.

Gary cligna des yeux, stupéfait, tandis que les trolls

s'excitaient et trépignaient. La plaisanterie n'était pas à leur goût !

Mais aucun d'eux n'osa se rebeller contre la sorcière aux cheveux de jais.

— Le lutin est-il vivant ? demanda à nouveau Ceridwen.

Earl plongea la main dans sa poche et en tira un lutin bien vivant mais un peu fripé. Le géant le tenait entre ses doigts et lui donna une chiquenaude pour le faire parler.

Mickey ne parvint pas à articuler un mot, et Earl allait le malmener encore quand Ceridwen l'interrompit en tendant la main.

— Deux cents pièces d'or et deux douzaines de gros moutons, c'est ma dernière offre.

— Dix mil... recommença le troll aux sept doigts.

Un regard d'Earl et des autres trolls le fit taire définitivement.

— On peut garder le nain ? Avec les copains, on a envie d'une tarte, demanda Earl en bavant.

— Pourquoi pas ? répondit Ceridwen, et Earl fit un large sourire.

Rien n'était meilleur qu'une tarte au nain, même pas deux douzaines de moutons.

Mais la sorcière changea rapidement d'avis. Il lui serait utile d'avoir à portée de main, prisonnier sur son île, le meilleur forgeron de tout Faerie.

— Non ! Finalement, j'en aurai besoin.

Gary devinait ce qui allait suivre mais il tressaillit cependant quand Earl négocia :

— Alors on garde l'homme ?

— Oh non, ni l'homme, ni l'elfe, ni le lutin, j'en ai bien peur.

— Ben, et ma tarte, alors ? bougonna Earl.

Ceridwen réfléchit un instant, puis jeta vers Geek un regard qui donna au pauvre gobelin l'envie de s'évanouir. Elle avait trouvé la solution.

— Les lapins font aussi de bonnes tartes !

Avec la loyauté qui caractérise les trolls, les quatre

monstres qui se trouvaient derrière Earl se précipitèrent sur leur compagnon transformé en petit rongeur à longues oreilles.

— L'est pas assez gros ! râla le troll aux sept doigts.

Un instant plus tard, il se retrouvait à son tour en train de faire des bonds en zigzaguant sur le sol, cherchant à éviter les griffes avides de ses anciens camarades.

— C'est assez gros, maintenant ? demanda suavement Ceridwen quand le second fut solidement tenu.

Earl pâlit, essaya de sourire et hocha stupidement la tête.

Ceridwen claqua des doigts, et deux embarcations se mirent à dériver vers le large.

— Mettez les prisonniers dans une barque.

Les trolls se regardèrent, attendant que l'un d'eux prenne l'initiative.

— Maintenant !

Les monstres se piétinèrent les uns les autres dans leur hâte à exécuter les ordres de la sorcière. Geno atterrit le premier, suivi de Gary et de Kelsey, puis de Mickey qui réussit à ouvrir son parapluie au dernier moment pour amortir sa chute.

Ceridwen agita la main et une cage de lumière tomba sur les prisonniers.

— Chargez aussi leur équipement !

Earl prit un air idiot — si cela était possible — pour signifier qu'il ne comprenait pas.

— Épiqu... équim... balbutia-t-il, espérant s'en tirer avec les précieuses armes.

— Hop, hop ! s'écria Ceridwen.

Une épée, deux boucliers, une lance, un étui de cuir, un assortiment de paquets ainsi qu'une douzaine de marteaux volèrent jusqu'au bateau.

— Et n'oubliez pas le chapeau du lutin ! s'entendit dire Ceridwen qui n'avait pas ouvert la bouche.

Mais avant qu'elle ait eu le temps de réagir, Earl lança le béret écossais de Mickey dans le bateau.

Le regard bleu glacé de Ceridwen jeta des éclairs en

direction de Mickey mais celui-ci se contenta de hausser les épaules. Le visage de la sorcière s'adoucit presque d'admiration devant le tour du lutin.

Les compagnons ne tentèrent aucune évasion pendant que Geek les conduisait loin du rivage.

— Me voilà encore capturé ! Et maintenant je suis redevable à cette misérable sorcière ! grommela Geno.

— La rançon de la gloire, commenta Mickey — ce qui lui valut une grimace du nain.

— Nous ne resterons pas longtemps sur l'île de Ceridwen, promit Kelsey.

Gary ne se mêla pas à leur concert de lamentations, car il était nettement plus intéressé par l'île, que l'on voyait nettement à présent. Un château s'y dressait, dont les murs scintillaient au soleil comme s'ils étaient de verre. Gary resta un long moment à fixer la splendide construction, fasciné par tant de beauté.

— L'île de glace, expliqua Mickey.

— Ynis Gwydrin, répondit Gary.

Le mouvement de surprise que fit le lutin rappela au jeune homme qu'il n'était pas censé connaître cet endroit.

— Où en as-tu entendu parler, hum ? demanda le lutin.

— Un conte de fées. J'ai dû lire ça dans un livre, comme nombre de choses et de lieux qui se trouvent ici, toi y compris.

Les sourcils de Gary se froncèrent tandis qu'il essayait de mettre de l'ordre dans ses idées et ses yeux verts reflétaient l'étincelle des eaux miroitantes du Loch Gwydrin.

— Je ne me souviens pas de ces noms, mais je sais que je les ai déjà entendus avant. Est-ce que tout cela a un sens ? demanda-t-il au bout d'un moment, comme si Mickey pouvait lui donner la réponse.

— Ah ! Bien des gens de ton monde ont fait la traversée jusqu'en Faerie et s'en sont retournés avec des « contes de fées », comme tu dis ! expliqua Mickey, au grand soulagement de Gary.

— Et Penllyn, ce nom aussi m'est familier, mais je pense que c'est un lieu situé dans mon monde ?

— Pour sûr ! Ton univers et le nôtre partagent les noms de tous les lieux de passage, vois-tu ? Bien qu'il n'y en ait plus autant que jadis... Quel chagrin !

— Tu connaissais déjà Ynis Gwydrin ? intervint Kelsey, qui avait écouté leur conversation.

— Je me souviens juste du nom. Et aussi que c'était un lieu enchanté.

— *C'est* un lieu enchanté, mais plus autant que naguère. C'est l'île de Ceridwen, maintenant, et ce n'est pas une bonne chose pour nous, corrigea Mickey en soupirant.

— Nous ne resterons pas longtemps ici ! promit Kelsey, mais ce vœu resta perdu pour tout le monde car, à ce moment, le bateau de Geek racla le fond et accosta sur une petite plage.

Ceridwen les accueillit. Sur un geste de sa main délicate, les deux embarcations se hissèrent sur le sable. Un autre mouvement de ses doigts enleva la cage de lumière qui retenait prisonniers les compagnons.

— Bienvenue à Ynis Gwydrin, Kelsenellenelvial Gil-Ravadry ! Tu peux reprendre tes affaires. Profitez de l'île, dit la sorcière avec une courtoisie inattendue.

— Tu me rends mon épée ? demanda Kelsey d'un ton suspicieux.

— Elle ne lui causera nul dommage — aucune arme forgée par des mortels, même des elfes, ne peut blesser la harpie, expliqua Mickey.

— Comme c'est vrai ! Et comme c'est pratique pour moi ! ronronna la sorcière.

Kelsey ne dit rien. Il réfléchissait aux dégâts qu'il pourrait infliger à cette île, et aux moyens de s'en échapper. Ceridwen sourit comme si elle avait lu dans ses pensées. Elle tournoya, agita les bras, et sa voix crépita pendant qu'elle psalmodiait :

Elfe ou nain ou homme ou esprit
Qu'il fasse jour ou qu'il fasse nuit
Plonge ! Et cette onde translucide
Sera pour toi comme de l'acide

Chaque bateau que tu trouveras
Pour traverser mes flots à moi
Volera en petits éclats
L'acide t'attend, viens là, viens là !

Et si tu trouves une grande échelle
Pour t'envoler haut dans le ciel
Qu'un vent se lève, un vent de fiel,
Et que l'acide fasse merveille !

— Ce n'est pas très bon, commenta sèchement Mickey.

Ceridwen s'arrêta de rire et jeta un regard noir à l'impertinent lutin.

— Peut-être, mais très efficace, soyez-en sûrs !

Aucun d'eux, pas même Geno, ne tenta de vérifier si elle disait vrai.

— Combien de temps allons-nous être retenus ici ? J'ai du travail à faire, moi ! grommela le nain.

— Une centaine d'années. Ou jusqu'à ce que l'humain meure. Ynis Gwydrin sera désormais votre foyer, autant en prendre votre parti. Il y a des cavernes qui devraient te plaire, gentil nain, et mes esclaves ont même réussi à construire quelques huttes que tes talents au combat devraient facilement t'assurer, elfe lord.

— Pourquoi t'es-tu mêlée de cette histoire ? demanda Kelsey. Cela ne te concerne en rien, sorcière Ceridwen !

— Mais si, mon cher ! Je ne pouvais te permettre de reforger la lance et de ranimer le souvenir de Cédric Donigarten.

— Hum ! Pourtant tu tires les ficelles de cette marionnette de Kinnemore ! remarqua Mickey.

— Ce roi qui n'en est pas un ? intervint Kelsey. Quoi qu'il en soit, Ceridwen n'a aucun contrôle sur le peuple ! S'il se soulève pour retrouver son héritage, elle ne pourra rien faire et il échappera à son pouvoir...

— Tu n'es qu'un sot, Kelsenellenelvial Gil-Ravadry ! cracha Ceridwen.

— Appelle-le Kelsey, proposa Mickey, mais la sorcière ne lui prêta aucune attention.

— Les elfes lords de Faerie ont toujours été des niais ! Vous continuez d'ânonner vos stupides ritournelles et de faire mumuse avec vos contes de bonne femme, tandis que moi je... poursuivit Ceridwen, qui se tut soudain, s'apercevant qu'elle risquait d'en dire trop long, même à des prisonniers. Ici, Geek ! siffla-t-elle.

Elle se saisit de l'étui qui contenait la lance de Cédric et s'éloigna, le gobelin sur ses talons.

Les compagnons ne pouvaient rien faire. Geno retira un marteau du bateau de Geek et le lança en direction de Ceridwen mais le projectile fit demi-tour avant d'atteindre sa cible et s'envola haut dans le ciel.

La petite troupe, épuisée, s'assit, regardant sombrement le rivage opposé. Il n'avait pas l'air loin, avec les montagnes qui s'élançaient à la verticale au-dessus du niveau de l'eau, mais avec le sortilège de Ceridwen, il aurait tout aussi bien pu être à l'autre bout du monde !

Gary eut tout le temps de réfléchir à son sort et aux conséquences de son étrange aventure. Il s'installa à côté de Mickey, qui s'était à nouveau plongé dans son livre.

— C'est dommage que je n'aie pas la suite. Tu aurais eu de quoi lire pendant une semaine ou deux.

— Ton M. Tolkien sait raconter une histoire, commenta le lutin sans lever les yeux du livre.

— Mickey... commença Gary, l'air sombre.

Il mit la main sur l'épaule du lutin. Mickey le regarda. Il savait bien que quelque chose perturbait le jeune homme depuis qu'il l'avait capturé.

— Combien de jours... Enfin, je suis là depuis un moment...

Mickey éclata de rire.

— Te bile pas, mon garçon, le temps ne passe pas de la même façon en Faerie ! Quand les farfadets t'ont capturé, ils ont dansé dans le sens inverse des aiguilles d'une montre, hum ?

— Ah ?

— Si fait ! S'ils vont en arrière, le temps passe beaucoup plus vite ici que dans ton monde, mais s'ils vont en avant, alors c'est le contraire ! Un jour chez nous équivaut à douze années dans ton monde. Mais ils sont allés en sens inverse quand ils t'ont amené, donc on ne s'apercevra pas de ton absence avant fort longtemps...

— Mais que se passe-t-il... Enfin, si je meurs ici, est-ce que je me réveille là-bas ? Je n'y avais pas vraiment pensé jusque-là, sauf peut-être pendant le combat contre les gobelins et puis aussi quand je suis tombé par-dessus la falaise. Mais qu'est-ce qui se passe ?

Le sourire réconfortant de Mickey s'effaça.

— Non, mon gars, si tu trépasses ici, c'est pour de bon ; ils ne trouveront jamais ton corps — à moins que je puisse le ramener. Ce n'est nullement un rêve, je te l'ai déjà dit !

Gary réfléchit à la possibilité qu'il meure ici, et à la douleur de ses parents. Il les imagina devant son corps tailladé dans les bois derrière chez eux, avec la moitié de la police du Lancashire autour d'eux.

Combien de morts inexpliquées... ? se demanda Gary, chassant aussitôt cette idée qui ouvrait de trop nombreuses et peu réjouissantes perspectives. Il préférait se concentrer sur son propre sort.

— Imagine que Ceridwen nous garde, un an ou dix ans, et qu'ensuite tu me ramènes ?

— Je te l'ai déjà dit ! Dans ton monde, tu n'auras été absent qu'un bref instant, même si tu es demeuré longtemps en Faerie...

— Mais, est-ce que j'aurai vieilli ?

Gary se dit qu'il y avait là des hypothèses intéressantes quant à son immortalité. Mickey les chassa aussitôt.

— Ah, tu auras visiblement vieilli de dix ans fiston ! Ils sont nombreux, ceux de ton monde qui sont rentrés chez eux après de longues années passées ici. Ils ne savent pas expliquer pourquoi leurs cheveux sont devenus gris du jour au lendemain...

— Mais cela ne durera pas dix ans ou cent ans ? Vous allez me sortir d'ici ? supplia Gary en regardant du côté de Kelsey qui était assis non loin d'eux.

— Hum ! Ceridwen est une harpie sans pareille ! Bah, Kelsey saura bien nous faire évader, hum ? le rassura Mickey, qui n'avait pas vraiment l'air convaincu mais sentait que Gary avait besoin de réconfort.

Gary sourit et fit signe à Mickey de reprendre sa lecture, puis il rejoignit Kelsey et contempla en silence le crépuscule.

13

Les esclaves de Ceridwen

ILS PASSÈRENT UNE NUIT PRESQUE TRANQUILLE. UN PEU avant l'aube, Gary s'éveilla d'un sommeil agité et s'aperçut que de nombreuses paires d'yeux jaunes étaient fixées sur eux. Il ne pouvait distinguer les formes dans l'obscurité. Kelsey et Geno étaient déjà debout.

— Donne-nous un peu de lumière, chuchota Kelsey.

Le lutin claqua des doigts et tout fut éclairé. Les esclaves de Ceridwen ! Les misérables firent un bond en arrière, surpris, puis commencèrent à frapper leurs massues sur leurs boucliers et à jeter du sable en l'air. Ni Kelsey ni Mickey n'avaient jamais vu une telle faune. Des humains, des gobelins, un troll et même un nain se tenaient épaule contre épaule, ou épaule contre hanche, dans une attitude menaçante. Ils étaient sales, dépenaillés, hirsutes. Les compagnons furent vite encerclés. Gary ne savait pas s'ils venaient pour se battre ou pour enrôler de nouvelles recrues dans leurs rangs pouilleux. Chaque hypothèse était pire que l'autre !

Après le premier moment de recul, la horde se calma et les rangs se resserrèrent. Les esclaves se regardaient les uns les autres avec hésitation. Finalement, un homme hideux, musclé, vêtu d'une armure, se détacha du groupe.

— Jacek. C'est l'île de Jacek, proclama-t-il en se martelant la poitrine.

En geste de supériorité, l'homme ficha son épée dans le sable.

— Semblerait que celui-ci soit pour Kelsey, dit Mickey, et l'elfe hocha la tête.

En quelques enjambées, Kelsey se planta devant Jacek.

— Je me suis laissé dire que c'était l'île de Ceridwen, répondit-il à la brute.

— Le château est à Ceridwen, mais l'île est à Jacek, répliqua l'autre sans une seconde d'hésitation.

Le nain sortit du rang et regarda férocement Geno tout en fourrageant dans son épaisse barbe bleue.

— Tu le connais ? demanda Mickey à Geno.

— Il ne fait pas partie de mon clan, répondit celui-ci sans quitter l'autre des yeux.

Puis il prit deux marteaux à sa large ceinture et les envoya en l'air au-dessus de lui. Après quelques instants, il en lança un troisième. L'esclave, qui possédait le même équipement, l'imita, ajoutant un quatrième projectile, puis un cinquième avant même que Geno ait eu le temps de riposter.

— Vois-tu, mon garçon, les nains ont leurs propres types de challenges, expliqua Mickey à Gary.

— Eh bien, Jacek, je crois que tu vas devoir partager ton île car Ceridwen nous a faits prisonniers.

— Rejoins-moi ! Si tu me sers, je te laisserai la vie sauve, rugit la brute.

Kelsey regarda Mickey et Gary, et les deux amis comprirent que Jacek était sur le point de recevoir une bonne leçon.

— Je ne crois pas, répondit Kelsey.

L'autre allait se tourner vers la meute pour l'exciter au combat lorsque l'épée de Kelsey jaillit comme un éclair et le toucha à l'oreille. Il trempa son doigt dans son sang, le visage déformé par la haine.

Gary savait que Kelsey aurait pu tuer Jacek s'il avait voulu mais qu'il avait préféré se montrer prudent. Le jeune homme comprit que l'elfe avait un plan et ne voulait pas provoquer toute cette racaille, surtout le troll. Mais il était prêt à parier qu'une victoire sur Jacek en combat loyal mettrait un terme à l'affrontement.

L'estafilade à l'oreille fit son effet. Fou de rage, Jacek oublia son rôle de chef de bande. Au mépris de toute stratégie, il dégaina et fondit sur l'elfe.

Kelsey était trop agile pour le lourd glaive. Il recula aisément puis se fendit en avant, coupant la lanière du pectoral de l'homme, découvrant ainsi sa peau. Kelsey n'eut pas l'occasion d'achever son geste car Jacek, grâce à sa force, réussit à renverser le coup et fonça à nouveau sur l'elfe, le faisant reculer.

Jacek avançait, tenant son arme à deux mains droit devant lui. Kelsey se déplaça sur le côté et l'autre pivota pour le suivre, gardant prudemment l'elfe à distance.

Un coup féroce envoya Kelsey au sol. Il glissa sur un genou, Jacek se rua en avant et le blessa. Gary cria, croyant Kelsey perdu, mais l'elfe plongea, roula vers la brute et lui frappa les jambes de son épée.

Jacek rugit, plus de fureur que de douleur. À voir le nombre de ses cicatrices, il avait dû participer à d'innombrables combats.

Pendant ce temps, les deux nains continuaient à jongler avec leurs marteaux. Mais, voyant son chef en danger, l'adversaire de Geno expédia l'une de ses armes en direction de Kelsey. Dans le feu de l'action, ce dernier ne vit pas arriver le coup.

Mais Geno, en un clin d'œil, envoya à son tour un marteau qui rattrapa l'autre en plein vol et le fit dévier de sa trajectoire.

Gary et Mickey, et même Kelsey et Jacek, se tournèrent pour regarder les nains. Les petits hommes se mitraillaient à une cadence qu'aucun d'eux n'aurait pu suivre. Des étincelles jaillissaient quand les lourds projectiles se rencontraient. Geno grogna lorsqu'il en reçut un en pleine poitrine, mais celui qu'il venait de lancer toucha sa cible.

Un énorme *crac !* se fit soudain entendre au beau milieu de toute cette confusion. Les deux adversaires se firent face un long moment en silence, chacun d'eux serrant son dernier marteau. Gary, qui ne savait pas trop ce qui allait se passer, finit par comprendre quand il vit un filet de sang couler du front du nain. Celui-ci tomba sans un bruit, face contre terre.

Un gobelin sortit des rangs mais Geno agita son arme dans sa direction et l'autre se hâta de réintégrer sa place. Gary se doutait bien que la bande ne resterait pas inactive longtemps. Certains commençaient à remuer, mal à l'aise, et à regarder autour d'eux craintivement.

— Sois prêt au combat, fiston ! dit Mickey à Gary.

— Je vais te tuer et ensuite ce sera le tour de ton sale nabot ! écuma Jacek.

Il se fendit d'une série de coups rapides qui firent reculer Kelsey, sans toutefois le mettre en difficulté. Jacek poursuivit l'assaut, multipliant les coups et vociférant des insultes. Puis l'elfe prit l'initiative. Tel du vif-argent, Kelsey semblait être partout à la fois, propulsant son bouclier contre les bras de Jacek afin de gêner ses mouvements. Mais l'elfe se lassa bientôt du jeu. Le glaive de son adversaire ayant porté un peu bas, il bondit avec légèreté par-dessus, retomba sur ses pieds et chargea à son tour, écrasant son bouclier sur la tempe de Jacek avant que celui-ci n'ait eu le temps de réagir.

Puis il se plia, renversant le mouvement de son épée en tombant. L'arme de Jacek s'approcha dangereusement près de la tête de Kelsey ; celui-ci, qui s'y attendait et savait que la brute le raterait, ne broncha même pas. Il brandit sa lame et l'enfonça dans la poitrine du soi-disant chef de l'île.

Jacek émit un râle, la respiration coupée, et tenta de reprendre le combat. Kelsey lui faisait maintenant face, se tenant à moins de deux pouces, assez proche pour sentir son souffle chaud.

Grimaçant sous l'effort, il tira sur son épée, fouaillant les entrailles de la brute.

— Je vais te tuer, fit Jacek, mais sa menace se perdit dans un gargouillement et un flot de sang.

Il tressauta à plusieurs reprises puis Kelsey le poussa sans cérémonie vers le sol où il s'écroula, sans vie.

— Y a-t-il d'autres amateurs ? demanda Kelsey.

Le gobelin réapparut, jeta un regard en direction du troll et commença à marmonner quelque chose. Mais Geno en avait assez de celui-là. Le marteau atteignit le gobelin de plein fouet, lui brisant la nuque.

— Fais comme si tu en avais d'autres, chuchota Mickey.

Le nain se mit à rire et à agiter les bras. Des marteaux magiques volèrent alors vers la racaille qui se dispersa en mugissant.

Bientôt toute la bande s'était volatilisée. Geno s'esclaffait bruyamment et Mickey se tordait de rire tandis que Kelsey souriait d'un air satisfait en essuyant sur les braies de Jacek le sang qui tachait la lame de son épée.

— Taisez-vous ! s'exclama Gary dont les yeux verts s'étaient plissés en regardant le nain content de lui.

Geno se retourna brusquement vers lui.

— Tu en as un vrai ? gronda le nain en regardant Mickey.

Il tendit la main comme s'il s'attendait que le lutin lui donne un vrai marteau pour assommer Gary.

— Ils sont morts, insista Gary, pensant que ces simples mots suffiraient à expliquer sa tristesse.

— Ils l'ont bien cherché. Est-ce que tu te sentirais mieux si mon corps et celui de Geno gisaient là sur le sol ? coupa Kelsey.

— Tu n'as pas besoin de t'en réjouir autant, protesta Gary.

— Eh bien, puisque tu te fais tant de souci pour

eux, tu n'as qu'à les jeter dans le lac ou les enterrer, conclut Kelsey.

Après avoir longuement fixé Gary de son regard doré, l'elfe s'éloigna, suivi de Geno. Le jeune homme regarda Mickey avec désespoir, mais cette fois-ci le lutin n'avait pas de réponse à lui offrir.

Gary enterra donc Jacek, le nain et le gobelin. Pendant qu'il creusait, il pensa à ses parents et songea au chagrin qu'ils éprouveraient s'il ne devait jamais rentrer. Il imaginait sa photo sur les cabines téléphoniques et sur les cartons de lait, les tracts distribués à la sortie des centres commerciaux, ses proches prêts à tout pour le retrouver.

Quand Garry revint vers les autres le matin suivant, ses yeux étaient gonflés de larmes. Mais personne ne lui posa de questions et il eut l'impression que chacun se moquait éperdument de son chagrin.

La journée se déroula sans incident. Gary ne vit rien d'autre que les vagues, amenées par le vent, et qui déferlaient sur la plage, ainsi que les montagnes qui s'élevaient, hors d'atteinte. La nuit suivante fut calme, sans bruits inquiétants ni yeux étrangers en train d'épier le campement.

Le surlendemain, Gary finit par comprendre que l'ennui allait être leur pire ennemi. Il redoutait que de nombreux jours et de nombreuses nuits se passent aussi tranquillement. Il avait toujours connu l'elfe combatif, brave dans l'action, une lueur sauvage dans l'œil, même quand tout semblait perdu. Mais maintenant, Kelsey avait l'air vaincu pour la première fois. Il était assis sur la plage et fixait l'horizon, la mine morose.

Mickey vint à bout de son livre ce jour-là. Il murmura : « Joli conte » en le tendant à Gary, mais quand celui-ci essaya d'engager la conversation, le lutin s'éloigna sans mot dire.

Geno était le plus bruyant du groupe. Il ne cessait de trépigner, de jurer et d'envoyer ses marteaux sur n'importe quelle cible. Mais il n'adressait pas la parole aux autres, et dès que Gary s'approchait de lui, il brandissait son arme d'un air menaçant.

Gary maugréait et se détournait, furieux et effrayé. Il avait l'impression qu'une cage avait été construite autour de lui. Il aurait presque voulu défier le sortilège de Ceridwen et se jeter à l'eau, mais il n'en eut pas le courage.

— Est-ce que je peux aller me promener ? demanda-t-il à Mickey un peu plus tard.

— Oui, mais remets ton armure, dit le lutin.

Quelque chose de bizarre frappa alors Gary. Ceridwen lui avait enlevé la lance de Donigarten mais elle ne s'était pas souciée de celle forgée par le nain, et avait laissé leur équipement aux autres. Enfin pourquoi n'avait-elle pas pris l'armure ? Elle avait sûrement autant de valeur que la lance ?

— Les esclaves de la harpie sont partout, hum ? La plupart d'entre eux ne demandent qu'à se battre, poursuivit Mickey sans remarquer l'expression perplexe du jeune homme.

Gary hocha la tête mais s'en alla, laissant son armure sur la plage.

— Tâche de demeurer à l'écart du château ! cria Mickey.

Le château aux parois de verre intriguait Gary mais il n'avait aucune intention de s'en approcher. Il resta sur la plage à regarder le rivage, cherchant une solution à l'énigme de Ceridwen et réfléchissant aussi au mystère qui entourait la lance brisée. Il n'y avait aucune possibilité de s'échapper. Le seul chemin était celui qu'ils avaient emprunté en venant mais il ne voyait pas comment ils feraient pour traverser.

Une heure plus tard, Gary se retrouva en train d'escalader une petite jetée abrupte, dangereusement proche de l'eau. Trop frustré pour s'en préoccuper, il cracha dans le lac censé brûler comme de l'acide et continua son chemin, se rapprochant de plus en plus du bord. Soudain, il se laissa tomber à plat ventre, les yeux écarquillés. À quelques pas du rivage, à moitié immergé dans l'eau, se tenait un monstre qui aurait dominé les trolls, un géant faisant huit fois la taille de Gary.

La créature, élancée bien qu'immense, était apparemment occupée à pêcher, plongeant ses grosses mains dans l'eau sans jamais rien attraper.

Gary l'observa un moment, empli d'étonnement et d'horreur, puis se mit à ramper tout doucement à reculons. Il savait qu'à tout instant le monstre pouvait se tourner dans sa direction, et il se sentit tout d'un coup nu sans son armure et sa lance.

Il était presque arrivé sur la plage et il était en train de se féliciter de n'avoir pas porté son encombrante armure, quand le géant l'aperçut.

— Hé ! cria celui-ci d'une voix de baryton.

Gary ne prit pas le temps de lui répondre ! Survolant littéralement les quelques rochers restants, il sauta sur la grève et se mit à courir, effrayé par le bruit des pas du géant qui se rapprochait du bord.

Le sable ralentissait Gary, il éprouvait la même sensation que dans ces cauchemars où l'on est incapable de distancer son poursuivant. L'image de ses parents se présenta brièvement à son esprit.

Les clapotis cessèrent et Gary osa regarder en arrière, espérant que le monstre avait changé d'avis. Mais l'autre n'avait pas abandonné sa poursuite. À la surprise et au désarroi de Gary, l'énorme créature était déjà arrivée à la plage et avait presque traversé la jetée de pierre.

— C'était stupide de venir ici, se morigéna Gary.

Il rentra la tête dans les épaules et courut, bien conscient que les longues enjambées du géant le rattraperaient rapidement.

Il avait du mal à respirer. Il dévia vers l'eau puis se rappela le sortilège et s'en éloigna prudemment.

Il ne trouverait là aucune issue ! Ses pieds s'enfonçaient de plus en plus, et il entendait les pas se rapprocher de lui.

Le colosse était juste derrière !

Gary se retourna, prêt à affronter son destin. Le géant se dressait au-dessus de lui mais ne bougeait pas. Il semblait aussi essoufflé que Gary.

— Bouh ! Qu'est-ce que tu cours vite ! commenta le monstre.

— Pas assez, marmonna Gary en regardant autour de lui à la recherche d'une issue.

Il pointa soudain le doigt en direction de l'eau et s'écria :

— Une baleine !

Il détala comme un lapin dès que le monstre se retourna.

— Où ça ? demanda le géant qui n'avait pas compris la ruse.

Quand il se retourna, Gary était loin devant.

— Bouh ! cria-t-il en reprenant sa poursuite.

Gary savait que son seul espoir était de s'abriter dans les rochers. Il s'éloigna du rivage, se dirigeant vers l'intérieur de l'île.

Le colosse courait derrière lui sans être ralenti par le sable.

— Hou hou ! appela-t-il à plusieurs reprises.

Son but n'était plus qu'à quelques pas.

C'est alors que Kelsey surgit devant Gary, l'épée à la main. Geno sortit de derrière une grosse pierre saillante, jonglant avec trois marteaux. Gary s'évanouit presque de soulagement. Il fit volte-face pour voir où se trouvait le géant. Celui-ci approchait toujours mais plus lentement.

— Hou hou ! cria-t-il à nouveau.

Le nain lui envoya une de ses armes dans les jambes.

— Aïe ! gémit le titan en se frottant le genou.

Un autre projectile rebondit sur son épaule. Kelsey et Geno l'encerclèrent et s'avancèrent vers lui.

Soudain, de grands oiseaux descendirent du ciel, fondirent sur lui et se mirent à lui piquer le crâne avec leurs becs pointus tandis que des crabes aux pinces acérées sortaient du sable et lui meurtrissaient les pieds. Le monstre sautillait, pleurnichait, montrant tous les signes de la déception et de l'affolement.

Gary comprit très vite que le lutin n'était pas loin.

— Où es-tu, Mickey ?

Le lutin se matérialisa, juché sur une petite éminence rocheuse, non loin de Gary.

— Celui-ci est bien plus grand que les trolls — mais moins difficile à mystifier ; tu as de la chance que nous soyons venus te chercher, bonhomme ! remarqua Mickey.

Gary n'était pas d'accord avec ces affirmations. Mais il n'eut pas le temps d'argumenter. Un autre marteau rebondit sur la tête du géant, lui arrachant un gémissement de douleur. Kelsey s'était glissé derrière lui, l'épée brandie, à la recherche d'un point vital pour le frapper. Mais la malheureuse créature, occupée à se protéger des illusions du lutin et des projectiles du nain, ne prit pas garde à la manœuvre de l'elfe.

— Arrête ! cria Gary à Mickey.

Celui-ci lui décocha un regard intrigué.

— Qu'est-ce qu'il y a, fiston ?

Gary avait du mal à trouver ses mots. Il avait maintenant le sentiment que le géant n'avait peut-être jamais voulu lui faire du mal. Et, en tout cas, il ne l'avait pas blessé.

— Arrête ! répéta-t-il, assez fort pour attirer l'attention de Kelsey et de Geno.

Puis il se détourna et fonça sur les combattants. Il fut soulagé de voir que les illusions de Mickey avaient disparu, mais le colosse n'était pas encore hors de danger.

— Derrière toi ! s'entendit-il crier quand Kelsey leva son épée.

Le titan se retourna et l'elfe fit un bond en arrière en jetant un regard meurtrier à Gary.

Le jeune homme n'en avait cure. Il courut vers son protégé, s'immobilisa sur le sable juste devant lui et se tint les bras écartés. Geno leva un autre marteau mais Gary agita le doigt en direction du nain en signe d'avertissement. À sa grande surprise, le nain baissa son arme et se gratta le menton.

Gary et le géant se regardèrent, soulagés tous les deux.

— Mais qu'est-ce qui te prend ? demanda Kelsey.

— Je ne pense pas qu'il avait l'intention de me faire du mal. Il était en train de pêcher quand je l'ai trouvé. Il est prisonnier comme nous, non ? répondit Gary.

— Hum ! Il est dangereux, tu peux me croire ! Les ogres ont la réputation de dévorer les humains ! grogna Mickey en s'approchant prudemment.

— Le manger ? Pouah ! s'écria le colosse, tandis qu'une expression de dégoût se peignait sur ses traits juvéniles.

Il avait de bonnes joues, des lèvres charnues et des yeux brillants de la couleur d'un beau ciel d'hiver.

— C'est bien ce que je pensais, dit Gary en soupirant.

— Tiens ? Qu'est-ce que c'est ? Un elfe et un nain ? demanda le géant de sa voix lente en se grattant la tête.

— Nous sommes sur l'île depuis peu. Je suis Gary Leger et voici...

— Assez ! Ta vie a été épargnée. Va-t'en maintenant, avant que je ne te fasse tâter de mon épée, menaça Kelsey.

— Et moi j'ai encore des marteaux ! ajouta Geno qui continuait à jongler.

— Ne fais pas attention à eux. Comment t'appelles-tu ? demanda Gary.

— Bouh ! Tom. Tom Pouce, dit le titan, dont le regard allait nerveusement de Geno à Kelsey.

Il tendit ses grandes mains et montra qu'il lui manquait un doigt.

— Eh bien, Bouh-Tom, je pense que tu devrais partir maintenant, dit Geno d'un ton sarcastique.

— Bonjour, Tom Pouce. Je suis désolé pour tout à l'heure, reprit Gary.

— C'est un ogre, mon garçon, une brute, un tueur,

crois-moi ! Il n'est pas aussi redoutable qu'un troll, mais c'est malgré tout un dangereux ennemi. Laisse-le partir et viens avec nous, bonhomme, c'est mieux pour tout le monde, supplia Mickey.

Gary comprit que le lutin était sincèrement inquiet.

— Tu vas retourner à ta pêche comme un gentil garçon, hein, Tom Pouce ? proposa Mickey.

— Où est la baleine ? demanda le géant à Gary. Tom ne l'a pas vue !

— Il n'y en avait pas. Je t'ai joué un tour parce que j'avais peur, s'excusa Gary.

— Bouh ! Tout le monde a peur de Tom ! pleurnicha le colosse.

— Eh bien, hum, il est difficile de s'en étonner ! commenta Mickey.

Tom Pouce haussa les épaules et se détourna, s'éloignant en traînant la patte, comme un enfant puni. Gary commença à protester mais Geno et Kelsey se précipitèrent sur lui. Le nain posa à dessein ses lourdes bottes sur les pieds de Gary et le menaça :

— Si tu lui demandes de rester, je t'assomme pour de bon !

Le jeune homme essaya de le repousser mais Geno se dégagea le premier et Gary, dont les pieds étaient coincés sous les chaussures de l'autre, s'affala de tout son long. Il eut juste le temps de rouler sur le côté pour éviter le jet de salive du nain.

L'elfe ne disait rien mais son regard était éloquent. Et, comme la veille, Mickey n'avait aucune explication rassurante à fournir au malheureux Gary.

Ceridwen attendait les compagnons, ou plus exactement Kelsey, à leur campement.

— Ainsi, tu as vaincu Jacek, minauda-t-elle en posant familièrement la main sur l'épaule de Kelsey.

L'elfe recula, incapable de la regarder en face.

— Tu ne m'as pas déçue. Jacek n'était qu'une brute épaisse. Tu feras un bien meilleur chef pour mes esclaves, poursuivit-elle.

— Je n'ai pas l'intention de prendre la tête de cette racaille, répondit sèchement Kelsey.

— Nous verrons, dit Ceridwen.

Sa main revint vers l'épaule de Kelsey et elle caressa les longues mèches dorées qui retombaient sur le visage de l'elfe.

— Arrière, maudite ! Je ne te servirai en aucune manière ! s'écria-t-il en s'éloignant de son contact troublant.

— Je ne te laisserai pas achever ta quête. Tu me comprends, n'est-ce pas ? dit Ceridwen.

Gary eut l'impression que la sorcière s'excusait presque.

— Mieux que tu ne le penses, répondit Kelsey, agacé.

— Je ne crois pas. Tu n'as pas idée à quel point ça peut être long, tout un siècle sur une île presque déserte. Les tiens ne viendront pas te chercher, pas ici. Tu n'as plus que moi, maintenant, ronronna Ceridwen en se frottant contre l'elfe et en caressant à nouveau doucement ses boucles blondes.

Il essaya de se dégager, mais cette fois-ci, elle l'agrippa par les cheveux et le tira vers elle avec une facilité déconcertante, comme s'il ne pesait pas plus lourd qu'une souris.

Gary fut horrifié par l'étendue du pouvoir de Ceridwen. Kelsey avait l'air tellement insignifiant à côté d'elle ! Geno et Mickey s'étaient détournés mais Gary ne pouvait détacher son regard de la scène qui se déroulait sous ses yeux.

Ceridwen tenait la tête de Kelsey comme si elle avait l'intention de lui briser le cou.

— Sors ton épée et frappe-moi, murmura-t-elle.

La main de Kelsey se porta à son fourreau mais il s'arrêta net et son corps entier s'effondra de désespoir.

— Tu es mon esclave. Mon jouet. Ma chose. Je ferai de toi ce que je veux, quand je veux ! chuchota Ceridwen de sa voix mélodieuse.

D'une seule main elle rejeta l'elfe vers le rivage. Il

atterrit sur le sable, tout près du lac, et quand il roula, son coude toucha les flots.

Hurlant de douleur, il s'écarta aussitôt en agrippant son bras. Si Gary ou les autres avaient jamais eu des doutes quant au sortilège de Ceridwen, ils étaient maintenant convaincus. La manche de Kelsey et son armure étaient brûlées juste là où son coude n'avait fait qu'effleurer l'eau.

— J'aurai bientôt du travail pour toi, dit-elle à Geno sans prêter davantage attention à l'elfe blessé.

— Comme il te plaira, Milady, répondit le nain en saluant bien bas.

Ceridwen rejeta sa cape noire sur ses épaules. Elle se transforma aussitôt en corbeau et s'envola vers son château de verre.

14

Tom Pouce

LES REPAS ÉTAIENT FADES, LE SOLEIL BRÛLANT, LES JOURNÉES longues et les nuits vides.

Chaque jour qui passait accentuait le sentiment de solitude que ressentait Gary. Il ne savait plus quand Mickey s'était livré pour la dernière fois à l'une de ses plaisanteries ou quand il lui avait adressé spontanément la parole. Quelque chose semblait préoccuper le lutin, en dehors de leur situation présente. Gary ne pouvait s'empêcher de penser à cette fameuse nuit où il l'avait surpris en pleine conversation avec le farfadet. Mais Mickey n'en avait jamais dit mot, et le jeune homme avait préféré garder le silence, en attendant...

Quand Gary avait rencontré Kelsey pour la première fois, dans l'arbre de Leshiye, il avait été impressionné par l'elfe, et cette sincère admiration n'avait fait que croître avec les épreuves qu'ils avaient traversées. Mais maintenant, Kelsey n'était plus que l'ombre de lui-même. Il semblait avoir accepté la défaite sans protester et restait assis des journées entières à regarder le lac et le ciel au lieu de chercher un moyen de s'échapper de cette île. Outre cette inexplicable résignation, Gary était choqué par la désinvolture avec laquelle l'elfe avait tué Jacek, un être humain, sans la moindre trace de remords.

Gary préferait finalement la compagnie de Geno. Le nain ronchonnait plus qu'il ne parlait et lui avait même lancé une fois ou deux un marteau à la tête. Mais au moins il ne se complaisait pas dans cette situation et ne se résolvait pas à accepter son sort. En dépit de la déférence qu'il avait manifestée à Ceridwen quelques jours plus tôt, le nain avait juré qu'il trouverait un moyen de se venger.

Gary n'en doutait pas un instant.

Un jour, il n'y tint plus. Il s'approcha de Kelsey, assis comme à son habitude sur le rivage, et lui demanda abruptement :

— Quel est notre plan ?

L'elfe le regarda d'un air hagard. Ce n'est qu'à ce moment-là que le jeune homme remarqua à quel point il était pâle, maigre et négligé.

— Quel est notre plan ? répéta Gary.

— Pour quoi faire ? répondit Kelsey, l'air absent.

— Mais pour quitter l'île ! répliqua Gary, plus sèchement qu'il ne l'aurait voulu.

— Tu ne comprends donc pas combien notre ennemi est puissant ? La harpie nous tient entre ses griffes, mon garçon. Nous ne pourrons plus nous échapper, intervint Mickey.

— C'est tout ? Vous abandonnez ? Nous allons rester assis ici jusqu'à notre mort ? Ou plutôt, jusqu'à *ma* mort ! Car vous allez tous vivre plus longtemps que moi, n'est-ce pas ? Comme ça vous pourrez attendre cent ans, tandis que moi... fulmina Gary.

— Hum ! Je n'ai nulle envie de demeurer sur mon séant pendant tout un siècle, mon garçon, grogna Mickey.

— Moi non plus ! gronda Geno.

Le nain se tenait, les jambes écartées, les mains posées sur sa ceinture, ses yeux pers réduits à une simple fente sous l'effet de la colère.

— Je ne vais pas me laisser faire par cette sorcière !

— Ah, arrête de râler ! Tu ne peux rien contre elle, et tu le sais bien ! le réprimanda Mickey.

— Moi, je n'accepte pas ! Tout cela est ta faute ! s'exclama Gary en pointant le doigt vers Kelsey.

— Je ne te dois rien.

Le ton de l'elfe révélait plus de résignation que de colère, et cela donna envie à Gary de le secouer.

— C'est à cause de toi et de Mickey que j'ai été amené ici ! Vous êtes tous les deux responsables de moi. Vous devez me sortir d'ici et me ramener chez moi ! fulmina Gary.

Kelsey lui fit face et ses yeux brillèrent soudain d'une flamme que Gary n'y avait pas vue depuis longtemps.

— C'est ça, tue-moi donc ! C'est comme ça que tu marches, n'est-ce pas ? Comme tu es brave ! Enfin, uniquement quand tu es sûr de ta victoire ! persifla Gary.

— Tu es lié par les règles de... commença Kelsey, mais Gary, emporté par sa colère, ne voulait rien entendre.

— Laisse tomber ! Rien ne me lie à toi !

— Hum ! Calme-toi, mon garçon, dit Mickey, ébahi par l'éclat de Gary et redoutant la réaction de Kelsey.

— Si tu le tues, la sorcière nous laissera peut-être partir, observa Geno avec une logique toute dépourvue d'humanité.

— Tu m'as kidnappé — car c'est comme ça que ça s'appelle —, tu m'as enlevé à ma famille et à mon univers. Alors, tue-moi, Kelsenelleene... quel que soit ton nom. Tue-moi et assume ton crime ! poursuivit Gary, ignorant la condescendance du lutin et le cynisme du nain.

Le regard doré de Kelsey brilla de colère, ses mâchoires se crispèrent.

Sa main glissa vers le pommeau de son épée. Mais il s'interrompit. Gary l'avait défié à juste titre, et l'elfe se sentait effectivement responsable de leur situation. Se retournant vers le lac, Kelsey s'assit sur le sable, plus morose que jamais.

— Je n'en attendais pas moins de toi. Quelle bravoure ! ironisa Gary qui s'éloigna à son tour.

Mickey le rattrapa rapidement.

— Ne sois pas trop dur, mon garçon, Ceridwen est plus puissante que lui...

— Mais nous devons absolument la combattre !

— Si tu crois que c'est chose facile, alors c'est que tu as lu trop de fables ! La fin n'est pas toujours aussi heureuse, dit Mickey en désignant le livre qui se trouvait dans la poche de Gary.

— Alors, on ne tente rien ?

Mickey ne savait que répondre.

— Je prends l'armure et la lance. J'ai bien gagné ça, et de toute façon, vous n'en aurez pas besoin, annonça Gary.

— Bah ! Où veux-tu aller, fiston ? demanda Mickey d'un ton inquiet.

— Je ne sais pas. Peut-être Tom Pouce pourra-t-il m'aider ?

— Oh, n'amène pas l'ogre par ici ! Oublie Kelsey et pense à Geno — je t'ai déjà dit que les nains et les géants ne s'entendent guère, hein ?

— Les nains ne s'entendent avec *personne*, lui rappela Gary, et ils échangèrent un sourire pour la première fois depuis plusieurs jours.

Gary trouva le géant dans le lac, attrapant du poisson à l'aide d'une tige.

— Ça mord ? l'interpella Gary.

L'immense visage de Tom s'illumina de plaisir dès qu'il reconnut le jeune homme.

— Viens avec Tom ! proposa-t-il gaiement.

Gary se dirigea vers le bord de l'eau et faillit sauter dedans, lorsqu'il se rappela le sortilège de Ceridwen. Bizarrement, le géant n'avait pas l'air de souffrir, ce qui intriguait fort le jeune homme : un être aussi doux que Tom pouvait-il être le complice de la sorcière ? C'était tout de même assez peu probable...

Gary s'avança vers Tom, qui sortait de l'eau, les bras chargés de poissons.

— Tom pêche mieux maintenant. Il a trouvé une pique qui colle ! annonça ce dernier.

— Une quoi ? s'étonna Gary en examinant la canne à pêche du géant.

Fine et creuse, elle était plus haute que lui. Il comprit mieux la description de Tom en voyant la substance collante qui en recouvrait la pointe.

Le géant sourit et pointa la tige sur une pierre. Quand il la leva, la pierre resta collée.

— Où as-tu trouvé ça ? demanda Gary en se disant qu'une telle trouvaille pouvait toujours servir.

Tom désigna un buisson épais de hautes herbes à l'autre bout du lac. Gary se dirigea aussitôt vers la plage et le géant le suivit. Il y avait deux types d'herbes. Des vertes, remplies d'une matière visqueuse, et des marron, creuses, comme celle qu'utilisait Tom Pouce.

— Tom va en faire pour toi. Ensuite on ira pêcher ensemble.

Gary sourit et secoua la tête.

— Je ne peux pas aller dans l'eau.

— Oh, mais elle n'est pas froide !

Gary sourit à nouveau et ne chercha pas à s'expliquer.

Ils passèrent ensemble le reste de la journée. Tom montra tous les secrets du lac, qu'il connaissait comme sa poche. Gary se sentait en sécurité, même avant que le géant lui ait assuré que les autres n'oseraient pas venir lui chercher querelle.

Ce colosse doux et bavard offrait une distraction bienvenue. Et la réciproque était vraie pour Tom, habitué à la solitude. Il raconta à Gary toute son histoire. Il évoqua la vie des géants dans un monde au-delà du lac, la capture de ses parents par des paysans effrayés, et leur mise à mort. Il était parvenu à s'échapper, après avoir perdu l'un de ses doigts, mais il n'avait nulle part où aller. Seul, complètement perdu, le jeune géant avait alors rencontré Ceridwen qui l'avait emmené sur son île, qu'elle lui avait présentée comme un havre de paix.

Gary ne savait que penser de l'indulgence inhabituelle de la sorcière. Mais quand Tom, poursuivant son récit, évoqua des combats et des soldats, Gary comprit qu'il n'était qu'un esclave de plus.

— Ceridwen a alors donné à Tom un nouveau chef, un homme, Jacek, continua le géant. Il n'est pas gentil ! Jacek est méchant, il fait mal, expliqua-t-il.

— C'est fini maintenant. Il a essayé de faire du mal à mon ami l'elfe, mais Kelsey l'a tué au cours d'un combat à l'épée.

Tom réfléchit à ce qu'il venait d'apprendre puis décida que c'était une bonne chose.

— Ça fait longtemps que tu vis ici ? demanda Gary.

Le géant commença à compter sur ses neuf doigts mais il n'en avait pas assez.

— Dix ans. Non, vingt. Enfin, très longtemps.

— Tu ne t'ennuies pas ?

L'autre haussa les épaules.

— Mais pourquoi es-tu resté, alors ? Il doit y avoir d'autres géants comme toi dans les montagnes de l'autre côté du lac ?

Le géant sembla trouver la question stupide.

— Tom ne sait pas nager, et les bateaux ne sont pas assez grands.

— Comme c'est pratique pour cette chère Ceridwen, marmonna Gary.

Tom ne l'entendit pas ; il regardait autour de lui comme s'il craignait que quelqu'un ne les épie. Il se pencha vers Gary.

— Une fois, Tom a marché loin de l'île. L'eau montait jusqu'à la tête de Tom, mais Tom sautait très haut et respirait, il sautait et il respirait, chuchota-t-il — dans la mesure où un géant peut chuchoter.

— Tu es allé jusqu'au rivage ?

Voilà qui donnait des idées à Gary.

Le géant regarda à nouveau par-dessus son épaule puis se retourna, un grand sourire aux lèvres.

— Oui ! Mais Tom est revenu aussitôt parce qu'il ne voulait pas que Mme Ceridwen se mette en colère !

— Bien sûr que non, approuva Gary, tout en réfléchissant à certaines choses qui n'auraient probablement pas plu à la sorcière.

Gary passa la nuit dans la caverne du géant. Il éprouva toutes les peines du monde à s'endormir. Il avait appris beaucoup de choses en un seul jour auprès de Tom Pouce et il était convaincu qu'il pouvait utiliser ces connaissances pour s'enfuir. Quand il avait entendu le géant raconter sa traversée du lac, il avait failli lui demander de le porter sur l'autre rive. Mais il y avait renoncé. Même si Tom acceptait, ce dont il doutait, le fait qu'il soit obligé de sauter très haut pour respirer n'était pas de très bon augure pour un éventuel passager ! Une éclaboussure aurait vite fait de le brûler.

Mais il savait que la solution n'était pas loin. Il n'avait plus qu'à assembler toutes les pièces du puzzle...

Quand il ouvrit les yeux, à la place de Tom, il vit Ceridwen qui l'attendait. Avait-elle lu dans ses pensées ? Était-elle sur le point de le transformer en lapin ou en quelque autre petite créature ? Il se rassura bien vite en s'apercevant que la sorcière était aussi surprise que lui. Elle appela Tom, qui entra en se dandinant lourdement.

— Que fait-il ici ? lui demanda-t-elle en désignant le jeune homme.

— C'est moi qui suis venu rendre visite à Tom. Je n'avais jamais rencontré de géant, répondit Gary avant que Tom n'ait eu le temps de parler.

Ceridwen réfléchit puis adressa un sourire désarmant à Gary.

— C'est bien que tu te sois fait un ami. Tu vas rester ici très longtemps, autant que tu profites de ton séjour, dit-elle de cette même voix rauque qu'elle avait déjà essayée sur Kelsey quelques jours plus tôt.

Gary n'appréciait pas ces sous-entendus, surtout avec Ceridwen qui se tenait si près de lui. Mais le dédain qu'il éprouvait pour elle dut se lire sur son visage car l'expression enjôleuse de la sorcière se transforma en rictus de colère, et elle se détourna brusquement.

— Il y a un mur à réparer au château. Au travail ! lança-t-elle au géant.

— Tom va s'en occuper, lui promit ce dernier.

— Emmène le nain avec toi. Laisse-le t'aider. Je veux voir si Geno Frappe-Devant est à la hauteur de sa réputation avant de lui confier la tâche importante que je lui réserve.

Tom commença à protester, ne voulant rien avoir à faire avec le nain, mais Gary lui fit signe de se taire. Devant la confusion qui se lisait sur le visage de Tom, Ceridwen devina que Gary, qui se trouvait derrière elle, manigançait quelque chose.

— Bien. Je vois que tu joues les ambassadeurs. Ce sera plus facile pour tout le monde, ronronna-t-elle en se tournant vers Gary.

— Je fais ce que je peux.

— N'oublie pas que tu vas rester ici *très* longtemps, susurra-t-elle de sa voix chaude et grave, ses lèvres parfaitement ourlées esquissant une moue lascive.

Son regard s'attarda longuement sur le jeune homme, puis elle se retourna vers le géant.

— Je serai absente quelques jours. Que le mur soit réparé pour mon retour.

Puis, regardant coquettement par-dessus son épaule, elle poursuivit à l'intention de Gary :

— À ce moment-là peut-être toi et moi pourrions-nous apprendre à mieux nous connaître ?

Gary se souvint d'un vieux proverbe où il était question de la glace qui se mélangeait mal avec le feu de l'enfer. Toutefois, il garda ses pensées pour lui. Il craignit un instant qu'elle puisse lire dans ses pensées, mais elle était déjà partie, grand oiseau noir volant au-dessus du lac.

Gary réussit finalement, non sans effort, à convaincre Tom de l'accompagner chercher Geno. Le géant n'avait aucune envie de revoir le nain ou l'elfe, mais la crainte de la solitude fut la plus forte. Il faisait désormais confiance à Gary et celui-ci lui avait donné sa parole que tout se passerait bien.

La première chose qu'ils virent en arrivant au campement fut le spectacle de Kelsey, l'arc tendu, et de Geno, jonglant avec ses marteaux, qui regardaient Tom avec haine. Gary regretta soudain sa promesse.

— Tu ferais mieux de m'attendre ici, dit-il.

Le géant ne se fit pas prier. Kelsey ne baissa pas son arme, même quand il comprit que Gary finissait seul le chemin.

— Ceridwen veut que Geno aille aider Tom à réparer un mur de son château, expliqua-t-il.

Geno gronda d'un air menaçant.

— Froide journée dans la forge d'un nain, cracha-t-il avec mépris.

Gary cligna des yeux, surpris par la similitude entre cette réflexion et le dicton qui lui avait traversé l'esprit un moment plus tôt. Combien d'expressions avaient-elles ainsi leur équivalent à Faerie ? Ou plutôt, combien venaient en réalité de Faerie, et étaient simplement adaptées pour garder leur signification dans son monde à lui ?

— Je pense que nous devrions y aller, suggéra-t-il.

Mickey s'avança, manifestement intrigué par le ton supérieur du jeune homme, et Kelsey abaissa son arme.

— En fait, je crois que nous devrions *tous* y aller.

— Au château ? demanda Mickey, incrédule.

— C'est là que se trouve la lance de Cédric. Nous ne pouvons quitter l'île sans elle, répondit Gary, comme si la réponse était évidente.

— Mais de quoi parles-tu ?

— Si tu sais quelque chose, exprime-toi clairement, dit Kelsey.

— Je connais un moyen de nous évader.

Même Geno s'avança pour mieux entendre. L'elfe, le nain et le lutin regardaient Gary, attendant ses explications.

— Je n'ai pas encore tous les détails. Mais je suis

sûr de pouvoir nous sortir d'ici, reprit Gary, qui n'avait nulle envie de dévoiler son plan.

Mickey *semblait intéressé*, mais Geno et Kelsey froncèrent les sourcils et se détournèrent.

Gary grogna, les rattrapa et leur coupa la retraite.

— L'un de vous a-t-il une meilleure idée ? Avez-vous découvert quelque chose pendant toutes ces heures passées à contempler le ciel et le lac ?

Connaissant le Tylwyth Teg mieux que quiconque, Mickey frémit en entendant le ton sarcastique de Gary. Mais Kelsey ne prit pas la mouche.

— Je peux nous sortir d'ici, répéta Gary.

Kelsey regarda Geno, qui se contenta de hausser les épaules.

— Alors, allons au château, approuva l'elfe.

— Ah ! Et une fois récupéré le javelot, qui affrontera la harpie si nous ne pouvons quitter l'île ? demanda Mickey.

— J'en prends la responsabilité ! déclara soudain Kelsey, avant d'ajouter : Que peut-elle me faire qui soit pire que cet exil sur une île oubliée de tous ?

Mickey regarda l'elfe avec stupeur.

— Hum ! Tu as toujours été ardu à comprendre, commenta le lutin.

Pour la première fois depuis plusieurs jours, Kelsey sourit.

— Je suis un Tylwyth Teg. Ne suis-je pas supposé être compliqué ?

— Un peu, mon neveu ! approuva Mickey.

15

Le château de Ceridwen

Le château était encore plus beau vu de près. De hauts murs cristallins étaient prolongés par des tourelles qui s'élevaient vers le ciel. Chaque parcelle de l'édifice scintillait dans la lumière du matin, faisant cligner des yeux Gary et ses compagnons.

Ce palais était digne d'un grand roi. Il ne convenait pas du tout à la sorcière diabolique qui l'habitait. C'était un véritable malheur pour les habitants de Faerie que Ceridwen se soit installée sur Ynis Gwydrin !

Geek attendait les visiteurs à l'entrée du château. Il les regarda d'un air suspicieux et jeta des regards inquiets à l'épée de Kelsey.

— La Lady a dit d'accueillir Tom et le nain, c'est tout ! prévint-il.

— Eh bien, elle nous a demandé de l'aider aussi, répondit Gary.

Les yeux jaunes de Geek se plissèrent sous l'effort de la réflexion.

— Nous avons tous refusé, à part le nain. C'est sans doute pour cela que Ceridwen ne t'a pas prévenu de notre arrivée. Mais nous avons réfléchi et nous avons pensé qu'il valait mieux réparer le mur plutôt que d'affronter la colère de Ceridwen à son retour, bluffa Gary.

— Et si Geek ne vous laisse pas entrer, Ceridwen

vous punira ? s'enquit le gobelin, que cette perspective semblait réjouir.

— Dans ce cas, nous te tuerons. J'aurai au moins eu ce plaisir-là avant de mourir, répliqua tranquillement Kelsey dont la main caressa le pommeau de son épée.

Le visage de Geek se crispa puis il hocha stupidement la tête et leur fit signe de le suivre.

— Bien joué, dit Kelsey au jeune homme.

Mais l'expression stupéfaite et hilare de Mickey fut le plus grand des compliments.

Ils traversèrent une gigantesque salle d'audience et des galeries dont les murs étaient recouverts de miroirs. Les plafonds étaient très hauts mais Tom était tout de même obligé de se pencher pour passer. Gary ouvrait la marche, aux côtés du gobelin auquel il essayait, en vain, de faire la conversation, cherchant à gagner ainsi sa confiance. Mais Geek ne disait pas grand-chose et fit plus d'une fois remarquer qu'il détestait l'odeur des humains.

Le labyrinthe se poursuivait. Ils descendirent des marches, traversèrent des pièces aux formes irrégulières, remontèrent un autre escalier et parcoururent de nombreux corridors. Gary le soupçonnait de les faire tourner en rond pour mieux les égarer. Il devait penser que les compagnons seraient moins tentés de se livrer à une action inconsidérée s'ils n'étaient pas en mesure de retrouver leur chemin.

Ils arrivèrent finalement dans une vaste salle entièrement tapissée de glaces, à l'instar des couloirs qu'ils venaient d'emprunter. Mais le mur était brisé sur l'un des côtés. Les compagnons furent surpris de découvrir de la pierre derrière le verre, car le château avait l'air presque translucide, quel que soit l'angle sous lequel on le regardait. C'était probablement ce mur que Ceridwen voulait voir réparé.

À travers le trou, ils virent une autre pièce, illuminée de brasiers. Un pentacle était tracé sur le sol. Même Gary s'y connaissait suffisamment en magie pour deviner que cette salle devait être celle où la sorcière évoquait les puissances infernales. Il frissonna en pensant aux monstres qu'elle avait dû matérialiser et se demanda quelle créature démoniaque avait pu causer de tels dégâts.

— C'est là. Réparez les pierres. La Lady mettra du verre neuf dessus, expliqua Geek.

Gary voulut demander quelque chose au gobelin mais celui-ci fit demi-tour et sortit aussitôt de la pièce comme s'il y était mal à l'aise.

— Hum ! Elle a dû en appeler un grand, commenta Mickey en regardant le mur effondré.

— Un grand quoi ? s'enquit Gary.

— Démon ! La harpie aime à se distraire avec les esprits du mal.

Gary aurait voulu protester qu'il ne croyait pas à ces diableries, mais il trouvait stupide de dire ce genre de choses à un lutin, car il ne croyait pas non plus à l'existence des farfadets.

— Nous sommes dans la place. Nous devons trouver la lance et partir au plus vite, dit Kelsey qui s'interrompit en voyant Gary lui faire signe de se taire en désignant le géant du doigt.

Mais Tom ne prêtait aucune attention à leur conversation. Il était déjà en train de déblayer le terrain tandis que Geno prenait les mesures.

Kelsey, Mickey et Gary s'éloignèrent à l'autre bout de la pièce afin de discuter à l'abri des oreilles indiscrètes.

— Nous devons les laisser travailler ; je crains que le gobelin ne revienne pour nous surveiller, dit l'elfe.

— Je puis faire en sorte que cette stupide créature voie ce qu'elle a envie de voir — mais il me faudra rester ici, répondit Mickey.

— Sauras-tu trouver seul le chemin de la sortie ? J'aimerais que le nain m'accompagne pour chercher la lance, ajouta Kelsey.

— Je vais venir avec vous, proposa Gary.

Kelsey lui jeta un regard en coin.

— J'ai besoin de quelqu'un d'autre si la lance est

gardée comme je le suppose, continua l'elfe en ignorant le jeune homme.

Gary encaissa l'insulte sans commentaires, se disant qu'il préférait avoir deux combattants amis à ses côtés.

— Oui, emmène aussi le nain. Le géant pensera que Geno est resté auprès de lui — c'est aussi ce que croira le gobelin, s'il reparaît. Je te donne une heure ; tâche de ne pas te faire capturer, je n'ai nulle envie d'être surpris dans cet endroit, dit Mickey.

— Deux heures. C'est immense ici, marchanda Kelsey.

Mickey acquiesça.

— La porte est fermée, leur rappela Gary.

Mickey éclata de rire et agita la main puis appela le géant.

— Tu irais plus vite avec ce bloc appuyé là, contre le mur, suggéra-t-il.

Tom et les autres suivirent le regard du lutin en direction de la porte, ou du moins de l'endroit où elle s'était trouvée. À la place, se tenait un assemblement de traverses et de poutres, formant une parfaite armature pour un mur.

— Oui, va le chercher, l'encouragea Geno.

Gary ne savait pas trop si le nain avait compris le tour ou s'il était tout simplement content de voir qu'une bonne partie du travail était déjà faite.

Gary redoutait que Tom ne soit pas dupe car ils venaient juste de passer par cette porte. Mais le géant, qui n'était pas du genre à réfléchir trop longtemps, se dirigea vers les planches illusoires et chercha une prise de chaque côté. Malgré ses efforts, rien ne bougea. Tom se campa fermement sur ses jambes écartées et tira de toutes ses forces. Quand il se retourna, il tenait la porte entre ses mains.

— Eh bien, voilà ! s'exclama Mickey, un sourire aux lèvres.

Un moment plus tard, Geno vint rejoindre Kelsey et Gary, mais en se retournant, le jeune homme vit le nain qui travaillait aux côtés de Tommy, en train d'essayer de poser ce qui avait été la porte dans le trou qu'ils devaient réparer. Mickey se laissa tomber sur le sol, s'adossa au mur, sortit sa pipe qu'il mit dans sa bouche et croisa ses petites mains dodues derrière sa tête.

— Est-il toujours aussi difficile de s'y retrouver avec les lutins ? demanda Gary à Kelsey.

— Ah, mon garçon, essaie donc d'en attraper un ! se moqua Mickey qui se tenait maintenant invisible derrière l'elfe.

Gary cligna des yeux et regarda derrière lui, là où le Mickey imaginaire était assis.

— Hum ! Trêve de plaisanterie, maintenant, allez-y. Je vous donne deux heures, pas une minute de plus ! dit le vrai Mickey en glissant quelque chose dans la main de Gary. Prends ça, fiston, ça te portera chance et te ramènera à moi, chuchota le lutin.

Quand Gary ouvrit les doigts, il y trouva un trèfle à quatre feuilles. Il n'en fut pas surpris.

Une fois de plus Geno, Kelsey et Gary s'enfoncèrent dans le labyrinthe, mais cette fois-ci ils n'avaient pas de gobelin pour les guider. Kelsey prit la tête, tournant alternativement à droite et à gauche afin d'éviter de revenir sur leurs pas. L'elfe essayait d'avoir l'air sûr de lui, mais Gary devinait qu'il allait au hasard.

— Je trouverais notre chemin sans difficulté si nous étions sous terre, grommela le nain plus d'une fois.

Et, plus d'une fois, il se retrouva en train de lancer un marteau à ce qui n'était que son reflet et que, dans sa surprise, il avait pris pour un ennemi.

— Stupides carreaux ! maugréait-il en passant son chemin, laissant derrière lui une traînée de brisures de verre.

Quand ils rencontrèrent finalement un garde de Ceridwen, il leur fallut quelques secondes pour comprendre qu'il ne s'agissait pas d'un tour joué par les miroirs. Le malheureux gobelin hurla et fit mine de s'échapper mais l'épée de Kelsey et le marteau de

Geno l'avaient réduit en bouillie avant qu'il n'ait eu le temps de dire ouf.

Ils continuèrent ainsi à l'aveuglette, traversant de nombreuses chambres, chacune identique à la précédente et meublée de façon similaire. La confiance de Kelsey diminuait peu à peu. Quand ils arrivèrent à un carrefour, l'elfe regarda alternativement des deux côtés, ne sachant quel chemin suivre. Il décida finalement de continuer tout droit.

— Non, à gauche, corrigea soudain Gary.

Étonnés, Geno et Kelsey se tournèrent vers lui.

Gary aurait été bien incapable de justifier ce choix. Pour une raison inexplicable, il était convaincu qu'ils devaient aller dans cette direction. Kelsey lui jeta un regard agacé et continua tout droit.

Mais Gary n'en démordait pas.

— À gauche, répéta-t-il avec plus de force.

— Qu'est-ce que tu en sais ? demanda Kelsey.

Gary secoua la tête.

— Je sais seulement que nous devons tourner par là, répondit-il en toute honnêteté.

— Nous avons perdu une demi-heure en suivant ton chemin, dit Geno à Kelsey, prenant parti pour le jeune homme.

Ils suivirent donc son intuition et, au croisement suivant, quand Geno et Kelsey consultèrent Gary du regard, il répondit immédiatement.

— Tout droit.

À chaque tournant, cette curieuse sensation se faisait de plus en plus forte, mais il redoutait que ce ne soit un mauvais tour de la sorcière destiné à les attirer dans un piège.

Soudain, Gary eut une illumination :

— C'est la lance qui m'appelle !

— Bravo ! murmura Geno.

Kelsey ne parut pas douter de l'instinct de Gary.

Peu après, ils surent qu'ils se rapprochaient des appartements de Ceridwen. Les murs n'étaient plus recouverts de miroirs et le mobilier était plus riche. Il y avait aussi beaucoup plus de gardes, qui se déplaçaient en rangs serrés.

Les trois compagnons traversèrent une série de hautes portes à double battant et débouchèrent dans une pièce spacieuse meublée de fauteuils confortables et d'une immense table de chêne. Des couloirs partaient de chaque côté de la grande pièce, et au fond, il y avait le même système d'ouverture encore plus richement décoré que celui qu'ils venaient de passer.

— La salle de réunion, dit Geno.

— Et c'est la chambre de Ceridwen, là-bas, ajouta Kelsey.

Il regarda Gary afin que celui-ci confirme ses suppositions.

Gary ferma les yeux et entendit la voix de la lance.

— *Tout près, droit devant.*

— Nous y sommes, annonça Gary.

Il allait avancer quand Kelsey le repoussa tout d'un coup dans le couloir. Geno se précipita à leur suite, et avant d'avoir eu le temps de protester, Gary entendit un bruit de bottes qui martelaient le sol.

Jetant un coup d'œil à travers les portes entrebâillées, ils aperçurent deux gobelins qui se ruaient dans la grande pièce en rectifiant leurs armures et leurs heaumes. Ils se hâtèrent de prendre position de part et d'autre de l'entrée. Un instant plus tard, arrivait une troupe menée par un gobelin solidement charpenté. Un troll les accompagnait, auquel le chef ordonna de faire resserrer les rangs. Ce dernier s'arrêta pour inspecter les deux gardes et les observa un moment d'un air suspicieux avant de rejoindre ses sbires qui se dirigeaient vers la sortie.

— On doit les sortir de là rapidement, murmura Kelsey qui regrettait d'avoir laissé son arc sur la plage.

Geno jeta deux marteaux en l'air.

Kelsey posa la main sur la poignée de la porte et commença à compter.

— Un... deux... trois...

Puis il ouvrit brusquement le battant et Geno se propulsa à l'intérieur.

Le premier marteau atteignit le gobelin à la tête, le projetant contre un mur. L'autre garde détala sans demander son reste, mais il reçut le second projectile à l'épaule. Le choc fut rude mais pas suffisant pour l'arrêter.

Kelsey chargea, l'épée au clair. Geno envoya une autre masse. Mais ce fut Gary qui eut le dernier mot en envoyant sa lance sur le monstre qui s'enfuyait.

Touché à la hanche, ce dernier s'effondra en hurlant.

Pendant ce temps, le premier soudard s'était remis, mais ce ne fut que pour se retrouver nez à nez — ou plutôt groin à pointe — avec l'épée elfique.

Il tenta de dégainer son arme. Trop tard.

Il ne ressentit aucune douleur : le sol se précipita à sa rencontre et la pièce se mit à tournoyer. Le malheureux comprit enfin ce qui lui arrivait quand il vit son corps décapité appuyé contre la porte.

Quant à l'autre gobelin, il s'arrêta immédiatement de brailler sous le jet ininterrompu des marteaux de Geno. Il était réduit en bouillie depuis longtemps que le nain continuait à envoyer ses projectiles meurtriers.

— Beau lancer, commenta Geno en retirant la lance ensanglantée de Gary du cadavre et en la tendant au jeune homme.

Gary savait que les compliments du forgeron n'étaient pas gratuits.

Il ne se trompait pas. Geno se montra à la hauteur de sa réputation :

— ... mais, la prochaine fois, vise les poumons afin qu'il ne crie pas. Ses hurlements vont probablement ameuter les gardes.

— La prochaine fois, essaie de le toucher du premier coup, rétorqua Gary.

L'autre grimaça un sourire et laissa tomber accidentellement un marteau sur le pied de Gary ; ce dernier gémit de douleur et se mordit les lèvres, ne voulant pas donner au nain la satisfaction de le voir souffrir.

— Je suis sûr que la porte est piégée, intervint Kelsey, leur rappelant qu'ils n'avaient pas une seconde à perdre.

Geno s'avança et inspecta les battants. Il ronchonna et gratta son menton imberbe, puis se déplaça jusqu'aux deux autres où il ronchonna et se gratta à nouveau le menton. Il sortit un marteau de sa ceinture et se mit à l'ouvrage, cognant à gauche et tapant à droite, enfonçant un clou de-ci, de-là.

Puis il fit trois pas en arrière, s'inclina devant Kelsey et jeta un marteau au centre des doubles portes.

Comme un arbre coupé, elles tombèrent dans un énorme fracas.

— C'est discret ! commenta ironiquement Gary, se reculant prudemment avant que Geno ne lui laisse encore tomber par mégarde un marteau sur le pied.

La chambre de Ceridwen était la pièce la plus extraordinaire que Gary eût jamais vue. Une grande table longeait un mur, couverte de parchemins et d'encriers, de plumes et de livres ouverts ou fermés par des lanières de cuir. Des torches de différentes couleurs brûlaient çà et là. Le lit se trouvait tout au fond. Il était immense, dissimulé sous un baldaquin de soie pourpre. Les trois compagnons respirèrent plus librement quand Kelsey tira un rideau ; personne ne s'y cachait.

L'elfe repéra le fourreau de la lance, posé contre la muraille, près d'un paravent en face de la table. Rengainant son épée, il se dirigea droit dessus.

— *Attention, piège !* fit la voix dans la tête de Gary.

— N'y touche pas ! cria ce dernier.

Mais l'avertissement vint trop tard. Quand Kelsey attrapa l'étui, celui-ci se brisa entre ses mains et un œuf tomba d'un petit renfoncement situé dans le mur.

Les trois compagnons s'immobilisèrent et, avec un intense sentiment de peur, regardèrent la petite boule qui se craquelait.

Elle s'ouvrit en deux et un jet de fumée noire en

sortit. Kelsey couvrit sa bouche et Geno s'éloigna. Gary crut également que les émanations étaient toxiques. Mais le piège était bien plus sophistiqué.

En s'élevant, la vapeur dessina une silhouette. Des yeux rouges brillants apparurent et une énorme mâchoire s'ouvrit. Le nuage fuligineux s'élevait toujours, modifiant les contours de l'apparition, qui ne semblait pas avoir de forme définie et changeait constamment, des membres poussant comme par caprice, créant une masse mouvante et obscure. Quel que fût son aspect, la chose était énorme et puissante, exsudant un pouvoir terrifiant.

Gary Leger ne pourrait plus jamais affirmer qu'il ne croyait pas à l'existence des démons.

Un énorme bras noir émergea de la brume et attrapa Kelsey. Celui-ci brandit son bouclier pour se protéger et contre-attaqua avec son épée. La lame elfique siffla et jeta des éclairs quand elle toucha la chair du monstre. Ce dernier, dans un rugissement de bête sauvage, fit apparaître un autre bras, puis un troisième et un quatrième.

— Un Tylwyth Teg ! Je n'en ai pas tué depuis plusieurs siècles ! Est-ce que la chair d'elfe est toujours aussi délectable ? mugit le monstre d'une voix qui rappela à Gary le bruit d'un diesel.

Un marteau frôla Kelsey dans la brume mais parut flotter vers le sol, ne rencontrant rien de tangible dans sa course. L'elfe se rua sur le démon. Il lui fallut affronter les quatre bras en même temps. Le bouclier et l'épée de Kelsey évoluaient en parfaite harmonie. Il esquivait et plongeait, réussissant toujours à parer le coup. Mais malgré sa virtuosité, il ne pouvait espérer ralentir suffisamment les attaques de son adversaire pour lui porter le coup décisif.

Gary savait qu'il devait prêter main-forte à son compagnon, son ami, mais il était cloué par la peur. Il leva sa lance sans grande conviction, la prenant à deux mains comme pour la planter dans le monstre, puis il changea d'avis et visa, jugeant plus sage de la projeter.

Les yeux injectés de sang du démon tombèrent sur lui et, pris dans ce regard diabolique, Gary eut soudain l'impression que son arme pesait une tonne.

Le génie continua de le fixer tout en parant les assauts de Kelsey, comme si son esprit pouvait se mouvoir sans difficulté dans plusieurs directions à la fois. Geno eut alors une inspiration. Il frappa furieusement la coquille de l'œuf, qu'il réduisit en morceaux. Le monstre parut blessé pour la première fois et poussa un rugissement de douleur. Un énorme pied griffu jaillit du nuage et fonça sur Geno, qui continuait d'écraser les brisures.

Le démon gronda de douleur et de rage, et des éclairs sortirent de ses yeux en direction de Gary. Le jeune homme réussit à protéger ses yeux en levant son avant-bras mais la foudre le brûla et le projeta violemment au travers de la pièce. Il se retrouva assis contre quelque chose de dur, étreignant son bras et tâtant les deux trous que le feu avait creusés dans l'armure de Cédric Donigarten.

En dépit des attaques de Geno et de Gary, la créature infernale n'en continuait pas moins de lutter contre Kelsey. Un bras énorme martela son bouclier, tandis qu'un second, le prenant comme une gigantesque pince, forçait Kelsey à se jeter à nouveau dans un combat désespéré. Un troisième bras se glissa alors vers lui, cherchant de ses longues griffes le cœur de l'elfe.

Kelsey se rejeta en arrière en un roulé-boulé mais les tentacules du démon, s'étirant toujours, le poursuivaient sans relâche.

Geno avait beau être dur comme un roc, il semblait d'une fragilité dérisoire sous l'énorme pied de l'apparition. Cependant, il ne s'avouait pas vaincu ! Il acheva de réduire l'œuf en miettes, qu'il ramassa en hâte et enfourna prestement dans sa bouche. Il sentit alors diminuer le poids sur son dos, comme si son geste avait amoindri la substance du démon. Aiguillonné par ce succès, le nain laissa tomber son marteau et tendit les deux mains pour attraper les dernières brisures de l'œuf.

Le poids revint d'un seul coup, le clouant au sol. Geno tenait un morceau de la coquille dans une main mais il ne pouvait l'approcher de sa bouche.

Il mordit alors le pied du génie, sans résultat. Même Geno, qui avait des goûts très particuliers en matière culinaire, trouva que cette chair était la chose la plus épouvantable qu'il eût jamais goûtée.

Le regard de la créature tomba sur Kelsey et celuici tressaillit, se sachant perdu.

Affalé au pied de la longue table, un bras pendant, inutile, Gary pensait à ses parents. Que ferait-il quand il resterait seul face au monstre ?

Un sursis temporaire leur fut accordé avec l'arrivée de la patrouille.

Le démon redressa la tête et envoya ses jets de feu sur les nouveaux arrivants. Celui qui menait les soldats se protégea de son bras, mais son armure n'était pas aussi épaisse que celle de Gary. La foudre le transperça de part en part. Il tomba mort sur le sol.

Des éclairs de feu ravageaient les rangs des gobelins, faisant de nombreuses victimes. Affolée, la soldatesque se mit à courir en tous sens, chacun bousculant son voisin dans une tentative désespérée pour s'échapper. Le troll fonça bravement mais stupidement, sans comprendre à quel ennemi il avait affaire. L'un des bras du génie l'empoigna par le cou et le souleva du sol avant qu'il n'ait eu le temps de s'approcher du nuage noir. La grande main griffue se referma, et le troll cessa de s'agiter.

Le démon secoua sa victime puis la lança au milieu des gobelins piaillant et gesticulant, et en écrasa un ou deux. Puis, prenant l'apparence d'un énorme tourbillon, il rattrapa les fuyards dans la salle de réunion et dépassa leurs rangs. La nuée infernale se divisa par trois et un monstre se campa devant chaque porte pour bloquer toutes les issues.

En entendant les cris de terreur et de douleur qui parvenaient de l'autre pièce, Gary se serra plus étroitement contre le pied de la table, et même Kelsey, qui s'était bravement lancé à la poursuite de leur assaillant, s'arrêta net et fit marche arrière.

Les cris diminuèrent et trois gobelins revinrent en courant. Des jets de flammes tuèrent net deux d'entre eux. Le troisième se précipita sur Kelsey et s'accrocha à son bras.

— S'il te plaît ! S'il te plaît ! Tue-le ! Oh, tue-le !

Kelsey se débarrassa de lui et fit face à l'ennemi. Geno, ayant avalé la dernière miette de la coquille, dégaina son marteau favori et se tint aux côtés de l'elfe.

Gary comprit qu'était venu pour lui le moment de rejoindre ses amis. Il se remit debout avec détermination. C'est alors que son regard tomba sur l'un des livres ouverts sur la table de Ceridwen.

Gary cligna des yeux à plusieurs reprises, regarda par-dessus son épaule puis revint aux étranges images. Dans le livre, il voyait Kelsey et Geno se tenir au milieu de la chambre comme ils le faisaient actuellement ! Le gobelin se trouvait derrière eux dans un coin.

— Cela a été un honneur de combattre à tes côtés, disait Kelsey au nain.

Gary se frotta les yeux, incrédule, quand il vit ces paroles se dérouler sur le livre !

— Qu'est-ce que c'est que ça ? murmura-t-il.

Il continua à regarder, confondu, la page qui se tournait de sa propre initiative. La scène suivante lui montrait le démon à la porte avançant vers ses amis.

Gary saisit une plume qui se trouvait là et la pointa sur l'image de la créature, mais l'instrument se cassa en touchant le livre magique. Gary agrippa les pages et se mit à les tourner en arrière, espérant, au-delà de toute raison, pouvoir remonter le cours du temps.

Mais le génie surgit, et le livre résista entre les mains de Gary, ses pages essayant de revenir aux événements en cours. Le jeune homme porta tout son poids sur l'ouvrage pour le maintenir ouvert là où les deux pages montraient Kelsey se dirigeant vers l'étui contenant la lance, et l'œuf tombant sur le sol.

Gary ne put voir le combat qui reprenait de plus belle, mais il entendit un bruit venant du lit à baldaquin et il entendit Geno qui grognait. Sans penser aux conséquences de son geste, il prit la page avec l'œuf intact et tira de toutes ses forces.

Soudain, ce furent les ténèbres et le silence. Gary, les oreilles encore bourdonnantes de la fureur du combat, les membres endoloris, flottait maintenant dans l'espace, mais il n'y avait ni étoiles ni soleil pour éclairer le passage.

16

Le livre magique

GARY, BALLOTTÉ DANS LA PÉNOMBRE, ÉTAIT À LA RECHERCHE d'un point de repère dans cet univers de grisaille. Il vit une ligne au loin devant lui, comme une sorte de couture dans l'étoffe de l'existence.

Gary alla dans cette direction et comprit alors qu'il n'avait pas été propulsé dans quelque espace physique mais qu'il se trouvait dans une autre dimension, celle de l'esprit. Il tendit ses doigts implorants vers l'ouverture, tenta de passer à travers elle en se disant que tout ce qui se trouvait au-delà ne pouvait qu'être préférable.

Il réussit à glisser un doigt. Il fut soudain pris d'un doute. Qu'allait-il se passer s'il se trouvait aux portes de l'enfer ? Ou si, en ouvrant cette couture, il déchirait l'étoffe de l'univers ? Mais il ne pouvait attendre plus longtemps et continuer à dériver ainsi dans l'obscurité. D'un geste déterminé, il passa une main à travers la fente, puis l'autre, et il poussa de toutes ses forces sur les murs gris afin de les écarter.

Le sang battait à ses tempes. Il sentait très distinctement la pression augmenter, ce qui le rassurait. Sa conscience ne semblait pas s'être détachée de son corps physique. Gary appuya plus vigoureusement. Il craignait de ne pas être assez fort et les bords du rideau, car c'est ainsi qu'il appelait cette étrange barrière, bougèrent à peine. Puis une lumière aveuglante jaillit par l'ouverture, paralysant les sens de Gary.

Il crut qu'il allait s'évanouir. Le monde allait sans doute être détruit s'il persistait. Ne risquait-il pas, telle Pandore, de lâcher des centaines de démons sur la terre de Faerie ?

Gary reprit néanmoins ses efforts, et les voiles s'écartèrent peu à peu.

La lumière le submergea de nouveau.

Puis, il fut de retour dans la chambre de Ceridwen, tenant dans sa main une page déchirée du livre magique. Kelsey et Geno se tenaient au beau milieu de la pièce à côté des cadavres désarticulés ou carbonisés des gobelins et du troll. Le seul survivant se terrait dans un coin, secoué de spasmes, le regard fou. Le démon avait disparu, mais au-dessus de la tête du gobelin, un autre œuf — ou bien était-ce le même ? — vacillait au bord d'une niche qui n'était pas assez profonde pour le contenir.

— L'œuf ! fut tout ce que Gary parvint à crier en pointant le doigt vers la niche.

Kelsey avait compris, il se précipita, mais trop tard, pour le retenir. La diabolique petite sphère atterrit sur l'épaule du gobelin sans se briser et commença à rouler. La stupide créature eut le réflexe de la rattraper et de la lancer à Kelsey.

Se débarrassant en un éclair de son épée et de son bouclier, qui volèrent de chaque côté, l'elfe tomba à genoux, jonglant avec l'œuf afin d'atténuer l'impact, jusqu'à ce qu'il l'ait enfin bien en main. Il examina rapidement la coquille et soupira de soulagement. Elle était intacte.

Mais les compagnons n'étaient pas encore au bout de leurs peines. Le corps du troll se releva brusquement et vola dans les airs vers l'endroit où le démon l'avait jeté. Il tressauta à plusieurs reprises puis se remit sur ses pieds, tout à fait vivant. L'un des marteaux qui gisaient sur le sol fonça sur le nain qui eut la présence d'esprit de le rattraper. Le feu cracha et jaillit des cadavres des gobelins et certains d'entre eux commencèrent aussitôt à remuer.

— Que se passe-t-il ? s'écria Gary.

Mais il lui était plus facile qu'à ses amis abasourdis de deviner ce qui se passait. Il avait déchiré l'étoffe du temps, du moins en ce qui concernait le livre magique de Ceridwen. Il se sentit à nouveau basculer dans le vide.

Il eut cependant le réflexe de tendre la main vers le livre et de le refermer.

Les gobelins redevinrent tout ce qu'il y a de plus morts, le troll s'écrasa sur le sol avec fracas et le feu s'éteignit. Kelsey, toujours à genoux, n'avait pas lâché l'œuf.

— Qu'as-tu fait ? demanda Geno dans un souffle.

Gary fut incapable de lui répondre. Il n'avait jamais vu le nain aussi déconcerté.

— Pitié ! Pitié ! supplia le gobelin survivant en se prosternant devant Kelsey.

Geno, frustré et désemparé, s'apprêta à lui lancer un marteau, mais Gary l'arrêta.

— Il peut nous montrer la sortie.

— Mais nous n'avons pas encore trouvé la lance, dit Kelsey.

Gary se concentra et essaya d'atteindre l'arme par la pensée. Il savait qu'elle était là, quelque part, que c'était elle qui l'avait averti quand Kelsey s'était emparé du faux étui.

— *Là-haut, au-dessus de la pièce,* fit enfin la voix.

Gary regarda le plafond, pensant qu'il y avait peut-être une trappe cachée. Puis son regard se posa sur le baldaquin qui surmontait la couche tendue de soie de Ceridwen.

— Le dais ! Elle se trouve au-dessus du dais ! s'exclama-t-il.

L'une des colonnes du lit était déjà tombée au cours de la bagarre et Geno se chargea de l'autre avec son marteau. Le baldaquin tomba en diagonale et la précieuse lance roula sur le sol, s'arrêtant à quelques pas de Kelsey.

Celui-ci tendit les mains pour s'en emparer, mais cette fois-ci l'avertissement de Gary lui parvint à temps.

— Non ! hurla le jeune homme.

Il attrapa une torche et mit le feu à l'étui, à la grande stupeur de l'elfe. Le cuir s'embrasa en crépitant et des fumées vertes s'échappèrent du brasier.

— Qu'as-tu fait ? demanda Kelsey.

Il repoussa Gary, sauta au-dessus du brasier et le piétina, tentant vainement de l'éteindre et de sauver la lance. Si Kelsey n'avait pas été aussi secoué, s'il avait pris le temps de se calmer et de réfléchir, il aurait compris que le feu ne pouvait causer aucun dommage à l'arme légendaire.

L'incendie s'éteignit un instant plus tard. L'étui avait été entièrement consumé mais son précieux contenu était intact et Kelsey eut honte de sa bêtise.

— Le fourreau était empoisonné. Si tu l'avais touché...

Gary n'acheva pas sa pensée. Il ramassa la lance et fut agréablement surpris de sa fraîcheur.

— Salut ! Tu m'as manqué, dit-il, sans trop savoir pourquoi.

— *Bonjour à toi, jeune guerrier !* lui parvint la réponse télépathique de la lance.

Le titre lui plut et il sourit.

— Qu'as-tu l'intention de faire avec cet œuf ? Je ne pense pas que nous devrions l'emporter avec nous, dit Geno.

Kelsey pâlit à cette pensée.

— Donne-le-moi, dit Gary, riant à l'idée de ce qu'il allait faire.

Kelsey hésita un instant puis, comprenant que Gary avait mérité sa confiance, il lui tendit la dangereuse petite sphère.

Gary se dirigea vers le bureau de Ceridwen et enleva l'un des tiroirs. Avec précaution, il plaça l'œuf dans le petit espace du fond, puis remit le caisson en place sans toutefois le pousser complètement, attentif à ne pas briser la coquille.

— Ceridwen va avoir une drôle de surprise quand elle fermera son tiroir ! s'esclaffa Gary.

— Une fois de plus tu t'es montré plus valeureux que je ne l'aurais pensé. Il n'y en a pas beaucoup qui auraient osé regarder l'un des livres de Ceridwen... commença Kelsey.

— Tu me diras ça plus tard. Il faut partir d'ici, l'interrompit Gary.

— Connais-tu la sortie ? demanda Geno au gobelin.

Le garde réfléchit un moment et secoua la tête en signe de dénégation.

— Tue-le, dit Geno à Kelsey, et nul n'aurait pu douter de la sincérité du nain.

— Si Jesper connaît la sortie ? s'écria le gobelin comme s'il n'avait pas bien compris la question. Oui ! Oh, oui ! Jesper va vous montrer la sortie !

— Je suppose qu'il faut savoir leur parler, remarqua Gary en riant.

Geno hocha la tête et sourit, découvrant ainsi sa dent manquante. Leur hilarité fut de courte durée. Geno se rua vers le lit. Son marteau vola et, à sa suite, Geno et Kelsey virent un éclair noir filer sous le matelas.

— C'est un chat ! dit Gary en entendant miauler la créature.

— Un bon ami de Ceridwen ! le corrigea Kelsey qui plongea et fourragea sous le lit avec son épée.

Le miaulement se métamorphosa alors en rugissement et une énorme patte griffue sortit et agrippa Kelsey. Une seconde plus tard, l'elfe avait disparu. Seuls ses pieds dépassaient encore.

Geno gronda et fonça sur le lit qui s'effondra. Un lion bondit par-dessus l'épaule de Geno en direction de Gary.

La vénérable lance eut beau multiplier les avertissements, Gary n'en entendit aucun. Il tomba en arrière et brandit le javelot forgé par le nain en un geste de défense. Incapable de s'arrêter en plein élan, le fauve continua sur sa lancée et reçut la lance en plein poitrail. L'arme plia mais ne cassa pas sous le poids de l'animal, qui s'empala dessus dans un rugissement effrayant.

Contrairement au gobelin que Gary avait tué quelques jours plus tôt, le lion continua de s'agiter et ses immenses pattes s'approchèrent dangereusement du jeune homme qui se vit perdu. Sa poitrine fut égratignée et les griffes grincèrent sur son armure.

Geno se précipita la tête la première contre le flanc du lion empalé et le renversa. Le lion continua à gesticuler mais nul n'était à portée de ses griffes maintenant, le nain et Gary s'étant écartés aussitôt.

Kelsey aida Gary à se remettre debout. L'elfe n'avait pas l'air trop mal en point mais l'une de ses manches avait été arrachée et son bras nu portait des traces de profondes écorchures.

— La lance va l'achever, dit Kelsey, mal à l'aise.

Il était de toute évidence secoué par les quelques instants qu'il avait passés sous le lit avec le lion.

— Ceridwen a-t-elle beaucoup d'autres animaux de compagnie ? demanda Gary.

— Beaucoup trop, à mon goût, répondit Geno.

Un moment plus tard, le fauve gisait sur le sol, immobile. Une brume grise l'enveloppa et il sembla se dissoudre. À la grande surprise des trois amis, le chat noir jaillit de ce brouillard et courut se réfugier sous le matelas. Geno commença à se diriger vers lui puis changea d'avis.

— Je pense que nous devrions partir, dit-il, et nul ne songea à le contredire.

À peine avaient-ils quitté la chambre de Ceridwen, dont ils avaient pris soin de refermer la porte, qu'un rugissement leur parvint.

— Ce matou est enragé ! remarqua sèchement le nain.

17

La traversée du lac

Ils retrouvèrent Mickey un peu plus tard, après s'être égarés à plusieurs reprises et avoir failli rencontrer les gardes. Le lutin — ou du moins le faux lutin — était adossé au mur, là où ils l'avaient laissé quand ils étaient partis. Tom s'activait toujours en compagnie du faux nain.

— Il est temps de partir. Notre ami le gobelin est-il revenu ? demanda Kelsey au lutin.

— Deux fois. Tout se déroule comme prévu, répondit Mickey en tirant tranquillement sur sa pipe.

Un rugissement se fit entendre au loin.

— Nous avons un guide, reprit Kelsey en traînant le gobelin terrifié derrière lui.

Gary montra le géant au lutin.

— Il ne s'en ira pas, sauf s'il croit qu'il a fini, expliqua Gary.

— Laissons-le ici, alors. Nous n'avons pas besoin de lui, chuchota Geno.

— Nous *avons* besoin de lui, dit fermement Gary, qui n'avait aucune envie d'expliquer en détail leur plan d'évasion.

Mickey lui fit cependant confiance ; il lui adressa un clin d'œil et le faux nain déploya soudain une telle débauche d'énergie que le mur fut réparé en quelques instants. Tom fronça les sourcils devant ce spectacle inattendu, ne sachant ce qu'il devait croire.

— Vous devez partir maintenant ! s'entendit avertir le gobelin, qui n'avait pourtant pas prononcé un seul mot.

Il regarda d'un air effaré autour de lui mais l'épée de Kelsey jaillit en un éclair.

— Si je t'entends encore, je te coupe la tête, promit l'elfe.

— Bouh ! Le mur est réparé ? Le mur n'est pas réparé ! s'exclama le géant, complètement affolé.

— Maintenant ! Il vous faut quitter les lieux sur-le-champ ! cria le gobelin, avec une drôle de petite voix de lutin.

Le faux nain se fondit dans Geno.

— Le mur est réparé, assura ce dernier au géant.

— Viens, Tom, dit à son tour Gary. Je vais te montrer quelque chose d'autre qui fera plaisir à la Lady.

Cette promesse retint l'attention du colosse qui haussa les épaules en regardant le mur réparé, se gratta la tête une dernière fois puis suivit le jeune homme.

— Si tu te trompes une seule fois, je te tue ! promit Kelsey au garde terrifié, chuchotant à l'oreille du prisonnier afin que Tom ne les entende pas.

Mais le pauvre rustaud, terrorisé, n'avait nul besoin de menaces pour s'exécuter. Ce qu'il les avait vus accomplir le dissuada d'offrir la moindre résistance. Il les mena à bon pas, ne faisant de brèves haltes que pour s'assurer qu'ils suivaient tous.

Ils butèrent alors sur une patrouille, fonçant à travers les portes ouvertes sans avoir remarqué que la pièce n'était pas vide.

— Je vais jeter ces misérables dehors ! fit la voix de Mickey à travers le gosier du gobelin, avant que Kelsey n'ait eu le temps de sortir son épée.

Mickey ne voulait pas de combat ici, pas avec le lion de Ceridwen à leurs trousses.

Le rugissement tant redouté se fit entendre quelque part derrière eux et les gardes écarquillèrent les yeux.

— Le haret de la harpie n'est pas content qu'ils soient encore là, poursuivit Mickey.

— Alors, sors-les d'ici ! cria l'un des gardes pendant que les autres s'enfuyaient.

— C'est Alice. Le chat de la Lady. Quand Tom est gentil, Mme Ceridwen le laisse jouer avec le minou ! s'exclama le géant.

— Eh bien, va jouer avec Alice, maintenant, proposa Geno.

— Tais-toi ! dit Gary, songeant qu'il était inconscient de parler sur ce ton au nain si prompt à dégainer ses marteaux.

Mais cette fois-ci, Kelsey le soutint.

— Ce n'est pas le moment de se chamailler. Il sera toujours temps de discuter quand nous serons dehors, sains et saufs, observa l'elfe.

Ils coururent le long d'un couloir. Les portes étaient en vue. C'est alors que Geek surgit juste derrière eux.

— Quoi que vous faites ? Ici tout de suite ! s'égosilla le gobelin.

Tom se retourna mais Mickey fut plus rapide que lui et créa l'illusion d'un hall vide derrière eux.

— Viens, Tom, dit Gary en attrapant la main du colosse et en le tirant de toutes ses forces.

Le géant suivit Gary sans protester davantage.

Geek cria à nouveau, jusqu'à ce qu'un nouveau rugissement le fasse taire.

— Non, Alice ! Non ! Gentil chaton, l'entendirent-ils supplier alors qu'ils continuaient à fuir.

Enfin, ils furent dehors. Geno referma les portes derrière eux et planta un piquet dans le sol à leur base pour ralentir leurs poursuivants.

— Si jamais ils ont la possibilité de contacter Ceridwen... commença Kelsey. Mais il n'alla pas jusqu'au bout de sa pensée. S'apercevant que Tom l'écoutait, il attira Gary et Mickey à l'écart.

Le prisonnier, voyant là une chance de s'échapper, ne perdit pas de temps. Dès que l'elfe le lâcha, il prit ses jambes à son cou.

— Comment allons-nous quitter l'île ? demanda Kelsey sans prêter attention au fuyard.

Gary n'avait pas encore pris de décision quant à ce point précis de son plan. Ils avaient fait tellement vite pour récupérer la lance et sortir du château !

Mais quels que soient les détails, il savait que ses compagnons auraient chacun leur rôle à jouer.

— Retournez au camp et prenez nos affaires. Amenez un bateau avec vous. Longez la plage vers le nord jusqu'à ce que vous trouviez une jetée de pierre.

— Et le géant ?

— Il vient avec moi. Mickey, je vais avoir besoin de toi aussi, dit Gary en se demandant comment il allait faire pour convaincre Tom.

Gary n'eut aucun mal à persuader le géant de les accompagner au lac. Ravi à l'idée de préparer une autre surprise à sa Lady, Tom porta même Gary et Mickey sur ses épaules. Une fois de plus, Gary constatait avec plaisir la force hors du commun du géant. Il savait qu'il en aurait besoin pour mener son plan à bien.

Quand ils arrivèrent sur la rive, Gary demanda à Tom d'arracher des hautes herbes, des vertes et des marron. Le géant s'exécuta docilement, bien qu'il n'eût pas la moindre idée de ce que Gary pouvait avoir en tête. En revanche, le sourire amusé de Mickey montrait que le lutin commençait à comprendre.

Gary choisit les herbes les plus larges et les colla ensemble avec la matière collante des tiges vertes.

— Tom, tu vas mettre ces herbes dans ta bouche.

— Bouh ! Tom n'aime pas ça !

— Il ne s'agit pas de les manger. Tu dois t'en servir pour respirer.

Tom gratta sa grosse tête.

— Tu ne comprends pas ? De cette manière, tu peux traverser le lac sans avoir à sauter pour aspirer de l'air, expliqua calmement Gary, qui savait qu'il devait avoir l'air sûr de lui s'il voulait convaincre le géant.

— Mme Ceridwen va se fâcher !

— Mais non ! Si tu peux traverser le lac, tu seras en mesure de porter des choses pour la sorc... Mme Ceridwen, répondit aussitôt Gary.

Tom se dandinait d'un pied sur l'autre, visiblement mal à l'aise.

— Quand elle aura des choses à rapporter sur l'île, elle n'aura plus à faire le voyage avec ses petits bateaux. Elle te demandera de porter ces choses pour elle.

— Euh, tu es sûr ?

— Mais oui. Traverse et reviens, tu verras bien.

Tom regarda le tube d'herbe et secoua la tête. Gary n'avait plus beaucoup de temps. Avec les dégâts qu'ils avaient causés dans le château et la lance de nouveau en leur possession, il n'avait nulle envie d'être encore sur l'île quand Ceridwen reviendrait.

— Tu as déjà fait la traversée une fois. Si Mme Ceridwen l'apprend, elle sera très en colère.

— Tu ne vas pas lui dire ?

Gary haussa les épaules d'un air vague.

— Si ça marche, tu pourras lui expliquer que tu as fait l'expérience uniquement parce que tu voulais trouver un moyen de l'aider. Tu ne crois pas qu'elle sera contente ?

Tom réfléchit, puis prit les herbes collées les unes aux autres.

— Tu mets le tube entre les lèvres. Quand ta tête sera sous l'eau, reste calme et respire par la bouche.

Tom s'avança dans le lac et fit ce que Gary lui avait dit, mais il immergea entièrement le tube et refit surface quelques instants plus tard, toussant et crachant.

— Bouh ! Ça marche pas !

— Nous voilà dans de beaux draps, mon garçon, commenta Mickey.

Gary fit signe à Tom de revenir vers lui puis il lui montra comment garder une des extrémités du tuba improvisé hors de l'eau de façon qu'il puisse respirer. Le géant plongea la tête. Une fois de plus, il ressortit complètement paniqué et à moitié asphyxié.

— Hum ! C'est vraiment mal parti ! insista le lutin.

Gary comprit alors que la bouche du géant était trop grande pour le tube. Il rappela Tom puis réajusta les herbes. De ses deux mains il lui pinça ensuite le nez pour lui montrer comment respirer.

Tom recommença encore et encore, et chaque fois il restait un peu plus longtemps et ressortait moins effrayé.

— Le rivage en face est bien loin. Tu crois qu'il va garder son calme jusqu'au bout ? s'inquiéta Mickey.

— Tu préfères rester et attendre tranquillement Ceridwen ? répliqua sèchement Gary.

— Là, tu marques un point, reconnut le lutin.

Il vit alors Kelsey et Geno qui approchaient. Kelsey portait leurs affaires et Geno tenait le bateau au-dessus de sa tête.

— Mais comment fait-il ? remarqua Gary, qui ne s'habituait pas à la puissance extraordinaire du nain.

— C'est à force de manger des pierres, répondit Mickey.

Gary aurait été incapable de dire si le lutin plaisantait ou non.

Tom revint vers eux au moment où leurs amis les rejoignaient. Il les regarda d'un air suspicieux, se demandant où Gary voulait en venir.

— Nous allons faire un essai. Tu vas porter le bateau très haut au-dessus de ta tête. Fais bien attention qu'il ne touche pas l'eau, expliqua Gary qui lisait dans les pensées du géant.

— Euh, mais pourquoi ils sont là ? demanda Tom en désignant les nouveaux venus. Mme Ceridwen ne veut pas qu'on s'échappe de l'île. Vous ne devez pas avoir un bateau.

Il se tenait immobile, perplexe, essayant de se rappeler ce qu'il savait de la situation du petit groupe. S'il avait le raisonnement un peu lent, il n'était pas aussi stupide que certains auraient pu le croire.

— Tu veux que Tom vous porte de l'autre côté du lac, raisonna-t-il.

— Nous porter ? Ne sois pas ridicule ! Kelsey et Geno vont m'aider à remplir le bateau de pierres pendant que tu marcheras sous l'eau le long de la digue. À l'extrémité de la jetée, le lac n'est pas assez profond pour que le bateau soit à notre niveau. Tu comprends, il faut que je sache à quel point tu es fort et quelle quantité tu peux porter, avant de parler de ta surprise à Ceridwen.

Gary espérait que le géant ne réfléchirait pas assez pour leur faire remarquer qu'il serait plus facile de remplir le bateau avant qu'il ne parte. Tom se balançait sur ses pieds, hésitant. Il regarda vers le lac et les montagnes puis son regard méfiant revint se poser sur Geno et Kelsey. Enfin, au grand soulagement de Gary, il mit le tube dans sa bouche et souleva le bateau au-dessus de lui.

Gary battit des mains mais Geno et Kelsey n'avaient pas l'air de partager son enthousiasme.

— Tu veux qu'on saute dans ce bateau pendant que le géant passe à côté de nous ? J'ai vécu trop longtemps, et j'espère bien vivre encore aussi longtemps, pour me faire avoir par un truc aussi stupide ! dit le nain dès que Tom se fut éloigné.

— Tu oublies que le lac est comme de l'acide pour nous, ajouta sombrement Kelsey.

Gary fit signe à Mickey de leur répondre, pensant que le soutien du lutin ne serait pas inutile.

— Hélas ! Nous n'avons pas le choix : c'est le colosse ou la harpie !

Ils se tenaient tous prêts au bout de la digue lorsque Tom s'approcha, tenant toujours le bateau à bout de bras.

C'était le point le plus délicat du plan car Gary n'était pas sûr que l'eau soit assez profonde pour engloutir complètement le géant afin qu'il ne voie pas ce qu'ils s'apprêtaient à faire.

Mais tout se passa comme prévu.

Les compagnons jetèrent leurs affaires dans le bateau puis Gary sauta le premier. Il était sur le point de presser ses amis de le rejoindre mais ceux-ci n'avaient pas besoin de se faire prier. Kelsey bondit souplement. Mickey, poussé par Geno, atterrit en douceur sur les épaules de Gary. Le nain vint le dernier, manquant de les faire basculer tous dans le lac.

Ils tirèrent Gary et ils s'assirent tous, redoutant l'eau, à quelques pieds au-dessous d'eux, brûlante comme de l'acide.

Quand ils eurent le courage de se pencher par-dessus bord, ils virent le dessus de la tête de Tommy.

Quelques pas plus loin, la tête du géant disparut. La surface du lac se rapprochait dangereusement.

— Hum ! Si jamais il plie les bras, nous sommes cuits ! commenta Mickey.

Aucun d'eux n'apprécia cette remarque.

— Quel plan stupide ! Quel nain stupide je fais pour avoir accepté une idée aussi stupide ! maugréa Geno.

Cette traversée durait une éternité ! Tom avançait toujours. Enfin, ils dépassèrent la moitié du parcours. Les compagnons se détendirent un peu en voyant la fin de leur épreuve. Les bras d'acier de Tommy ne tremblaient pas et le bateau restait stable, remontant de plus en plus au-dessus du niveau de l'eau car le point le plus profond du lac était maintenant dépassé.

— Quel garçon intelligent ! Il a trouvé le moyen de déjouer le sortilège de la harpie ! J'avais peur que le colosse ne soit pris d'effroi bien avant d'atteindre le rivage. Il va bientôt pouvoir respirer sans l'aide de sa sarbacane ! s'extasia Mickey.

— Quand il sortira de l'eau, restez tranquilles. Je ne sais pas comment il va réagir quand il découvrira que nous l'avons trompé, recommanda Gary en regardant par-dessus bord.

La tête de Tom, puis la moitié de son corps émergèrent bientôt. Il s'arrêta et regarda vers l'île, visiblement surpris d'avoir parcouru tout ce chemin.

Le bateau remua soudain quand Tom le lâcha d'une main mais il ne se renversa pas car la poigne du géant était solide. Les compagnons ne comprenaient pas ce qu'il voulait faire mais ils l'entendirent retirer le tube de sa bouche.

— Ouh ! Mme Ceridwen va être contente de Tom, dit-il.

Les compagnons l'entendirent avec soulagement. Mais, à leur grande surprise, il agrippa de nouveau l'embarcation à deux mains, fit demi-tour et repartit vers l'île.

— Arrête-le ! intima Kelsey, catastrophé.

Gary regarda autour de lui, désespéré. Il n'y avait aucune échappatoire. La terre était trop loin pour qu'ils essaient d'y sauter. Gary prit une grande inspiration et se pencha par-dessus bord.

— Non, Tom, tu dois d'abord aller jusqu'au rivage et ensuite seulement tu pourras revenir, dit Gary.

Sous l'effet de la surprise, le géant laissa tomber son tuba improvisé.

— Bouh ! Que fais-tu sur mon bateau ?

— Je... nous...

Mickey tenta de jeter un charme mais avant qu'il ait eu le temps de faire quoi que ce soit, Tom avait abaissé le bateau jusqu'à sa poitrine. Il n'avait pas l'air content d'y découvrir les quatre compagnons.

— Hé !

— Tu tenais le bateau trop haut quand tu es passé près de la jetée. On n'a pas pu y jeter les pierres alors on est montés dedans. Le poids est à peu près...

— Tu as menti à Tom ! Il ne faut pas s'en aller de l'île ! gronda le géant, repartant d'un pas décidé vers le lac.

Geno, horrifié à l'idée de revenir en arrière, lui jeta un marteau à la poitrine. L'arme rebondit sans faire de mal au géant mais tomba dans l'eau où elle fut dissoute en un éclair.

Kelsey pointa son épée sur Tom et lui ordonna de rejoindre le rivage. Le géant souleva le bateau en grognant et le jeta vers le rivage. Mais il n'arriva pas jusqu'à la plage et retomba dans un grand éclaboussement à quelques pas du rivage. Le sortilège agit aussitôt et le bateau se mit à grésiller et à fumer.

Geno et Kelsey prirent leurs affaires et les jetèrent vers le rivage. Geno attrapa Mickey et le lança sur la plage. Puis ce fut au tour de Gary. Avant que le jeune homme éberlué ait eu le temps de réagir, il se retrouva sur la grève. Il s'assit, recracha le sable qu'il avait dans la bouche et regarda Mickey, qui se tenait à côté de lui. Le lutin épousseta ses vêtements, sortit sa pipe et regarda avec flegme la scène qui se déroulait sous leurs yeux.

Kelsey avait franchi sans difficulté les quelques pas qui le séparaient du bord, mais le nain ne l'avait pas suivi. Il savait que ses jambes tordues ne réussiraient pas à le propulser jusqu'à destination.

— Quel est le deuxième meilleur forgeron ? demanda Kelsey à Geno, sans perdre son sens pratique.

Geno ne pouvait sauter mais son crachat atteignit sa cible.

— Aide-le, Tom ! L'eau va le tuer ! cria Gary.

Le géant regarda le bateau avec curiosité et se gratta la tête. Geno n'avait plus beaucoup de temps avant d'être mortellement brûlé.

— Viens voir un peu, imbécile ! gronda le nain en lançant un marteau vers Tom.

De toutes les insultes que l'on pouvait adresser à un géant, celle-ci était la pire. Tom rugit, chargea et Geno se mit sur le bord le plus proche du rivage. Quand Tom jeta le bateau, Geno vola dans les airs et atterrit plus loin que ses compagnons.

Mais leurs ennuis étaient loin d'être terminés car le géant avait bondi sur la plage, les poings serrés de rage.

— Bouh ! Vous... vous avez dit à Tom que... que Mme Ceridwen serait contente, bégaya-t-il.

— Je suis désolé, Tom, mais il nous fallait à tout prix quitter l'île. Ceridwen nous aurait tous tués ! plaida Gary avec sincérité, sans un geste pour se défendre ou s'enfuir.

— Elle va être très en colère !

— Eh bien, retourne dans le lac et noie-toi ! grinça le nain.

Tom prononça des mots incompréhensibles et se rua sur le nain. Pour la première fois depuis que Gary l'avait rencontré, il eut le sentiment que le nain avait peur.

— Pourquoi, Tom ? demanda simplement le jeune homme en saisissant le poing du géant.

— Pourquoi quoi ?

— Tu es libre maintenant. Tu n'es pas obligé de retourner sur l'île. Ou si tu y retournes, tu n'as pas besoin de dire à Ceridwen comment nous l'avons quittée, expliqua doucement Gary.

— Bouh ! Elle va me gronder !

— Mais non, à moins qu'elle ne découvre ce qui s'est passé.

Gary et le géant se regardèrent longuement. Tom retourna vers le bord de l'eau et s'assit, le menton dans ses grandes mains.

Mickey intercepta Gary avant que celui-ci n'ait eu le temps de s'approcher de son ami.

— Laisse-le, mon garçon. Nous ne pouvons plus attendre, et si on nous trouve auprès du colosse, ce sera pire pour lui, le consola le lutin.

Gary n'avait pas envie de laisser ainsi le pauvre Tom mais que faire d'autre ? Ils réunirent leurs paquetages et prirent le sentier qui menait vers la montagne, abandonnant le géant sur la rive du lac.

18

Un combat de géants

— NOUS SOMMES TROP AU SUD, EXPLIQUA KELSEY LORSqu'ils abordèrent une vallée dont la vue portait au-delà des pics de Penllyn.

L'elfe désigna le nord derrière eux, et les lointaines cimes escarpées de Dvergamal.

— Mais à présent nous sommes plus proches du Pouce du Géant qu avant de nous faire capturer par les trolls, et le pays qui nous reste à parcourir ne devrait pas présenter trop de difficultés une fois que nous serons sortis de ces montagnes-ci.

— Ça ne sera pas si facile que ça dans les Crahgs, prévint Geno, mais personne ne parut l'entendre.

— Le Pouce du Géant ? demanda Gary.

— Oui. C'est là que Robert a son repaire — ce n'est pas aussi grand que les monts de Dvergamal, hein ? — enfin, suffisamment quand même pour que le griffon y soit à l'aise, expliqua le lutin.

— Robert ? Qui est Robert ? demanda Gary.

Ce n'était pas la première fois qu'il entendait le lutin prononcer ce nom mais il jugeait plus sage de ne pas faire allusion à la conversation qu'il avait surprise entre Mickey et le farfadet.

— Le griffon ! Tu n'écoutes pas quand je te parle ? lui dit Mickey.

— Un dragon nommé Robert ?

N'était la gravité de la situation, de tout ce qu'ils

venaient de traverser et de tout ce qu'il leur restait encore à affronter, Gary aurait sûrement éclaté de rire.

— Il se fait appeler Robert le Juste, dit Kelsey.

— Ah ! Mais presque tout le monde l'appelle Robert le Rustre ! Pour sûr, ce n'est qu'un sobriquet ! Son nom véridique est bien trop difficile ; encore pire que Kelsenevel... Oh, enfin, tu vois qui je veux dire ! conclut Mickey avec une grimace.

— La seule chose qui soit plus difficile à prononcer que le patronyme de l'elfe, c'est celui de Robert. Mais, au moins, les dragons ont-ils la courtoisie de se donner des titres dont les gens peuvent se souvenir ! dit Geno.

— Oui, avant d'être dévorés tout crus ! ne put s'empêcher d'ajouter Mickey.

Gary dévisagea ses compagnons les uns après les autres, étranger à leur conversation et aux allusions qu'ils se jetaient à la tête. Pour la première fois, le jeune homme songea à l'adversaire qu'il allait affronter. Quand Mickey avait évoqué cette quête et le dragon, Gary avait alors pensé que toute cette aventure n'était qu'un rêve et n'y avait pas vraiment réfléchi. Depuis, le jeune homme avait été trop occupé à se sortir de situations désespérées pour penser à ce qui l'attendait au bout du chemin. Mais maintenant que l'île de Ceridwen était derrière eux et que Kelsey leur avait promis une route tranquille jusqu'au Pouce du Géant, ce Robert le Juste — ou Robert le Rustre, peu importait — commençait à hanter ses pensées.

— Il est grand comment, ce Robert ? demanda Gary un peu plus tard.

Mickey se trouvait sur son épaule, une fois de plus, incapable de suivre le rythme de l'elfe avec ses petites jambes.

— Relis ton M. Tolkien, mon garçon — son cracheur de feu, ça c'est du vécu ! On voit bien qu'il est venu en Faerie, celui-là ! Hum, bizarre tout de même qu'après avoir vu ce spectacle il ait pu retourner dans ton monde pour écrire ce grimoire !

Gary était sur le point de demander au lutin s'il plaisantait mais il comprit que celui-ci était tout ce qu'il y a de plus sérieux. Étant donné sa propre situation, tout aussi rocambolesque, pourquoi douter que Tolkien ait pu venir à Faerie ? Peut-être était-ce le cas de tous ces écrivains de *fantasy* qu'il aimait tant ? Et qu'en était-il de tous ces contes de fées communs à différents pays, plus particulièrement à l'Irlande et à l'Écosse ? Se pouvait-il que ces légendes, ces histoires d'elfes et de farfadets, de dragons et de nains fussent basées sur des expériences vécues ?

— Eh bien ! À quoi songes-tu, fiston ? lui demanda le lutin, le voyant perdu dans ses pensées.

— Je ne sais pas, répondit Gary avec honnêteté car il ne savait plus où il en était.

— Hum, si tu penses à Robert, ne te bile donc pas ! Tu ne peux te représenter la bête, mon garçon, rien de ce que tu pourras imaginer ne se rapprochera de la vérité, rien ! répondit Mickey.

Gary remarqua que la mine du lutin s'était assombrie.

— Lis ton M. Tolkien, mon grand. Lis-le et crains le pire ! La harpie n'est qu'une gente demoiselle, à côté de ce que nous allons affronter ! poursuivit Mickey.

Gary sortit son livre pour se remémorer la première rencontre de Bilbo avec l'horrible Smaug, puis il remit l'ouvrage dans sa poche. Il était inutile de se faire peur.

Robert s'en chargerait tout seul.

— Je t'ai dit qu'y sont revenus de l'île à la sorcière ! Y faut prévenir Earl ! dit le troll en voyant les compagnons traverser les pistes de Penllyn.

— Enfin de la viande fraîche ! Pas mauvais, leurs lapins, mais ça vaut pas une bonne tarte au nain ! approuva son compère.

— Et des côtelettes d'homme, et de l'elfe en brochettes ! Je vais dévorer le petit malin avant que l'Earl, y mette ses grosses pattes dessus ! reprit le premier.

L'autre lui envoya un coup de poing dans l'œil.

— *Je* vais le manger, je l'ai vu en premier !

— Nan, c'est moi que je l'ai vu en premier ! Mais je le partagerai avec toi, on fera moitié-moitié, bien au milieu, hein ? répondit le premier troll, plus soucieux d'une bonne bombance que d'une bonne bagarre.

L'autre troll se pourlécha les lèvres et frotta ses mains l'une contre l'autre.

— Allons chercher Earl. J'ai vraiment faim ! proposa-t-il.

Les compagnons continuèrent de marcher longtemps après le coucher du soleil. Aucun d'eux ne se plaignit de mettre la plus grande distance possible entre eux et l'île de Ceridwen. Ils avaient tous hâte de sortir de ces montagnes sombres.

Tard dans la nuit, ils firent halte sur une haute pierre plate.

La pleine lune inondait le paysage d'une lumière argentée. La plaine et les nombreuses petites collines que formaient les Crahgs s'étendaient devant eux. Ils décidèrent d'un commun accord de ne pas allumer de feu. Il faisait froid pour la saison et un vent glacial soufflait de Dvergamal. C'étaient les ultimes assauts de la tempête de Cailleac Bheur.

Gary se levait souvent, frottant ses bras et faisant les cent pas pour se réchauffer. Il savait qu'il dormirait peu, mais cela lui était égal. Ils arrivaient à la dernière étape de leur voyage, pour le meilleur ou pour le pire. Un peu de fatigue ne l'arrêterait plus maintenant.

Il se sentait mieux depuis qu'il avait récupéré la lance. Il avait l'impression qu'elle communiquait constamment avec lui, telle une véritable personne, même si c'était à un niveau où il ne pouvait pas répondre consciemment. C'était plutôt une intuition, une sorte de lien qui s'était inexplicablement tissé entre eux. Quoi qu'il arrive, Gary la portait désormais avec une confiance grandissante, certain que s'il fallait à nouveau se battre, il saurait faire face.

Il constata plus tôt qu'il ne l'aurait voulu que ses instincts ne l'avaient pas trompé.

Kelsey aperçut les silhouettes sombres peu après minuit, encerclant le campement, se faufilant entre les rochers. Geno et lui supposèrent que les grandes formes étaient des trolls et le fait qu'ils fussent quatre confirma leur impression : ils les avaient déjà rencontrés avant.

— Quatre contre quatre. Les chances sont égales, chuchota Gary, s'accroupissant derrière Kelsey et Mickey et réajustant son heaume.

— Hum ! Quiconque s'est déjà frotté aux trolls te dira que des nombres égaux ne font pas toujours des chances égales ! lui répondit promptement Mickey.

— On les a presque battus la dernière fois. Et ils étaient sept ! gronda le nain.

Pour souligner son propos, il lança un marteau dans les ténèbres. On entendit un bruit sourd suivi d'un gémissement de douleur.

— Vous voyez ? demanda-t-il, soudain ravi.

Pourtant les choses ne suivirent pas le cours qu'il espérait.

Kelsey banda son arc, Geno se tint prêt à lancer un autre marteau, mais avant qu'ils puissent donner l'assaut, une pluie de grosses pierres s'abattit sur eux. Gary en reçut une en pleine poitrine, qui lui coupa le souffle. Kelsey, plongeant pour en éviter une autre, rencontra la trajectoire d'une troisième, qui l'atteignit à la jambe et le fit tomber.

Mickey ouvrit l'un de ses parapluies. À genoux non loin du lutin, Gary se demanda à quoi cela pourrait bien servir. Mais, à son grand étonnement, la pierre qui se dirigeait tout droit sur le lutin rebondit comme un ballon !

— Tu en as un pour moi ? demanda faiblement Gary, qui peinait pour se remettre debout.

Geno lança un marteau qui atteignit son but, mais

une seconde volée de pierres lui répondit. Le nain était cette fois-ci la cible principale. Deux projectiles l'atteignirent, sans le blesser toutefois. Un autre passa à côté de lui et toucha Kelsey.

Alors les trolls attaquèrent.

Mickey créa un halo de lumière autour de la mêlée.

— Occupe-toi de Kelsey ! lui cria Gary.

Le lutin hésitait à quitter le jeune homme sans expérience, mais Kelsey, qui gisait immobile sur le sol, était en grand danger. Mickey bondit vers l'elfe et créa une illusion de façon que Kelsey semble faire partie du rocher. Puis il se rendit prudemment invisible, espérant que leurs assaillants n'avaient pas remarqué son manège.

Les deux premiers monstres firent les frais de la stratégie habituelle de Geno, qui fonça entre leurs jambes et leur martela les pieds avec rage, leur rendant impossible le moindre mouvement.

Le troisième, que Gary identifia comme le fameux Earl, se dirigea vers l'endroit où Kelsey s'était trouvé, renifla l'air et piétina le sol avec suspicion. Kelsey émergea de la paroi rocheuse, l'épée brandie, et Earl récolta une bonne entaille au bras.

Gary affronta le quatrième. Il tenait sa lance et son bouclier devant lui. L'autre chargea en balançant son énorme gourdin en direction de la tête du jeune homme.

Celui-ci se baissa pour éviter le coup et contra. Le troll, blessé au ventre, le dévisagea, l'air soudain inquiet, et se tendit. Gary savait qu'un autre assaut allait suivre. Quand le gourdin arriva sur lui, il se laissa tomber sur les genoux et cala son bouclier contre son épaule de façon à faire dévier le mouvement vers le haut. En même temps, il appuya le bout de la lance contre le sol, en orientant la pointe vers la main du monstre. Sa ruse réussit.

Le troll hurla de douleur et son gourdin vola dans les airs !

Gary était le premier sidéré par son geste, mais le

moment n'était pas venu de se congratuler. Il se releva, fonça la tête la première et blessa le monstre à plusieurs reprises avant qu'il n'ait eu le temps de se reprendre, le forçant ainsi à reculer.

La créature resta debout, l'air ahuri, étreignant sa main blessée. Du sang maculait sa tunique crasseuse.

Les deux infortunés qui affrontaient Geno commençaient à être étourdis par le manège incessant du nain qui les harcelait toujours.

Leurs contre-attaques étaient systématiquement en retard sur les offensives de Geno. Ils s'écrasaient contre les rochers pendant que Geno glissait entre leurs jambes et les frappait de plus belle, et en venaient à se taper l'un sur l'autre.

— Eh, regarde un peu ce que tu fais ! gémit l'un d'eux à l'adresse de son acolyte.

Geno fonça pendant qu'il parlait. L'autre, croyant déjouer sa tactique, serra promptement les jambes. Trop tard ! Le marteau s'écrasa contre son genou gauche. Sous la douleur, le monstre écarta les pattes.

Le nain fonça, frappant au passage le genou droit.

Mais il glissa sur la pierre plate et tomba.

Les deux trolls se penchèrent sur lui, le gourdin levé, et un large sourire découvrit leurs dents jaunes.

Kelsey se battit vaillamment pendant un moment, maniant si rapidement son épée qu'Earl n'avait pas le temps de contrer ses coups. Mais l'elfe était blessé et sa tête saignait. Il était incapable de tenir debout plus longtemps.

Prenant conscience de son avantage, Earl jeta sa massue au sol et tendit les deux mains. Kelsey se fendit, touchant une main, puis l'autre et enfin le bras. Mais Earl, insensible à ces égratignures, enroula sa grande main autour de la taille de l'elfe.

Une flèche siffla alors, sortant d'on ne sait où, volant dans l'air avant de se ficher dans le gros nez d'Earl. Kelsey fut libéré quand le troll essaya de la retirer.

— J'ai gagné les championnats trois années de suite ! s'exclama Mickey qui redevint visible et décocha un nouveau trait en direction d'Earl.

Kelsey sourit, ragaillardi par cette intervention, et en profita pour enfoncer à plusieurs reprises son épée dans le genou d'Earl.

— Tu m'as blessé la main ! pleurnicha le monstre.

— Oh, ce n'est pas fini ! promit Gary.

Il éleva son arme comme s'il allait la jeter mais sauta en avant, écrasant son bouclier sur le pied du troll. Il savait qu'il était dans une position vulnérable, planté ainsi sous le géant, mais il comptait sur sa rapidité, son meilleur atout. L'autre hurla et se baissa pour l'attraper quand la lance jaillit, lui brisant les dents.

Le troll recula, tituba, et, pendant un instant, Gary crut la partie gagnée. Il fut très surpris de voir la créature écarquiller les yeux et s'enfuir en courant.

Si Gary n'avait pas été si content de lui, il se serait sans doute rendu compte que le troll avait regardé *derrière* lui.

Geno espérait que l'un des deux le ramasserait et essaierait de le mettre dans un sac. Au moins, de cette façon, il aurait le plaisir de donner encore quelques coups avant d'être hors jeu.

Mais il déchanta bientôt. Ils n'avaient nullement l'intention de le capturer cette fois-ci. Il n'échapperait pas à leur vengeance...

C'est alors que l'un d'eux se releva et détala comme un lapin. L'autre regarda devant lui, ses yeux se relevant de plus en plus haut, jusqu'à ce qu'il rencontre le regard de Tom Pouce.

Sur la liste des rencontres à éviter, les géants arrivent en seconde position, juste après les dragons. La terreur du troll était manifeste, mais il jeta bravement son gourdin vers le nouveau venu.

Tom marqua un temps d'arrêt quand le projectile rebondit sur sa poitrine mais il ne tomba pas. Il donna au monstre une gifle retentissante qui l'envoya valdinguer les quatre fers en l'air.

Gary avait vu un grand nombre de choses extraordinaires depuis qu'il était arrivé à Faerie mais aucune n'aurait pu surpasser le spectacle d'un troll aussi haut que deux hommes volant dans les airs comme un petit oiseau. Hélas ! La pauvre créature n'avait rien d'un volatile, surtout pas les ailes. Gary entendit un bruit épouvantable quand elle atterrit. Bientôt résonnèrent des pas qui s'éloignaient dans la nuit.

— Il a pris mes flèches ! hurla alors Mickey.

Au même instant, Gary fut dépassé par Earl qui s'enfuyait en courant. Par instinct, le jeune homme roula sur le sol, mit son pied devant la cheville du monstre et lui projeta sa lance dans le mollet. Earl s'écrasa face contre la pierre.

Puis, toujours sans réfléchir, Gary sauta sur son dos et lui plongea son arme dans la nuque, remontant sous les vertèbres.

Earl s'affaissa, frémit à plusieurs reprises et expira.

Gary resta un moment immobile, n'arrivant pas à croire qu'il avait réussi à maîtriser une telle créature. Quand il regarda enfin par-dessus son épaule, il vit que Kelsey et Mickey partageaient sa stupeur.

— Où as-tu appris à te battre comme ça ? demanda le lutin.

Gary était bien incapable de répondre, mais une voix résonna dans son esprit.

— *Bien joué, jeune pousse !*

— C'est toi qui m'as appris, répliqua-t-il à voix haute en regardant le fourreau accroché à sa ceinture.

— Je n'ai jamais fait ça, répondit Mickey.

— Pas toi, expliqua Gary.

— Tu veux dire que la lance t'a guidé pendant le combat ? s'étonna Mickey.

Gary réfléchit un moment puis soupira, ne sachant que répondre. Au cours des précédents combats, les interventions de la lance avaient été évidentes. Mais si elle l'avait guidé pendant l'affrontement avec le troll, il ne l'avait pas remarqué. Pourtant, Gary savait qu'il n'aurait jamais pu se battre aussi bien en se fiant à son seul instinct. À quel point la lance et lui étaient-ils proches ?

— N'importe, tu t'es bien battu, poursuivit Mickey.

Kelsey, qui grimaçait de douleur, hocha lentement la tête en signe d'approbation.

— Et Tom nous a tous sauvés, poursuivit Gary en s'adressant directement à Geno.

Le nain, sans un mot, marcha vers Gary et cracha sur ses tennis.

— Je le prends comme un remerciement, dit Gary en souriant.

Il s'écarta cependant prudemment du nain et se tourna vers le géant.

— Nous te remercions, Tom. Mais pourquoi nous as-tu suivis ? demanda-t-il en prenant l'énorme main du géant.

— Il avait probablement l'intention de nous ramener à la sorcière, maugréa Geno.

— Tom n'a nulle part où aller, répondit simplement le géant.

Gary eut soudain une idée, mais Mickey, voyant le visage du jeune homme s'illuminer, lui coupa vivement la parole.

— Pas question qu'il vienne avec nous au repaire de Robert !

— Il sait se défendre et nous pourrions avoir besoin de lui, affirma Gary avec conviction.

— Pas contre la Bête, mon garçon ! Il se fera occire aussi promptement que nous autres, l'interrompit Mickey.

— Mais qu'est-ce que tu racontes ? On va devoir affronter un dragon et tu refuses un allié ? Si c'est sans espoir, ce n'est pas la peine d'y aller. Comment pouvons-nous espérer gagner ?

— Tu ne te battras pas contre Robert, c'est moi qui m'en chargerai, intervint Kelsey.

— Tu tiens à peine debout, répliqua Gary, d'un ton plus sec qu'il ne l'avait voulu.

— Je dois le vaincre en combat singulier. Si nous amenons le géant, si nous venons avec une armée et tuons la Bête, cela ne nous sera d'aucune utilité. Nous devons obtenir sa coopération, et cela ne pourra se faire qu'au cours d'un duel dans les règles.

— Mais pourquoi Tom ne peut-il pas venir ?

— Parce que les dragons ont peur des géants. Si Robert s'effraie, il nous massacrera avant même que je ne lui aie lancé mon défi, répondit Kelsey qui se tourna ensuite vers Tom. Nous te remercions, gentil Tom ! Tu peux nous accompagner à travers les plaines et les Crahgs jusqu'au Pouce du Géant, si tu veux. Mais tu ne pourras pas nous suivre jusqu'au repaire du dragon.

Tom se contenta de regarder Gary et poussa un gros soupir.

Quand ils quittèrent le campement le lendemain matin et qu'ils prirent la route, ils étaient cinq au lieu de quatre.

19

Les Crahgs

LES COMPAGNONS TRAVERSÈRENT SANS ENCOMBRE LES champs vallonnés qui se trouvaient entre Dvergamal et Penllyn. Ils s'abritaient la nuit dans d'anciens bâtiments agricoles abandonnés depuis longtemps. En des temps meilleurs, quand Ynis Gwydrin n'était pas encore aux mains de la sorcière Ceridwen, ces fermes avaient été parmi les plus belles de Faerie, ainsi que l'expliqua sombrement le lutin à Gary.

Le jeune homme perçut une immense nostalgie dans le regard gris de Mickey. Gary se surprit à penser qu'il aimerait voir Faerie dans toute sa fabuleuse splendeur et pouvoir se promener dans ce pays de merveilles et de contes de fées.

Mais ce n'était pas le cas, et si Gary avait encore le moindre doute, il lui suffisait d'évoquer les rues boueuses de Dilnamarra et les pauvres hères pendus au carrefour.

Au fur et à mesure qu'ils avançaient vers l'est, les petites collines parcourues de murets firent place à des monts d'une taille plus imposante.

— Les Crahgs, mentionna Mickey, que cette vue ne semblait pas réjouir.

Les reliefs avaient l'air de hautes bosses herbues hérissées de rochers.

Elles s'élevaient à une hauteur d'environ soixante mètres ou plus et leurs sommets étaient couronnés de mystérieux nuages gris. Des bosquets jalonnaient le paysage, nichés dans des vallons abrités. Des ruisseaux d'eau cristalline dévalaient les montagnes.

Au début, Gary ne sut que penser de cet étrange pays, à la fois imposant et accueillant, magnifique et pourtant inquiétant. Même la lumière apparaissait de façon brusque, inégale. Le sommet de deux monts disparaissait dans la brume tandis qu'à quelques pas en contrebas l'herbe humide brillait et des ruisselets scintillaient au soleil.

Cet endroit était plein de vie et malgré tout mélancolique. Gary vit là le paradoxe de l'existence : la vie elle-même dans toute son exubérance, et la mort dans toute sa sérénité.

Les compagnons parlèrent peu pendant qu'ils se frayaient un chemin dans les Crahgs. Le vent emportait les sons, et ils ne se sentaient pas assez en sécurité pour risquer de se faire entendre. Ils grimpaient et descendaient en silence sous les nuages qui couraient, les averses qui ne duraient que quelques minutes et les brèves apparitions du soleil.

Le premier jour s'était bien passé et Gary avait cru que le deuxième serait plus facile, pour ses nerfs si ce n'était pour son corps. Mais les Crahgs étaient tout aussi angoissants ; Gary avait la nette impression que ses amis et lui étaient épiés et que cela n'avait rien d'amical.

— Le Loch Devenshere ! annonça Mickey l'après-midi du troisième jour.

Le groupe venait de contourner un promontoire rocheux et découvrit un lac long et étroit. L'eau s'étendait au-delà du regard, coupant à travers le paysage escarpé. En contemplant la campagne tachetée de soleil, Gary eut l'impression de voir un immense tapis tissé de vert et de gris. Un peu plus bas, les eaux sombres du Loch Devenshere frémissaient sous le vent froid.

— Peut-on traverser ? demanda Mickey à Kelsey.

L'elfe scruta le ciel puis l'eau, et ses yeux se posèrent finalement sur Tom.

— Le loch est trop profond, expliqua Kelsey en le voyant sortir son tuba improvisé.

— Nous gagnerions plusieurs jours en traversant le lac, réfléchit Mickey.

Il n'avait pas besoin d'ajouter qu'ils étaient tous épuisés et apprécieraient un peu de répit.

— Eh bien, passons la journée à fabriquer un radeau qui soit assez grand pour le géant. Ou bien laissons-le ici, nous avions déjà décidé qu'il ne viendrait pas avec nous jusqu'au bout, dit Geno.

Gary s'inquiéta en voyant les regards résignés qu'échangèrent Mickey et Kelsey, redoutant que la suggestion de Geno ne soit acceptée.

— On ne peut pas le laisser là comme ça ! plaida le jeune homme.

— On ne trouvera jamais assez de bois, mon garçon, et, de toute façon, comment bâtir une nacelle suffisamment grande pour lui ? le raisonna Mickey.

Gary pouvait difficilement contester cet argument et il n'avait pas envie de continuer cette marche épuisante. Mais il ne voulait pas non plus abandonner Tom dans ce lieu hostile.

— Je sais ce qu'on va faire. On construit un bateau pour nous et on reste près de la rive. Tom nous suivra, il ira plus vite que nous dans ces collines.

Mickey et Kelsey approuvèrent. Tom leur avait aplani de nombreux obstacles qu'ils n'auraient jamais pu surmonter seuls et qui leur auraient fait perdre du temps au cours des deux derniers jours. Et il était clair qu'il irait beaucoup plus vite sans eux.

— Tu es prêt à continuer ? Ça ne va pas être facile, dit Mickey au géant.

— Tom aime les montagnes ! répondit ce dernier.

Kelsey hocha la tête. En fait, il n'avait aucune envie d'abandonner ce compagnon appréciable. Même Geno ne semblait pas ennuyé à l'idée que Tom les suive le long de la berge.

Avec l'aide du géant, le groupe eut vite fait de construire un radeau et de le mettre à l'eau. Des rondins plus petits servirent de rames et ils réussirent même à improviser une voile avec la chemise de Tom.

Ce dernier leur donna une grande poussée pour démarrer et ils voguèrent, Kelsey s'occupant de la voile et Geno des rames. Leur chemin était facile et droit, et le géant, bien qu'il dût traverser des ravins et franchir d'énormes rochers, n'avait pas de problème pour les suivre.

Gary s'inquiéta quand Kelsey refusa de jeter l'ancre pour la nuit car il aurait voulu que Tom puisse se reposer. Mais l'elfe ne voulut rien entendre.

Ils naviguèrent toute la nuit.

Quand le soleil se leva, faible halo à travers les nuages bistre, Gary fut soulagé de voir que l'infatigable Tom avait traversé sans encombre les heures sombres de la nuit. Le géant se déplaçait avec une aisance et une grâce incroyables le long des sentiers et des rochers qui bordaient le rivage. Gary remarqua avec amusement que le géant chantonnait.

Les pensées de Gary devinrent aussi calmes et sereines que les eaux du loch. Il savoura le déjeuner qu'ils firent lors d'une brève étape et évita de penser à Robert le dragon. Le jeune homme se laissait bercer par la mélancolie et la majesté du paysage qui l'entourait. Quelle que soit la nature de cette aventure, Gary ne voulait rien perdre de ces images extraordinaires et souhaitait les imprimer à jamais dans son esprit.

Le clapotis de l'eau ramena son attention à l'instant présent. Le jeune homme cligna des yeux à plusieurs reprises quand il vit une tête de serpent émerger des eaux du loch et s'élever à trois mètres au-dessus du niveau de l'eau, bientôt suivie d'une seconde.

Gary resta bouche bée. Le biscuit qu'il tenait lui échappa des mains et glissa dans l'eau.

— Ne lui donne rien à manger, ou elle va nous suivre ! s'écria Mickey.

Le lutin plongea le bras dans l'eau et récupéra le biscuit.

— E... elle ? bafouilla Gary.

Continuant leur chemin vers le centre du loch, loin du radeau, le cou et les bosses disparurent doucement sous la surface.

Les yeux écarquillés, Gary interrogea Mickey.

— Nessie ?

Le lutin n'eut pas l'air de comprendre, et Gary se garda bien d'insister. Il se tourna vers les eaux à nouveau calmes, à l'exception des vagues imprimées par la brise, et regarda, à la fois inquiet et intrigué. Trop de questions lui venaient à l'esprit. Soudain, se sentant vulnérable sur le frêle esquif, Gary regretta sa petite vie tranquille.

Et pourtant le jeune homme ressentait toujours cet irrésistible besoin d'aventure, ce flamboiement de l'esprit qui l'électrisait et lui envoyait des picotements dans le dos, tandis qu'il observait les eaux sombres à la recherche de l'apparition.

Il ne revit pas la mystérieuse créature, mais les frissons d'excitation ne cessèrent pas avant un long moment.

Le lendemain au crépuscule, les Crahgs eurent l'air de s'écarter devant eux et Gary vit pour la première fois la montagne tant redoutée.

Cela ressemblait plus à un obélisque qu'à une montagne, comme un immense cylindre de pierre sorti de la terre sous l'effet des poussées volcaniques. À cette distance, Gary ne pouvait deviner la taille exacte du Pouce du Géant mais le spectacle n'en était pas moins imposant. Il eut soudain envie de reprocher à Kelsey et à Mickey de l'avoir amené ici.

Il n'y avait aucune chance pour qu'ils parviennent à escalader cette gigantesque colonne de pierre ! Mais il ne dit rien et la vue disparut aussi brusquement qu'elle était venue, dissimulée par le voile opaque d'une brume grise qui flottait sur la plaine lointaine.

À l'exception de Tom, aucun des compagnons

n'avait l'air enchanté quand ils arrivèrent au rivage oriental du Loch Devenshere. Avec réticence, Gary réajusta son heaume et resserra les multiples attaches de l'armure de Cédric Donigarten. Ils bivouaquèrent non loin du loch et repartirent avant le lever du soleil après un rapide petit déjeuner.

Seule l'idée de savoir qu'ils sortiraient bientôt des Crahgs permettait à Gary d'avancer. Voyant son épuisement, Tom proposa de le porter mais Gary refusa. Le géant avait eu sa part de fatigue.

Le sol devint soudainement plat, au même niveau que la vallée de Glen Druitch, pendant à peu près une demi-lieue, avant de s'élever à nouveau pour former une barrière qui menait aux plaines qui se trouvaient au-delà.

— La sorcière est bien pudique aujourd'hui, dit sombrement Mickey à Kelsey.

— Ceridwen ? demanda Gary.

— Non, pas cette sorcière-là. Ce sont les Tétons de la Sorcière. Elle porte son voile... hum ! mauvais signe pour ceux qui veulent s'aventurer dans Glen Druitch et les Crahgs, expliqua Mickey en désignant l'extrémité de la vallée.

Des cônes jumeaux étaient à moitié voilés par un brouillard épais.

— Ne peut-on les contourner ? demanda Gary qui n'aimait pas l'allure de ce nouvel obstacle.

— Trop abrupt et trop dangeureux. Il n'y a qu'un chemin qui passe par la fourche des Tétons, répondit Geno.

Kelsey suggéra une pause et ils déjeunèrent dans la vallée de Glen Druitch avant de continuer. Personne ne discuta, et une heure se passa avant qu'ils arrivent aux monts jumeaux. Les colonnes vertes disparaissaient dans les nuages, parsemées de roches qui pointaient à travers l'herbe. Kelsey passa un long moment à contempler le spectacle d'un regard curieux. Cette montagne ne différait en rien des autres aux yeux de

Gary mais il ne pouvait ignorer le sentiment de peur qui avait envahi ses compagnons.

Malgré tout, il fut surpris quand Kelsey annonça qu'ils allaient longer le pied des Crahgs au lieu de grimper à travers la fourche.

— Ce chemin va nous prendre deux heures, grommela Geno.

— Nous passerons par en bas, répéta Kelsey, mal à l'aise, scrutant le nuage qui dissimulait le sommet.

Mickey et Geno échangèrent des regards inquiets ; Geno se dirigea vers une petite chute d'eau qui traversait les rochers tandis que les autres se remettaient en route.

Gary, qui n'avait pas quitté Geno des yeux, se cogna le pied contre une pierre par inadvertance et tomba de tout son long. Kelsey se rua sur lui et le remit rudement debout.

— L'heure n'est pas aux bévues, dit l'elfe d'une voix âpre.

— Je n'avais pas l'intention...

— Peu importe. Ce qui compte ici, c'est ce que tu fais, répliqua Kelsey.

Le trouble de Gary ne fit que croître quand il entendit Geno grommeler un peu plus tard. Kelsey et lui se retournèrent et virent le nain, l'oreille pressée contre le rocher qui se trouvait derrière la cascade, une expression sombre sur le visage. Il revint un moment plus tard en secouant la tête avec résignation et sortit deux marteaux.

Un lourd silence s'installa, que même le vent ne vint pas troubler.

Soudain, il y eut une série de hurlements à donner le frisson.

— Les loups des Crahgs ! s'écrièrent Mickey et Kelsey en chœur.

Gary n'eut pas besoin de leur demander de quoi il s'agissait. La horde descendait la montagne en courant. Les bêtes ressemblaient à des hyènes, bien qu'un peu plus élancées. Leur pelage dense était gris-noir et elles avaient des museaux longs et épais. Leurs hurlements évoquaient ces pleurs d'enfant avec quelque chose d'autre, surnaturel et diabolique.

Elles dévalaient la pente à toute allure et leurs pattes avant, deux fois plus longues que leurs pattes arrière, leur permettaient de conserver l'équilibre. Bien avant qu'elles n'aient atteint les compagnons, de petits groupes se formèrent, se dispersant rapidement pour mieux cerner leurs proies.

Geno jaillit des rochers de la cascade et courut vers un autre amas de pierres de l'autre côté du crahg. Un pan du rocher dépassait un peu, permettant au nain de se glisser juste derrière.

Gary crut d'abord que Geno était allé se cacher. Mais il changea rapidement d'avis ; la lâcheté ne faisait pas partie du caractère du nain. Geno pouvait combattre sans peur n'importe quel ennemi, quelles que soient ses chances. Bien que réconforté par cette pensée, Gary ne put s'empêcher de se demander à quel point les loups des Crahgs étaient redoutables en voyant l'expression de peur qui se peignait sur les visages de ses amis.

Kelsey ne perdit pas une seconde pour jouer de son arc. Les tirs se succédaient, l'elfe concentrant son attention sur les animaux qui venaient sur sa droite. L'un fut blessé à l'épaule et un autre, touché à la tête, s'effondra sur le sol et roula au bas de la pente.

Des cris se firent entendre et d'autres bêtes sortirent de la brume.

Gary entendit un énorme bruit derrière lui et se retourna pour voir Tom soulever un arbre déraciné. Le géant lui sourit en ayant l'air de s'excuser et frotta son pied sur l'herbe, là où il avait fait un trou, comme pour aplatir le sol.

Gary remarqua alors qu'une mèche des épais cheveux noirs de Tom était dressée curieusement et il comprit alors où s'était réfugié l'opportuniste Mickey.

Kelsey continuait de cribler la meute de ses flèches

légères, touchant chaque fois sa cible. Le danger le plus immédiat viendrait de l'avant.

Le groupe principal chargea férocement, hurlant et bavant, avide de chair. Les animaux bondissaient par-dessus les obstacles et rien ne paraissait les ralentir dans leur course infernale.

La horde parvint à un énorme roc plat adossé contre la colline verdoyante, derrière lequel se trouvait une ouverture un peu plus haute qu'un homme. Les loups chargèrent sans prêter attention à la petite forme qui s'était glissée dans l'étroite faille près du sol.

Geno, le dos fermement appuyé contre la paroi, laissa passer les premiers assaillants, puis s'arc-bouta et poussa de toutes ses forces. Le rocher se dégagea si rapidement de la colline que les bêtes n'eurent pas le temps de dévier.

La première tomba dans le fossé et se brisa la nuque contre le bord coupant de la pierre. Les trois qui suivaient s'écrasèrent lourdement contre le roc et se retrouvèrent dans le trou juste à côté du nain.

Gary hocha la tête en entendant les hurlements et les glapissements qui sortaient de la cavité. Un loup grimpa hors du fossé et faillit s'échapper mais une main noueuse apparut, l'attrapa par la queue et le renvoya là d'où il venait.

Cependant, même avec les quatre loups morts ou blessés, et les autres petits groupes décimés par les salves de Kelsey, le combat était loin d'être gagné.

Les bêtes déferlaient par vagues, évitant prudemment le ravin de Geno.

Tom souleva son arbre et fonça à la rencontre des assaillants.

Kelsey blessa à mort un autre animal avant de lâcher son arc et de dégainer son épée. L'elfe regarda Gary et secoua la tête d'un air désespéré.

— Ils ne sont pas stupides et vont faire en sorte de nous séparer. Ensuite ils viendront par-derrière. Reste en mouvement et tourne aussi souvent que tu peux, lui conseilla-t-il.

Ses prévisions s'avérèrent on ne peut plus justes. Le premier loup fonça droit sur Gary puis dévia au dernier moment et sauta entre les deux amis. Il fut blessé par l'épée de l'elfe mais sa manœuvre réussit malgré tout à séparer les compagnons.

Puis les fauves se regroupèrent autour d'eux, toujours par quatre, les encerclant et cherchant une ouverture.

— *Tu dois les affronter un par...*

— Je sais comment les combattre, s'entendit répondre Gary avec une confiance étonnante.

— *Vraiment !*

Les bêtes qui se trouvaient au fond du fossé étaient en mauvaise posture. Geno ne cessait de donner des coups de marteau sur celles qui tentaient de s'enfuir. L'une d'entre elles réussit à se dégager et referma ses mâchoires sur l'avant-bras de Geno, qui se mit à saigner.

Le nain contracta ses muscles autant que possible de façon que les crocs ne puissent pénétrer plus profondément. La créature aurait aussi bien pu essayer de mordre un rocher ! Elle se démena, puis lâcha prise.

Mais Geno, qui grognait toujours, retint l'animal, le souleva par la gueule et l'écrasa contre la pierre.

Un autre attaqua, profitant de la diversion.

Le marteau de Geno l'attendait fermement.

Tom Pouce n'avait pas autant de chance. La puissance des grands coups qu'il distribuait avec l'arbre déraciné ne pouvait rivaliser avec la rapidité des assaillants. Ils le mordaient aux talons, couraient entre ses jambes et le faisaient tourner sur lui-même au point qu'il se sentit bientôt vaciller. Tel un gigantesque culbuto, Tom bascula d'un côté puis de l'autre. Un loup se jeta contre sa cuisse, essayant de lui faire perdre l'équilibre. Un autre bondit vers sa main, les crocs en avant.

Tom savait qu'il ne devait pas tomber. Les fauves

pouvaient le blesser sans causer de réels dommages à ses jambes, mais en cas de chute, des zones vitales de son corps seraient alors exposées.

Il sentit une vive douleur au mollet mais l'ignora et se concentra sur son équilibre qu'il devait garder à tout prix. Il fallait que le monde cesse de tournoyer autour de lui. Petit à petit il réussit à retrouver son orientation. L'animal ne se décidait pas à le lâcher.

Tom l'attrapa par le museau et le projeta de toutes ses forces vers la montagne, où il s'écrasa.

Mais Tom n'eut pas le temps de se féliciter. Il sentit à nouveau cet élancement derrière la jambe, puis une autre morsure à l'intérieur de la cuisse. Il se débattit comme un fou pour résister à ses assaillants mais le monde se remit à tourner autour de lui.

Gary leva son bouclier de justesse pour parer une nouvelle attaque. Il n'avait pas le temps de calculer ses manœuvres et devait maintenant se fier entièrement à son instinct qui, jusque-là, ne lui avait pas fait défaut. Il tournait, virait, feintait, pointait, parvenant à garder les quatre fauves à distance, sans toutefois les menacer sérieusement.

Il savait que le temps travaillait contre lui et qu'il se fatiguerait bien avant eux.

Un cri perçant lui fit tourner les yeux : le loup était à l'agonie, la tête presque tranchée. Kelsey n'en affrontait plus que quatre, dont l'un très affaibli, ayant été blessé au cours de la première attaque entre l'elfe et Gary.

Mais Gary repoussa l'espoir que Kelsey puisse bientôt lui venir en aide. Même si l'elfe se sortait de ce combat, Gary doutait qu'il puisse le rejoindre assez vite avant qu'il ne soit lui-même dévoré.

De plus, le jeune homme en avait assez d'être la cinquième roue du carrosse. Cette fois-ci, il ne pouvait compter que sur lui-même pour sauver sa peau. Une des bêtes se jeta sur lui mais Gary s'agenouilla et orienta son bouclier de façon à la bloquer. Puis il leva l'écu et le projeta en avant en même temps que sa lance, que la créature reçut en pleine poitrine. Un nouvel animal, prenant la relève, sauta sur son dos et le mordit au cou, avant que Gary n'ait pu récupérer ses armes. Seule sa cotte de mailles lui sauva la vie.

Geno frappa dans le tas et assena son marteau en plein sur la gorge du loup. Le nain sourit en entendant les maxillaires craquer et se briser.

— Au revoir, mon ami, dit le nain en riant.

Il inspecta son bras, constata avec satisfaction que la blessure n'était pas trop grave et abattit une seconde massue sur un nouvel assaillant.

Gary se jeta de tout son poids sur la créature, qui râla pendant la seconde où elle fut encore en vie. Puis le jeune homme sauta par-dessus, réussissant à se rétablir.

Les deux autres loups se ruèrent vers Gary, qui brandit son bouclier en avant pour en stopper un, puis essaya de se retourner pour arrêter l'autre. Mais le lourd écu se prit dans le sol, laissant Gary exposé.

Il plongea en avant, évitant de justesse une mâchoire vorace.

— Mais comment Cédric pouvait-il se battre avec cette espèce d'enclume ?

— *Il ne le pouvait pas. Le roi Cédric se servait seulement de sa lance. L'écu était réservé aux cérémonies ou bien utilisé avec l'épée.*

Gary secoua la tête en soupirant et se débarrassa de l'encombrant objet.

— Merci de m'avoir prévenu ! dit-il, sarcastique.

— *Je suis là pour te servir*, répondit la voix sans se vexer.

Les loups des Crahgs n'étaient pas particulièrement grands et leurs mâchoires n'étaient pas aussi puissantes que celles de véritables loups. Leur force résidait dans leur nombre, leur rapidité, et aussi dans les étranges proportions de leurs pattes.

Pourtant, dans leur combat contre Kelsey, ils ne parvenaient pas à prendre le dessus.

Dès que l'un d'eux s'approchait des talons de l'elfe, il était accueilli par un revers de lame. Contrairement à Tom, Kelsey pouvait tourner indéfiniment sur lui-même sans être étourdi. Il conservait en toute circonstance un équilibre parfait, solidement planté sur ses jambes, l'épée toujours prête à frapper.

Mais si l'elfe ne redoutait pas la fatigue, il savait en revanche que ses compagnons ne tiendraient pas longtemps. Gary ou Geno tués, et c'en était fini de sa quête !

Un loup contourna Kelsey par la droite. L'elfe se tourna vers lui, fit un pas en avant, pointa et se recula aussitôt quand la créature sauta hors de portée, blessée.

Un autre dépassa le premier, prenant position en face de Kelsey, qui virevolta, chargea et se fendit. L'animal bondit en arrière, mortellement atteint, et s'affala sur son compagnon blessé.

Ce dernier ne réussit pas à se dégager de son camarade. Il se débattit mais ne parvint pas à s'échapper.

Sachant que deux nouvelles bêtes se rapprochaient par l'arrière, Kelsey dépassa celle qu'il venait de tuer, plongeant au passage son épée dans l'autre. Il se retourna juste derrière les cadavres et brandit sa lame en direction de l'assaillant le plus proche. Le loup essaya de dévier sa trajectoire, mais en vain.

Il tomba, raide mort.

À un contre un, le dernier fauve renonça au combat. Il gronda, fit demi-tour et s'enfuit.

Tom cessa de tourner mais le monde continuait sa ronde folle autour de lui. La douleur qu'il ressentait au mollet ne cédait pas. Le géant se pencha, voulant attraper son attaquant et le lancer au loin.

Mais le vertige l'emporta. Le sol se déroba sous les

pieds du géant qui, l'instant d'après, se retrouva allongé sur le dos, regardant les nuages.

Une forme sombre fonça sur lui. Instinctivement, il la repoussa des deux mains et l'assomma. Un deuxième fauve lui sauta à la gorge.

Sa mâchoire aurait sûrement trouvé une prise mortelle si un marteau n'avait intercepté son vol, l'envoyant dans les airs. Le géant poussa un cri étouffé quand l'animal lui retomba sur le visage.

Instinctivement, il l'empoigna et le serra de toutes ses forces. Le loup lui mordit le doigt, le géant l'écrasa de plus belle. Dans un tel corps à corps, pas de demi-mesure !

Ce fut Tom qui l'emporta.

Débarrassé de son bouclier, Gary se transforma en un véritable tourbillon, maniant sa lance avec une mortelle efficacité.

Oubliée la fatigue ! Il ne se demandait plus si ses mouvements étaient guidés ou non par la lance de Cédric. En fait, à ce moment critique, Gary ne pensait pas ; il agissait par pur instinct, laissant son cœur le mener, plus rapidement et plus sûrement que son esprit ne l'eût fait.

Il faillit trébucher mais se rattrapa à temps. Le heaume dissimula son sourire ironique lorsqu'il continua volontairement à se pencher en avant, sans montrer à ses attaquants qu'il avait retrouvé l'équilibre et que ses jambes étaient fermement plantées sur le sol. Il laissa même sa lance à l'écart, de façon à paraître sans défense. Un loup se rua vers lui comme il l'espérait.

Gary attendit le dernier moment puis sauta en l'air, ramenant ses jambes sous lui. Surpris, l'animal s'arrêta net dans sa course et Gary se jeta sur son dos, lui brisant la colonne vertébrale.

Ce fut le moment que choisit un nouvel assaillant pour bondir sur Gary. Le jeune homme, en un éclair, dirigea sa lance vers lui. Comme Alice le chat dans la chambre de Ceridwen, la bête, emportée par sa vitesse, s'empala sur l'arme.

Gary eut la présence d'esprit d'enfoncer le javelot plus profondément dans le corps du fauve qui se débattait et dont les mâchoires tentaient de le mordre. L'animal s'agita encore un instant puis devint complètement immobile.

Kelsey, qui avait récupéré son arc, lança une flèche qui tua net l'ultime assaillant.

Épuisé par cette dépense d'énergie, Gary se traîna tant bien que mal vers Tom qui gisait non loin de là, un loup serré contre sa poitrine, tandis que Geno martelait sans répit celui qui se cramponnait toujours au mollet du géant.

— Il est mort, observa Gary en passant près du nain, qui s'arrêta assez longtemps pour vérifier les dires de Gary.

— Et têtu, précisa Geno, remarquant que l'animal n'avait pas lâché prise.

Le nain remit l'un de ses marteaux dans la poche de sa ceinture et en sortit un burin.

— Tu vas bien ? demanda Gary à Tom.

Le géant hocha la tête.

Les outils de Geno s'entrechoquèrent bruyamment.

Tom hurla et se débattit instinctivement, envoyant Geno voler dans les airs.

Gary leva les yeux vers Geno et plongea prudemment sur le côté afin de l'éviter quand il s'écraserait au sol.

Geno sauta sur ses pieds et regarda autour de lui, encore étourdi par le choc. Gary ne bougea pas, se demandant si le nain allait se lancer dans l'une de ses tirades explosives.

— Hé, le géant ! N'oublie pas ce tour-là. Ça pourrait nous être utile lors d'un prochain combat ! dit Geno, tout excité, après avoir recraché de l'herbe et de la terre.

Il regarda en l'air, ébahi par le bond qu'il avait fait.

Gary vit qu'il y avait quelque chose de bizarre dans

la posture de Tom. La tête du géant ne reposait pas à plat sur le sol, alors que l'herbe qui se trouvait en dessous était complètement aplatie.

Gary se souvint alors qu'il manquait quelqu'un.

Mickey apparut un instant plus tard, l'air pitoyable, se dégageant avec difficulté de sous le géant.

— On n'imagine pas à quel point la tête d'un géant est pesante, remarqua sèchement le lutin.

— Courez ! cria soudain Kelsey.

Son avertissement se noya dans les hurlements d'autres loups des Crahgs.

Gary ne savait pas ce qu'il devait penser. Les loups étaient de redoutables ennemis, mais pas plus que d'autres créatures qu'ils avaient affrontées et vaincues. Pourquoi alors ses amis avaient-ils l'air à nouveau si effrayés ?

— EEE YA YIP YIP YIP !

Le cri déchira l'air comme un chœur d'une centaine de sirènes et de canons, ululant et tonnant, à la fois. Gary crut qu'il allait s'écrouler sous l'impact du son.

— Mais qu'est-ce que c'est que ça ? demanda-t-il à Mickey.

— Sauve-toi bien vite, mon garçon ! Mieux vaut que tu ne le saches jamais !

20

La citadelle de pierre

— EEE YA YIP YIP YIP !

Le son rebondissait sur chaque pierre et entourait les compagnons de toutes parts.

— Qu'est-ce que c'est ? répéta Gary, tirant désespérément sur sa lance sans arriver à la dégager du corps du loup.

Geno se rua à son secours, arracha l'arme des entrailles du cadavre et la lança, couverte de sang, au jeune homme. Gary la rattrapa et voulut l'essuyer dans l'herbe humide, mais Tom le prit sous son bras et vola à la suite de Kelsey.

— Qu'est-ce que c'est ? demanda Gary une fois de plus à Mickey qui était perché un peu plus haut sur l'épaule du géant.

Le lutin, dont le visage était gris et l'expression plus grave que jamais, l'ignora et chuchota quelque chose à l'oreille de Tom. Sans ralentir, le géant saisit Geno sous son autre bras. Même en portant ses trois amis, il n'avait aucun mal à suivre le rythme effréné de Kelsey qui fonçait comme une flèche.

N'ayant pas le temps d'emprunter le trajet qu'il avait initialement choisi, au pied des Crahgs, Kelsey se faufila entre les Tétons de la Sorcière. Le chemin était rude et le sol accidenté, mais chaque fois que l'elfe se trouvait au bord d'un ravin ou d'un passage qui aurait pu le ralentir, Tom le soulevait et le jetait de l'autre côté.

— Les loups des Crahgs ! s'écria Geno en regardant derrière lui.

— Courez ! Ils ne savent pas grimper ! répondit Kelsey.

L'elfe avait vu juste. Les loups étaient toujours à leur poursuite mais ils se trouvaient beaucoup plus bas. Leurs longues pattes avant les ralentissaient considérablement. Certains d'entre eux avaient même commencé à trottiner en arrière pour redescendre la pente, et c'était l'un des spectacles les plus curieux que Gary ait jamais vu.

En dépit de leur avance, les compagnons n'étaient pas à l'abri du danger. Le jeune homme devinait qu'ils ne fuyaient pas seulement les loups, mais quelque chose de bien plus puissant.

Quelque chose de terrible.

Courant et sautant aussi vite qu'ils le pouvaient, ils arrivèrent au bord d'un précipice d'une quinzaine de mètres au fond duquel croupissait une eau noire et boueuse. Le chemin était dangereusement escarpé et promettait d'être long

— EEE YA YIP YIP YIP !

Le sinistre écho continuait de résonner autour d'eux, telle une présence malfaisante.

Kelsey courait devant. Tenant toujours Gary et Geno, ainsi que Mickey qui s'agrippait à lui, Tom suivait, sans regarder où l'elfe les menait. Une mare de boue se cachait au détour du chemin. Tout le monde s'y précipita à pieds joints. Gary, toujours fermement tenu par Tom, vit Mickey descendre en douceur grâce à son parapluie. Le lutin orienta son parachute improvisé de façon à prendre le vent pour se poser sur la berge.

Gary, quant à lui, n'avait pas à se plaindre car il n'était pas vraiment mouillé, pas plus d'ailleurs que Geno, toujours maintenu hors de l'eau par Tom. En revanche, le géant était immergé jusqu'aux épaules, et

Kelsey, qui s'était pourtant vite dégagé de la mare, était noir de boue de la tête aux pieds.

— Continuons. Nous sommes encore trop près des Crahgs et nous ne pouvons pas nous permettre de perdre du temps, leur dit-il.

Gary et Geno attendirent un moment puis le nain regarda le géant avec curiosité.

— Tu y vas ?

Leur gigantesque ami avait l'air perplexe.

— Tom ne peut pas bouger, avoua-t-il après s'être vainement démené dans la boue.

Sans réfléchir une seconde, Gary se laissa glisser du bras de Tom dans la mare. L'eau lui arrivait à l'épaule, ce qui aurait dû correspondre aux genoux du géant. Et pourtant Gary était en train de le regarder dans les yeux.

— Oh la la ! marmonna Mickey qui, s'étant approché du bord, comprit immédiatement le problème.

— Il est embourbé dans la vase, annonça sombrement Gary.

— Oh la la ! grommela à nouveau Mickey.

Kelsey jeta un regard inquiet vers la passe puis se retourna et scruta la plaine qui s'étendait à l'est.

— Il n'y a pas de souci à se faire. Je vais le sortir de là, proclama Geno qui venait d'inspecter soigneusement la paroi rocheuse qui bordait un côté de la mare.

Tom sourit à ces paroles pleines d'assurance et il déposa Gary sur le sol avec délicatesse.

— Tu ne réussiras jamais à le hisser hors de ce bourbier, même si tu avais une dizaine de cordes pour l'attacher ! rétorqua Mickey.

Geno était tout à fait d'accord avec le lutin mais il n'avait nullement l'intention de tirer Tom de la mare — du moins pas encore. Il attrapa son plus grand marteau et commença à cogner frénétiquement sur le rocher, dans un épouvantable fracas. Kelsey sursautait à chaque coup et regardait nerveusement en direction des plus hautes passes.

— Hum ! La bête ne sortira pas des Crahgs. Les

Tétons de la Sorcière marquent la fin de son territoire, dit Mickey pour tranquilliser l'elfe.

— Quelle bête ? reprit Gary.

— N'as-tu rien entendu ? répondit Mickey.

— Entendu quoi ? insista Gary.

— Les Haggis, chuchota Kelsey.

— Les Haggis, fous et hirsutes, ajouta Mickey.

— Haggis ? Haggis ? répéta Gary, incrédule.

Ce nom lui était familier. Chez lui, dans son armoire, il avait même un sweat-shirt orné de trois petites caricatures d'Écossais qui se proclamaient « Les Chasseurs Haggis ».

— Vous voulez parler de ces petites créatures chevelues qui hantent les landes écossaises ? demanda Gary.

— Pas si petites que ça, remarqua Kelsey.

— Mais plus chevelues que tu ne le penses... Et elles sont vraiment méchantes, mon garçon ! Rien de plus teigneux qu'un Haggi chevelu, ajouta Mickey.

Gary avait toujours l'air aussi incrédule. Il se pinça le bras à plusieurs reprises et murmura : « Réveille-toi ! »

Le grognement victorieux de Geno les fit se retourner. Le nain avait ouvert une brèche dans le mur et l'eau boueuse s'y écoulait rapidement, laissant derrière elle un bourbier où Tom était englouti jusqu'aux hanches.

Kelsey sortit une corde pendant que Geno plaçait des pierres autour du géant, lui donnant ainsi quelque chose de solide en guise de levier. Les rochers formaient également une base ferme pour le nain qui pouvait creuser dans la boue afin d'extirper son compagnon géant.

Gary n'en croyait pas ses yeux ! Le nain taciturne se démenait tel un fou pour libérer le géant, qu'il considérait comme un ennemi peu de temps auparavant. Gary savait que ce n'était pas le simple sens de ses intérêts qui poussait le nain à agir ainsi, bien qu'aucun des compagnons n'eût nié la valeur de Tom. Non, la détermination de Geno était d'une autre nature. Quelque chose d'extraordinaire venait de se produire, d'abord dans les dangereux Crahgs, puis là, maintenant, dans cette mare boueuse.

Une amitié indestructible était née.

Il leur fallut plus d'une heure pour dégager Tom de la boue. Les sons effrayants ne se firent plus entendre et il n'y avait aucun poursuivant en vue. Ni loups, ni Haggis.

Soulagés de quitter enfin les Crahgs, les compagnons se mirent en route à travers la plaine. Le repaire de Robert, le Pouce du Géant, était en vue.

De toute sa vie, Gary n'avait vu pareille désolation. La terre était entièrement nue. Dépassant un bouquet d'arbres squelettiques, vestige d'une forêt grouillante de vie, ils arrivèrent dans une zone plate, une sorte de lit argileux ponctué de flaques d'eau et de petites touffes d'herbe racornie.

De nombreux ossements blanchis jonchaient le sol.

C'étaient des arêtes de poissons ! Il fallut un certain temps à Gary pour comprendre que cet endroit avait autrefois été un immense lac, peut-être aussi large que le Loch Devenshere, quoique moins long. Mickey lui confirma qu'il avait vu juste quand il lui posa la question.

— Oui, fiston ! On l'appelait le Loch Tullamore — il était vaste et poissonneux, mais Robert ne l'aimait pas, dit le lutin, à la fois triste et en colère.

— Qu'a-t-il fait ? demanda Gary, intrigué.

— Il l'a asséché, mon garçon ! Il a répandu son haleine brûlante sur l'onde jusqu'à ce qu'elle ait disparu ; jour après jour, Robert le Rustre est venu, soufflant son souffle d'enfer. Voilà pourquoi les eaux de Tullamore ne sont plus qu'un souvenir, expliqua Mickey.

Gary ne trouva rien à dire. La puissance du dragon le terrorisait. Son sentiment de panique s'accrut quand il leva les yeux vers la montagne en forme d'obélisque. Chaque pas lui paraissait plus difficile.

Heureusement pour Gary, la vue disparut bientôt. Kelsey les mena au fond d'une crevasse longue et étroite. Les parois, proches des épaules de Tom, avaient deux fois la hauteur du géant et le chemin continuait ainsi sur plusieurs lieues.

Cette nuit-là, ils campèrent sur le plateau qui longeait la faille. L'immobilité du paysage désolé leur rappelait sans cesse la présence du dragon. Pas un seul criquet ne chantait et un brouillard dense surgit rapidement, masquant le ciel étoilé. La journée du lendemain fut chaude, éprouvante et étrangement silencieuse. La montagne leur parut encore plus large quand le petit groupe la contempla avant de s'engouffrer à nouveau dans la crevasse, mais Gary essaya de ne pas y faire attention, préférant Robert et les nombreux dangers qui les attendaient.

Un peu plus tard dans l'après-midi, les compagnons arrivèrent en vue du Pouce du Géant. Un vallon s'étendait juste devant eux, semé d'arbres morts et de quelques rares touffes d'herbes. La montagne se dessinait au-delà.

Gary eut le souffle coupé en suivant du regard la silhouette de l'obélisque, qui semblait ne jamais devoir finir ! Et comme si les falaises de pierre saillantes n'étaient pas encore assez vertigineuses, un château profilait ses murs et ses tourelles au sommet du pic montagneux, semblant surgir des rochers comme s'il en était le prolongement naturel.

— On doit grimper par là ? demanda le jeune homme, sidéré.

— Il y a un trajet plus facile mais il traverse le campement des esclaves de Robert. Nous allons donc prendre ce chemin, répondit Kelsey.

— Mais cela doit bien faire cinq cents pieds de haut ! protesta Gary.

Mickey leva son pied minuscule devant lui, le comparant à la monstrueuse falaise.

— Oh, pour le moins ! Je dirais même le double !

Ou bien seulement cent des siens ! remarqua le lutin en lorgnant du côté de Tommy.

— Mais on ne peut pas escalader ça ! Et si jamais il y a des soldats sur les remparts ? Et puis, quel est ce dragon qui a besoin d'un château ? râla Gary, que l'humour de Mickey n'avait pas déridé.

Il imaginait des chaudrons d'huile bouillante se déversant sur lui ou une avalanche de flèches provenant de cette aiguille qu'il n'avait nulle envie de gravir, en dépit des promesses de Kelsey qui lui jurait qu'aucun monstre ne les attendait là-haut.

— Allons-y ! La lumière baisse vite, annonça Kelsey qui n'avait pas le temps d'écouter les jérémiades de Gary.

L'elfe se mit en marche et demanda à Geno d'interroger les pierres afin de savoir quel était le chemin le plus facile.

Tom se tenait, perplexe, au bord du petit vallon.

Gary comprit qu'il n'avait pas la moindre chance de parvenir jusqu'au château du dragon. Même s'il réussissait à trouver des prises à sa mesure, sa présence alerterait rapidement les gardes et sa grande taille en ferait une cible parfaite. Même en pleine nuit, les soldats ne pourraient pas le manquer.

— Viens ! commanda Kelsey.

— Tom ne peut pas nous suivre, dit Gary.

— Ce n'était pas prévu ; il devait nous accompagner jusqu'au pied de la montagne et c'est tout, rétorqua l'elfe.

— Kelsey a raison, mon garçon, nous t'avons déjà dit pourquoi le géant ne doit pas s'aventurer trop près de Robert — inutile de rendre le dragon encore plus dangereux, hum ? ajouta Mickey.

— Mais nous ne pouvons pas le laisser ici !

— Bah, il sera plus en sécurité que nous autres, promit Mickey.

Ne sachant pas lui-même ce qui les attendait en haut de la vertigineuse falaise, Gary se rendit aux raisons de ses amis. Il regarda le géant avec tristesse.

— Tom attendra, lui assura ce dernier, qui gratta son énorme tête puis désigna la crevasse.

Gary hocha la tête, esquissa un pâle sourire et se précipita à la suite des autres.

Kelsey les mena par d'invisibles sentiers à travers le vallon, recherchant l'abri des bosquets. Il n'y en avait pas beaucoup, mais l'elfe n'était pas trop inquiet car même s'il se trouvait des gardes de ce côté du château, il était peu probable qu'ils surveillent la petite vallée.

Les compagnons, qui n'étaient maintenant plus que quatre, parvinrent au pied de la montagne sans incident. Ils découvrirent que la paroi, qui de loin avait l'air si lisse, était en fait sillonnée d'innombrables saillies et passages. Mais aucun ne semblait aboutir quelque part. Au bout d'une demi-heure de tentatives infructueuses, ils n'avaient pas avancé d'un pas.

— Que te disent les pierres ? Y a-t-il un chemin vers le haut ? chuchota Kelsey à Geno.

Le nain appliqua l'oreille contre la falaise. Il sortit un petit marteau et donna une série de coups qui ressemblait à un code. Il écouta un moment puis tapa à nouveau.

— Hmmmmm ! grogna-t-il en examinant les murs de sa forteresse.

Il se tourna vers ses amis.

— La roche n'est pas solide, dit-il à voix haute, trop haute au goût de Gary et de Mickey.

Tous deux regardèrent nerveusement vers le ciel, s'attendant à recevoir une volée de flèches.

— Elle a pourtant l'air robuste, répondit tranquillement Kelsey.

— Bien sûr qu'elle l'est. Ce que je veux dire, c'est que la montagne ne forme pas un bloc massif. Elle est criblée d'un dédale de souterrains, précisa Geno.

— Ça paraît logique, renchérit Gary.

Kelsey et Mickey se retournèrent vers lui.

— ... À cause des pressions volcaniques qui ont

formé la montagne, ainsi que de la vapeur et de la lave chaude, expliqua Gary.

Le lutin et l'elfe, l'air incrédule, se tournèrent vers Geno.

— Il dit vrai. Je savais qu'il y avait des grottes avant même que nous commencions, mais je n'imaginais pas qu'elles nous seraient utiles à ce point. Je pense que certaines peuvent nous mener là-haut. Ce serait un chemin plus sûr que par l'extérieur, dit le nain en jetant un regard en coin à Gary.

À ces mots, ils levèrent tous les yeux vers la citadelle. Une lampe brûlait dans l'une des tours, et même Kelsey dut reconnaître qu'il ne se sentait pas en sécurité sur la falaise. Bien qu'il n'aimât pas les cavernes, il devait aussi admettre que l'escalade serait longue et qu'il serait difficile et dangereux de trouver des prises dans la pénombre qui tombait.

— Hum ! À ta guise, Kelsey, mais fais en sorte qu'à l'aube nous ne soyons plus suspendus à mi-hauteur de la montagne, comme des jambons dans un cellier ! dit Mickey.

— Où est l'entrée ? demanda simplement Kelsey à Geno.

Le nain appuya la tête sur la pierre, qu'il tapota à nouveau.

— Plus bas vers le sud, annonça-t-il un instant plus tard.

Après avoir traversé un amas de rochers, ils se retrouvèrent au bord d'une autre mare, mais celle-ci était large, fumante et d'un inquiétant rouge vif, même dans la lumière du soir.

— L'est rougie par le sang des victimes de Robert, commenta lugubrement Mickey.

Gary se dit qu'une légende venait de naître. Il y avait une explication naturelle à cette coloration, probablement un excès d'oxyde de fer. Mais après le regard méfiant que ses amis lui avaient jeté quand il leur avait parlé des pressions volcaniques, il décida de garder ses réflexions pour lui. De toute façon, l'interprétation de Mickey était plus romantique et convenait mieux à Faerie.

— On a un petit problème. Voici l'entrée de la cave, dit Geno en désignant le rocher qui se trouvait sur l'autre rive.

Kelsey s'agenouilla et trempa la main dans l'eau.

— C'est chaud mais pas trop, dit-il, comme s'il avait l'intention de sauter pour traverser.

— Mais quelle est la profondeur ? s'inquiéta aussitôt le lutin.

Kelsey trempa prudemment une jambe : il ne touchait pas le fond.

— Ça commence bien ! fit Mickey.

— Tom pourrait traverser facilement ! s'écria Gary, un peu trop bruyamment.

— Chut ! Va le chercher ! ordonna Kelsey au jeune homme qui ne se le fit pas dire deux fois.

Le géant n'eut aucune difficulté à porter les quatre compagnons de l'autre côté de la mare brûlante. Il avait toujours son tuba accroché à sa ceinture, mais n'eut pas besoin de s'en servir car l'eau ne monta pas plus haut que la moitié de sa poitrine. Le petit groupe le félicita pour son intervention, et Geno lui tapota même affectueusement le dessus de la tête quand il pensa qu'on ne le regardait pas.

Quelques instants plus tard, ils se trouvaient à l'entrée du tunnel. Le géant leur promit une nouvelle fois de les attendre dans la crevasse. Il fit demi-tour dans l'onde rougeoyante et s'en alla, soulevant de grandes vagues sur son passage.

Les compagnons le regardèrent disparaître dans les ténèbres puis ils se tournèrent vers la caverne.

Kelsey, habitué à se déplacer à ciel ouvert, paraissait un peu tendu. Il sortit un briquet à amadou de son sac ainsi qu'une torche qu'il enflamma rapidement, en dépit des protestations de Geno.

La caverne avait une configuration curieuse, avec des murs en forme d'arcs, festonnés et sinueux.

— On dirait l'intérieur d'un ver, murmura Gary.

Il n'avait pas envie que les autres entendent cette description qui risquait de les mettre mal à l'aise.

La lumière se réverbérait vers eux sous une douzaine d'angles différents, vacillant d'une façon inquiétante. Gary retenait son souffle à chaque tournant, imaginant qu'un dragon y était tapi.

Il se reprit bientôt. Ils étaient encore dans le bas de la montagne, tout près de l'entrée de la caverne ; Gary se dit qu'il était ridicule.

À quelque distance de là, le groupe buta sur des os répandus dans le passage.

— Ce ne sont que des arêtes, les rassura Kelsey après une rapide inspection.

— Mais qu'est-ce qui les a apportées ici ? demanda Gary.

La réponse ne vint pas de ses compagnons mais d'un crabe gigantesque qui se précipitait vers eux.

Tom traversait lentement la mare sans s'intéresser à ce qui l'entourait, pensant à ses amis disparus dans le petit tunnel sous la montagne.

Même s'il avait été attentif, le géant aurait malgré tout eu du mal à distinguer le crustacé à la carapace rouge qui se mouvait sous l'eau sans effort.

Une pince géante s'accrocha autour de la taille de Tom. Une autre s'agrippa à son épaule. Le géant essaya de crier dans l'espoir que ses compagnons n'étaient pas trop loin et pourraient l'entendre, mais en vain. Il fut soudainement tiré sous l'onde au calme trompeur.

21

Le repaire du dragon

LE CRABE MONSTRUEUX ÉMERGEAIT DU TUNNEL QU'IL REMplissait complètement, faisant claquer ses énormes pinces avec un bruit menaçant.

Kelsey fut le premier à réagir. Il plongea son épée vers une articulation, visant les points faibles de la créature. Mais l'arme glissa sur la dure carapace.

La gigantesque tenaille se rapprocha rapidement de Kelsey et s'ouvrit pour le saisir. Geno fonça sur Kelsey et le fit tomber par terre. Puis il se rua la tête la première dans l'étau, levant ses bras très haut, un marteau dans chaque main.

Gary et Mickey avaient le souffle coupé, mais le nain semblait savoir ce qu'il faisait. La pince monstrueuse serra impitoyablement mais cela ne parut pas déranger Geno, qui se mit à marteler furieusement la carapace.

Kelsey, voyant que le nain ne courait pas de danger immédiat, dégaina son épée et sauta par-dessus la patte pour se rapprocher de la tête du crabe. Il se fendit et un des yeux de la créature roula sur le sol.

Tout espoir de victoire rapide fut cependant vite oublié, car la bête se mit à frétiller, frappa l'elfe et le renversa à proximité de l'autre pince. Kelsey se rétablit à la vitesse de l'éclair et fit valser sa lame, essayant de se dégager. Mais la pression exercée par le bras monstrueux était trop forte.

— *Le temps est venu de faire preuve de bravoure, jeune pousse*, fit la voix dans la tête de Gary.

Le jeune homme n'avait pas besoin de cet encouragement !

Il empoigna sa lance à deux mains, leva sa pointe de fer devant lui et, dès qu'il trouva une ouverture, laissa échapper un rugissement et chargea droit devant lui.

Le géant devait à tout prix résister à la panique qui l'envahissait, se forcer à rester calme. Il avait placé son tuba dans sa bouche dès que le crabe l'avait entraîné sous l'eau, ce qui lui permettait de respirer malgré tout.

Tom n'était pas très rusé mais il savait se battre. Il comprit tout de suite qu'il ne pourrait briser la pince, pas avec ses bras si étroitement serrés, mais il devinait aussi que la créature finirait par relâcher son étreinte quand elle le croirait noyé.

Un autre crustacé, beaucoup plus petit, pinça le pied de Tom à travers sa grosse botte. Le géant grimaça et tenta de réprimer la douleur car il savait que le moindre mouvement alerterait le gros crabe. Il se sentait à bout de patience, et il lui semblait que l'eau le retenait prisonnier, telle une ennemie supplémentaire.

Quand l'étau s'ouvrit enfin, Tom fonça vers la berge. Il y était presque, quand il se sentit happé par la cheville.

En se débattant, il perdit son tuba et dut lutter, non seulement pour regagner la rive mais aussi pour garder la tête hors de l'eau.

En dépit de la terreur qui le paralysait peu à peu, et craignant que la bête ne lui arrache le pied, il réussit à atteindre le rivage, où il s'agrippa à un gros rocher. Il fut bientôt sorti de la mare infernale. Le crabe lança ses énormes pinces hors de l'eau, cherchant à le retenir, tentant de saisir l'une de ses jambes à chaque pas qu'il faisait.

Tom, ragaillardi, se pencha et attrapa l'animal par

la patte. Tournant sur lui-même, il fit voler le crabe dans les airs. La créature s'écrasa sur la montagne dans un fracas assourdissant puis retomba dans les eaux rouges.

Bien au-dessus de lui, Tom entendit les cris des gardes du château. Il fit demi-tour et voulut se mettre à courir. Il perçut alors une vive douleur au pied. Sa cheville blessée ne supportait plus son poids !

Alors, terrifié, il repartit en claudiquant, espérant atteindre l'abri de la crevasse.

La pointe de la lance, encore tordue par le combat contre le troll, ricocha sur la carapace du crabe puis trouva un point plus vulnérable près de la gueule de la créature. Gary poussa de tout son poids avec détermination. Il sourit quand l'extrémité de l'arme s'enfonça dans la chair du monstre.

Les pinces fouettèrent l'air inutilement. Celle qui tenait Geno envoya le nain cogner contre le plafond et contre le mur.

La créature s'agitait sauvagement et frappait le sol. Elle fit un tour complet sur elle-même. Le bras qui menaçait Kelsey se retira et s'approcha de Gary, qui présentait un danger immédiat. Le jeune homme sentit les tenailles frôler sa taille mais il s'accrocha à sa lance, confiant en la solidité de son armure, et également en l'esprit d'initiative de ses compagnons. Il savait qu'il devait charger. Maintenant. Il ne pouvait plus faire demi-tour.

Des brisures de carcasse volèrent dans le tunnel tandis que l'infatigable Geno continuait de marteler l'étau qui l'enserrait. Des lambeaux de chair suivirent bientôt, et l'animal relâcha bientôt sa poigne de fer.

Kelsey surgit alors. Le jeune humain avait besoin de lui !

Envolés, la fatigue, sa peur du souterrain, la lance de Donigarten et le but de sa quête ! L'elfe ne pensait plus qu'à secourir son compagnon, celui qui était devenu, si incroyable que cela puisse paraître, son ami.

Il visa d'abord le deuxième œil du monstre. Son épée jaillit et trancha net le globe oculaire.

La pince restante lâcha aussitôt le jeune homme, mais l'agitation frénétique du crabe ne fit que croître. Le heaume de Gary tourna autour de sa tête, l'aveuglant complètement. Son coude se cogna violemment contre le mur et des vagues de douleur le secouèrent.

Mais il tint bon.

Il était allongé sur le sol, écrasé sous un poids phénoménal. *Quelque chose* se débattait à côté de lui, mais que pouvait-il faire ?

Puis ce fut le silence, et le calme. Gary ne voyait rien et ne savait pas à quel point il était blessé mais il entendit Kelsey et Geno se féliciter mutuellement. La masse qui l'étouffait s'allégea lorsque ses amis le débarrassèrent du crabe géant.

Au bout de ce qui lui sembla une éternité, Geno remit Gary debout et Kelsey rajusta son heaume. Le jeune homme écarquilla les yeux en voyant le monstre renversé et réussit même à esquisser un sourire quand Geno, se léchant les babines, se mit à décrire les mille et une façons d'accommoder la bête.

— Eh bien, on peut dire que vous savez vous battre, tous les trois ! dit Mickey quelque part au fond du couloir.

La joie de Gary s'évanouit.

Il fonça sur le lutin.

— Où étais-tu passé ? C'est la deuxième fois que Mickey McMickey ne joue aucun rôle dans un combat et n'essaie même pas de nous aider ! dit-il.

Pour la première fois depuis qu'il avait rencontré le lutin, Gary comprit que sa colère avait blessé Mickey. Mais cela ne suffit pas à dissiper sa fureur.

— Tom a bien failli laisser sa peau en luttant contre les loups des Crahgs. Et tu l'aurais laissé mourir du moment que tu pouvais rester caché derrière sa tête, fulmina-t-il.

— Ces envoyés de l'Enfer ne se laissent pas prendre aux illusions, expliqua le lutin.

— Doucement, mon ami, dit Kelsey en posant une main apaisante sur l'épaule du jeune homme.

Les paroles et le geste de l'elfe surprirent profondément Gary qui ne s'attendait pas à une telle réaction.

— Et que pouvais-je faire contre le gros bestiau, hum ? demanda Mickey qui reprenait confiance avec l'intervention de Kelsey.

— Assez ! Nous sommes vivants, cela suffit. Et n'oublions pas que notre plus grande épreuve est encore à venir, tonna Kelsey, mettant ainsi fin à cette querelle stérile.

— Penses-tu que nous pourrions casser la croûte — ou plutôt la carapace — avant de repartir ? demanda Geno, plein d'espoir, en louchant vers le crabe avec gourmandise.

Kelsey sourit — ce qui étonna aussi Gary étant donné la situation et leur rencontre imminente avec Robert —, mais enjamba la bête d'un pas résolu et se dirigea vers le tunnel.

Après avoir dépassé l'enchevêtrement des pattes, il se retourna et fit signe aux autres de le suivre.

— C'est bon ! Il sera encore comestible dans quelques heures. Qu'on en finisse avec Robert ! grommela le nain en se mettant en marche.

Mickey passa nonchalamment à côté de Gary, sans même lui jeter un regard. Le jeune homme, qui s'était rendu compte que son éclat était injustifié, ne sut trouver les mots pour s'excuser.

Le tunnel se faufilait dans la montagne et montait graduellement. Mais la pente était parfois si raide que Kelsey avait du mal à grimper. Ils ne rencontrèrent qu'une seule bifurcation et Kelsey tourna à gauche. Ils ne croisèrent ni bête ni homme, et quelques instants plus tard, ils débouchaient sur une petite trappe obturée par un croisillon métallique.

Kelsey regarda le lit de gravier, bordé de hauts murs lisses mesurant près de quinze pieds de haut.

— Des douves asséchées, chuchota l'elfe.

— Je peux soulever la grille, proposa Geno, mais Kelsey l'arrêta au moment où il sortait son marteau.

— Il y a sûrement des gardes à l'extérieur, dit l'elfe.

Ils attendirent en silence et entendirent bientôt le raclement des bottes des soldats arpentant le mur au-dessus d'eux.

Geno rengaina son outil.

— Nous allons revenir de l'autre côté, chuchota Kelsey, et il les conduisit jusqu'à l'embranchement.

Quand ils arrivèrent au bout de l'autre passage, ils constatèrent qu'ils n'étaient pas mieux lotis. La sortie n'avait pas de barreaux, mais débouchait sur la façade la plus exposée de la falaise, à plus de vingt pieds au-dessous de la forteresse, et à environ cent pieds du sol. Kelsey soupira en examinant la formidable muraille.

— On retourne à la grille ? lui demanda Geno quand il se retourna vers eux.

La voix rocailleuse du nain se noyait dans le hurlement du vent qui s'engouffrait à l'intérieur du tunnel.

Kelsey se pencha à nouveau à l'extérieur, à la recherche d'un passage vers la citadelle.

— Mieux vaut passer par là, décida l'elfe.

Il détacha son épée et la tendit à Gary.

Le jeune homme examina les remparts qui dessinaient leur imposante silhouette au-dessus d'eux. L'agile Kelsey pourrait sans doute les atteindre, mais, quant à lui, il n'était pas sûr d'y parvenir. Il n'était même pas certain de vouloir le suivre. Il n'avait jamais été sujet au vertige, mais là ! C'était de la pure folie : les murs étaient lisses, le vent soufflait en rafales et les cimes des arbres en contrebas évoquaient plus un tapis à clous qu'un matelas de mousse.

Kelsey n'hésita pas une seconde. Avec une aisance déconcertante, il grimpa le long de la falaise, exploitant les plus infimes anfractuosités, s'accrochant parfois avec un seul doigt. La difficulté augmenta quand il arriva à la base des fortifications, car les pierres étaient étroitement imbriquées les unes dans les autres. Pourtant le mur n'était pas vraiment haut, une douzaine de pieds au maximum, et Kelsey n'avait besoin que de deux prises pour se hisser jusqu'au parapet.

C'est alors qu'il entendit un remue-ménage, des éclats de voix juste au-dessus de lui. Il attendit un moment pour s'assurer qu'il n'était pas la cause de cette agitation puis se risqua à regarder entre deux créneaux.

Un groupe de trois gardes — de curieux êtres qui tenaient autant de l'homme que du lézard — se dirigeait vers l'endroit où se tenait Kelsey. Ils n'avaient apparemment pas perçu la présence de l'elfe, et leurs regards étaient tournés en direction de la mare rouge.

Kelsey resta parfaitement immobile et retint son souffle.

Deux vigiles s'éloignèrent, retournant à leurs postes, tandis que le troisième s'approchait à pas lents vers le poste de Kelsey.

L'elfe ne pouvait pas fuir. Il ne pouvait pas non plus se cacher. La meilleure défense étant encore l'attaque, il sortit un poignard de sa botte et le glissa entre ses dents, puis se recroquevilla, laissant juste le bout de ses doigts dépasser sur le rebord du parapet.

La créature frôla l'elfe sans le remarquer. En un clin d'œil, Kelsey surgit, passa la main autour du museau du garde et lui plongea son poignard dans la gorge. Le soldat, qui était bien plus fort que l'elfe, se débattit avec sauvagerie et réussit presque à se libérer de son emprise.

Le poignard de Kelsey frappa à nouveau, encore et encore, jusqu'à ce que le factionnaire s'effondre, sans vie, à ses pieds. L'elfe jeta un coup d'œil rapide autour de lui, espérant que les autres gardes ne s'étaient aperçus de rien.

Mais la nuit était sombre et le château resta silencieux.

Kelsey roula le corps jusqu'au mur, le fit basculer par-dessus bord et le laissa tomber dans les ténèbres. Il passa ensuite une corde dans un anneau scellé au créneau, juste à l'aplomb de l'entrée de la caverne, et la lança à ses compagnons qui attendaient.

Gary considéra le filin d'un air sceptique et balaya du regard l'immense vide en contrebas. Il essaya de se convaincre que cela devait être facile. (Il avait vu plein de films d'aventure, où le héros grimpait ainsi sans la moindre difficulté.)

Mais ce n'était *pas* facile.

Quand Gary se pencha et prit le câble entre ses mains, il décida que c'était totalement impossible. Il revint dans le tunnel et secoua la tête en signe d'impuissance.

— Allons, mon garçon, haut les cœurs ! Kelsey ne pourra pas attendre longtemps, l'encouragea Mickey.

Gary poussa un soupir de découragement.

— Pousse-toi de là ! s'impatienta Geno en bousculant le jeune homme avec rudesse.

Le nain se hissa jusqu'à l'ouverture, attrapa la corde sans la moindre hésitation et entama l'ascension de la muraille à la force du poignet, exactement comme un héros de cinéma.

— Tu vois ? Ce n'est pas la mer à boire ! dit Mickey qui essayait de l'amadouer.

— Je ne pourrai jamais faire ça, surtout avec l'armure ! répondit Gary.

— Bah ! Tu t'y es accoutumé, maintenant, ce n'est plus si pesant que ça ! En outre, tu ne peux tomber tant que je suis près de toi — te souviens-tu des pierres à Dvergamal ? Je les ai rattrapées et maintenues en l'air ! Allons, fiston, sois un homme ! poursuivit Mickey, qui n'était jamais à court d'arguments.

Aiguillonné par cette tirade, Gary se dirigea vers la sortie du tunnel et se saisit de la corde. Il ne pouvait voir le parapet, mais quand le filin cessa de s'agiter, il sut que Geno était arrivé.

— Il faut que je me mette à manger des pierres ! marmonna Gary.

Il vérifia que ses deux lances étaient bien attachées puis il se jeta dans le vide.

Ses bras le firent souffrir tout au long du chemin. Seule la certitude que Mickey le secondait, prêt à le faire léviter pour lui éviter la chute, lui donna le courage de continuer.

Il entendit un sifflement suivi d'un son mat qu'il identifia aussitôt comme étant le bruit d'un marteau s'abattant sur un crâne. En effet, un moment plus tard, une autre créature dévala la pente, en sens inverse de celui suivi par Gary, et à une vitesse nettement supérieure. Le jeune homme réprima un frisson.

— Vite ! lui dit Kelsey.

Gary essaya d'obéir, sans succès, ses bras épuisés n'avaient plus l'énergie nécessaire.

Enfin, Gary posa la main sur le parapet. Geno l'attrapa et le hissa.

— J'aurais bien aimé que Mickey m'aide un peu plus avec sa magie. Pourquoi m'être embêté avec cette maudite ficelle ? ronchonna Gary.

— Les pouvoirs télékinétiques du lutin sont limités aux objets inertes ! Mickey peut soulever une pierre sans difficulté, mais il lui serait impossible de faire léviter ne serait-ce qu'une grenouille ! répondit Kelsey.

— Que se passe-t-il ? demanda Mickey qui arrivait en flottant dans les airs, le parapluie à la main.

Gary lança un regard meurtrier au lutin, qui lui répondit suavement :

— Je t'accorde que c'était un mensonge, mais enfin ça a marché, n'est-ce pas l'essentiel ?

Ils venaient de franchir les fortifications, mais ce n'était que le premier des obstacles. À quelques pas une cour ouverte entourait un ensemble de constructions en pierre. Le château avait été construit autour des circonvolutions naturelles de la montagne et, en maints endroits, des murs de brique se mêlaient harmonieusement aux rochers.

Par chance, la cour était déserte. Le corps de logis se trouvait au bout d'une allée qui menait, au-delà d'une herse, à l'extérieur des remparts, à travers d'autres constructions étroitement serrées les unes contre les autres.

— Nous trouverons Robert là-haut, dit Kelsey en indiquant un donjon qui s'élevait au-dessus d'eux.

Ces perspectives ne réjouissaient pas Gary, même en faisant abstraction du dragon qui les attendait au bout du chemin. D'après ce qu'ils pouvaient voir, il n'y avait que deux solutions pour monter : une volée de marches qui contournait l'édifice par la gauche et un sentier pavé fortement incliné qui partait à droite en passant par l'allée principale.

— L'escalier ? demanda Mickey.

Kelsey secoua la tête.

— Les portes qui se trouvent au bout de la route seront probablement fermées et gardées.

Kelsey leur fit signe d'attendre, dégaina son épée et, plus silencieux qu'une ombre, se glissa dans la cour jusqu'aux premières marches. Il ne monta pas immédiatement mais suivit le mur qui longeait l'escalier, passant derrière le bâtiment, hors de vue de ses compagnons.

Il réapparut presque aussitôt et leur fit signe de courir le rejoindre. Gary devina que les ennuis commençaient.

Trois humanoïdes armés d'épées les interceptèrent avant qu'ils ne parviennent jusqu'à l'édifice.

À la vue de Geno, les tritons se mirent à brailler car, comme tout le monde à Faerie, ils détestaient les nains. Ils chargèrent, sans remarquer Kelsey dissimulé derrière la solide rampe de l'escalier, quelques marches plus haut.

Trois marteaux volèrent dans leur direction.

Deux soldats tombèrent ; le troisième trébucha et vint s'empaler sur la lance de Gary.

— *Qu'est-ce que tu as fait ?* hurla la voix dans la tête de Gary.

Le jeune homme savait ce qu'il faisait et ne prit pas la peine de répondre. Quant aux quatre larrons qui venaient de surgir, il était certain que Geno et Kelsey sauraient s'en occuper. De toute façon, il ne serait pas parvenu à s'approcher suffisamment près d'eux.

Ainsi qu'il l'avait prévu, l'elfe bondit sur le quatuor, sa lame luisant dans le noir, tel l'ange de la mort.

Geno fonça à son tour et, à eux deux, ils vinrent à bout des soldats qui furent bientôt couchés à terre, sans vie.

Gary voulut récupérer sa lance mais une troisième patrouille les encercla, et le son du cor résonna autour des compagnons piégés. Gary sentit une poigne ferme, celle de Geno, qui l'attrapa par le bras et le tira.

— Ma lance... essaya-t-il de protester, mais il se tut aussitôt quand il vit que Kelsey s'engageait bravement dans un nouveau combat.

Geno lâcha Gary et fonça rejoindre l'elfe. Gary sortit avec réticence la moitié supérieure de la lance brisée de Cédric. Déséquilibré et dépourvu de bouclier, il ne pouvait que souhaiter trouver un moyen de s'en servir au cours de la bataille.

— *Ne crains rien, jeune pousse, tu n'es pas seul !*

Kelsey ferraillait avec l'énergie du désespoir, mais un groupe de gardes faisait bloc, lui interdisant de franchir l'escalier pour rejoindre ses compagnons.

De son côté, Geno n'était pas mieux loti, cerné par trois créatures à la mine patibulaire.

Gary avait confiance en ses deux amis. Affronter les tritons un par un sur l'escalier étroit rendait la situation moins catastrophique. Mais la file de soldats s'allongeait à vue d'œil...

C'est le moment que choisit Mickey pour jeter ses forces dans la bataille.

Gary cligna des yeux : à la place de l'elfe, il y avait maintenant un grand troll !

Les gardes remarquèrent aussi le changement. Laissant tomber leurs rapières, ils opérèrent un repli stratégique en catastrophe. Les uns s'enfuirent à toute allure vers le haut de l'escalier tandis que les autres, se précipitant par-dessus la rambarde, sautaient dans la cour, vingt pieds plus bas.

Gary se tourna pour regarder Mickey qui se trouvait à son côté.

— Je fais ce que je peux, dit le lutin sombrement, rappelant à Gary à quel point ses reproches avaient été déplacés.

Ils purent enfin avancer, le troll Kelsey menant l'assaut jusqu'à la cour supérieure, de forme carrée, longée par plusieurs bâtiments, dont certains étaient grands et hauts et d'autres bas et longs.

Terrorisés, les gardes reculaient devant l'illusion, mais d'autres soldats se déversaient dans l'espace réduit, menaçant d'engloutir le petit groupe.

Le regard de Kelsey traversa la place en diagonale et repéra une ouverture percée à l'extrémité d'une robuste construction basse de toit. Mais si l'elfe avait eu l'intention de s'y rendre, il changea rapidement d'avis car une nouvelle vague de tritons déferla par cette porte. Pris au dépourvu, il mena ses compagnons vers la gauche, vers la construction la plus élevée. Il ouvrit le portail à la volée, tranchant net la gorge du garde surpris qui se tenait à l'intérieur, et grimpa quatre à quatre les marches en colimaçon.

En entendant la bagarre qui grondait derrière lui, Gary se sentit soulagé que Geno se soit chargé de l'arrière. Les murs de l'étroit escalier se pressaient contre les larges épaules du jeune homme, qui était convaincu qu'il lui serait impossible de se battre là.

Geno se trouvait aussi un peu serré mais, avec ses marteaux, le nain n'avait pas besoin de beaucoup de place. L'un des tritons se pencha vers lui et Geno écrasa promptement sa mâchoire béante. D'autres gardes continuaient d'avancer bravement, foulant aux pieds les cadavres de leurs compagnons.

La salle qui se situait à l'étage aurait été un véritable

ble coupe-gorge pour les compagnons si les soldats avaient eu deux doigts de bon sens. Mais, tout à leurs parties d'osselets et à leurs beuveries, les vigiles n'avaient rien entendu du vacarme causé par le petit groupe.

Kelsey entra le premier, ayant retrouvé sa forme d'elfe car un troll n'aurait jamais pu tenir dans une pièce aussi exiguë.

Son épée s'abattit férocement sur les malheureux. Il en blessa un sans le tuer, tout en se dirigeant vers une dague accrochée au mur. Un simple coup d'œil suffit à Gary pour discerner la magie renfermée dans cette arme ancienne incrustée de pierres précieuses. Il savait qu'il ne devait pas laisser les tritons s'en emparer. Il bondit auprès de Kelsey, renversa un soldat d'un coup d'épaule et se rapprocha de celui qui était sur le point de la décrocher.

Le garde, une fois en possession du poignard, se retourna, mais Gary frappa le premier et l'atteignit à l'épaule.

La blessure n'était pas profonde et la lance n'avait pas touché un endroit vital. Gary se déporta sur le côté, attendant la contre-attaque. Cependant, l'autre ne fit pas le moindre mouvement si ce n'est pour ouvrir la bouche en un cri silencieux.

— *Le goût du sang !* fit la voix dans l'esprit de Gary.

Le jeune homme sentit vibrer la puissance, dont le pouvoir était depuis longtemps endormi. Horrifié, il voulut extraire l'arme mais elle résista, refusant de se retirer du corps de l'ennemi. Quand Gary réussit enfin à en extirper la pointe, une force incontrôlable le poussa à achever le soldat agonisant et, cette fois-ci, il visa le cœur.

Des vagues télépathiques d'intense satisfaction déferlèrent sur Gary. Mais ce n'était pas le moment de lambiner ! Kelsey le poussa sans ménagement vers l'autre issue de la petite pièce.

Gary réussit à reprendre la dague avant que Kelsey

ne l'entraîne trop loin car l'elfe, qui ne songeait qu'à fuir, n'avait pas remarqué l'arme.

Sans réfléchir davantage, Gary la glissa dans sa ceinture.

Ils dévalèrent un escalier identique à celui qui les avait menés à la tour, et en bas duquel partait un couloir.

Toujours guidés par l'elfe, ils revinrent dans la cour, à l'intérieur du mur d'enceinte, non loin de la porte par laquelle ils étaient entrés dans la tour. La soldatesque obtuse se massait toujours à cette entrée, leur laissant le champ libre pour traverser la petite place.

Mickey se percha sur l'épaule de Gary. Le jeune homme voulut protester, redoutant que le combat ne reprenne bientôt, mais il comprit que le lutin avait choisi ce poste pour déployer plus efficacement ses sortilèges. Bientôt Gary, Geno et Kelsey apparurent sous les traits de trolls des montagnes et leurs pas semblèrent résonner comme le tonnerre.

Les tritons se dispersèrent telle une volée de moineaux quand Kelsey conduisit la charge vers le bâtiment au toit bas.

L'elfe enfonça la porte, fit quelques pas à l'intérieur, souleva une tapisserie et s'engouffra, ses compagnons sur ses talons, dans un passage qui, après de nombreux virages, débouchait dans un immense hall éclairé de torches.

Il n'y avait là que quelques gardes qui ne firent aucun geste pour les arrêter. Ils restèrent à leur poste, espacés à intervalles réguliers le long des murs richement décorés. Les rares soldats qui avaient eu le courage de poursuivre les compagnons n'entrèrent pas dans le bâtiment. Gary avait la sensation désagréable que tout avait été arrangé, que ses amis et lui avaient été conduits à dessein dans cet endroit.

Prêt à jouer du marteau, Geno se dirigea vers le factionnaire le plus proche mais Kelsey le retint. Au grand étonnement du nain et de Gary, Kelsey remit son épée dans son fourreau et hocha la tête en direction de Mickey.

L'illusion cessa, et les trolls redevinrent elfe, nain, homme ou lutin.

À cet instant, un homme très grand et musclé, à la barbe et aux cheveux roux, sortit de derrière une armure qui se trouvait à l'extrémité du mur. Même à cette distance, Gary voyait que le nouveau venu le dépassait d'une bonne tête et pesait probablement le double de son poids

— Kelsenellenelvial, te voilà enfin ! s'écria le rouquin d'une voix assourdissante qui résonna dans la vaste salle.

Le salut que lui retourna Kelsey confirma les craintes de Gary, même s'il ne pouvait expliquer la décrépitude évidente de ce personnage.

— Mes respects, Robert.

22

Le défi

GARY PARCOURUT DU REGARD LE HALL IMMENSE ILLUMINÉ de nombreuses torches. Une armure extraordinaire, décorée de métal et de cuir, brillait de mille feux. Mais pourquoi les soldats ne la portaient-ils pas ? Des épées, des perches, des dagues de tout genre et de toutes tailles s'alignaient le long des murs recouverts de tapisseries richement colorées. Un groupe de lances attira plus particulièrement l'attention de Gary. De forme identique, elles étaient scellées dans la pierre, leurs bases réunies et leurs pointes déployées en éventail, évoquant l'image d'un soleil couchant. Contre le mur le plus éloigné, une épée suscita l'admiration — vaguement mêlée d'effroi — de Gary. L'arme était d'une taille gigantesque et remarquablement ouvragée. Contrairement aux autres, elle n'était ni attachée à la muraille, ni fixée sur une armure décorative et vide. Elle était simplement appuyée, comme si elle attendait celui qui allait la mener au combat. Gary ne parvenait pas à imaginer que quelqu'un puisse la soulever, et encore moins la brandir au cours d'une bataille.

Outre ces somptueuses décorations, la salle était en elle-même spectaculaire, surmontée d'un très haut plafond de bois, fait de poutres entrecroisées. Gary se demanda quelle hauteur pouvaient faire ces murs. Vingt pieds ? Le double ? Les dimensions exagérées, hors normes, indiquaient une pièce faite pour un géant plutôt que pour un homme. Soudain, Gary se sentit ridiculement petit.

— Je vois que ton ami apprécie mon hall d'entrée. Est-ce lui qui doit accomplir la prophétie ? rugit l'immense homme roux, son regard allant de Kelsey à Gary.

Il fit quelques pas et s'approcha du jeune homme, qu'il examina avec attention. Son visage s'éclaira, comme sous le coup d'une révélation.

— Oui, je vois qu'il a l'armure de Cédric Donigarten, bien qu'il ne la porte pas aussi fièrement que le défunt roi ! dit Robert en répondant à sa propre question.

— Existe-t-il quelqu'un qui ne soit pas au courant de ta quête ? s'enquit Geno d'un ton acide.

Kelsey se retourna vers le nain et Gary vit à quel point l'elfe était blessé. Le sarcasme de Geno avait porté. Kelsey ne pensait pas que Robert serait aussi bien informé.

— Tu sais que je pourrais te tuer tout de suite ? dit soudain l'homme aux cheveux roux.

Gary ne doutait pas une seule seconde qu'il pût mettre sa menace à exécution.

— Hum ! Cette fanfaronnade est digne d'un dragon, répondit sèchement Mickey.

Le rire de Robert retentit comme le grondement du tonnerre.

Gary était de plus en plus perplexe. Quand il avait entendu pour la première fois le dénommé Robert, il avait supposé qu'il s'agissait d'une coïncidence. Mais Gary savait qu'il ne pouvait réfuter l'évidence. Il émanait de cet homme une indéniable aura de puissance, une force supérieure à celle d'un simple être humain.

Mais si c'était là le monstre tant redouté, il ne ressemblait en rien aux descriptions de son livre, ni d'ailleurs à quelque dragon que ce fût. Et pourtant, Mickey lui avait fait lire les passages le concernant afin d'avoir une idée de ce à quoi il pouvait ressembler.

— Eh bien, je vois pourquoi tu es ici. Ou du moins

en partie. Je constate que tu as amené un nain avec toi, tu veux me voler quelque chose ? dit Robert.

Geno serra les dents sous l'insulte mais garda le silence, à la grande surprise de Gary.

— Nous sommes venus pour une seule raison, grand ver, dit fermement Kelsey, faisant un pas en avant et portant la main à son épée.

— Ver ? chuchota Gary à l'intention de Mickey, mais le lutin lui fit signe de se taire.

Robert, que la bravade de Kelsey n'impressionnait pas, franchit la distance qui le séparait de l'elfe.

Gary siffla en silence. L'homme était un véritable colosse, ses épaules étaient larges et puissantes et ses bras auraient pu aisément mettre l'elfe en pièces. Si Geno devait réellement sa force aux pierres qu'il mangeait, alors Robert devait avaler des montagnes entières.

— En accord avec les règles de nos ancêtres, ainsi que le firent Ten-Temmera de Tir na n'Og contre le dragon Rehir, ou Gilford de Drochit contre le dragon Wobegone, ou encore... commença Kelsey dont la voix ne tremblait pas.

La liste continua ainsi pendant un long moment, Kelsey énumérant les héros qui s'étaient illustrés lors de duels légendaires contre les plus redoutables créatures de Faerie.

— Ah, ces Tylwyth Teg ! Ils n'ont jamais su se passer des formalités, chuchota Mickey à Gary.

Geno, qui se tenait à côté du lutin, grogna en signe d'approbation.

— Ainsi donc, et compte tenu des règles établies, je te défie en combat singulier, poursuivit Kelsey.

Robert n'avait pas bronché pendant le discours de l'elfe.

— Comme le veut l'usage, tu me devras un service si tu es vaincu. Et ce service, tu le connais, n'est-ce pas ? Il te faudra fournir la flamme pour reforger la lance de Cédric Donigarten, continua Kelsey.

Robert hocha la tête.

— Nul feu mortel ne pourrait attendrir son métal, répondit-il comme s'il récitait un texte ancien.

— Enfin tu devras demeurer dans ta forteresse pendant un siècle, ajouta Kelsey.

Robert acquiesça ; après tout, que représentait une centaine d'années pour un dragon ?

— Et si je gagne ? demanda le géant un peu trop nonchalamment.

Son assurance tranquille fit frémir Gary.

— Il y a des précédents pour cette éventualité... commença Kelsey.

— Au diable tes précédents ! Tu veux que je me batte contre toi selon des règles qui m'enlèvent tout avantage, voilà tout ! rugit soudain Robert.

En dépit de son courage, l'elfe recula d'un pas. Retrouvant son calme, Robert jeta un coup d'œil à ses gardes, et son sourire sardonique rappela aux compagnons qu'il pouvait appeler une centaine de fidèles soldats sur un simple claquement de doigts.

— Tu parles un peu rapidement du prix que j'aurai à payer... Sornettes ! Crois-tu vraiment que tu aies la moindre chance de me battre ? continua-t-il.

Les yeux dorés de Kelsey s'étrécirent et sa mâchoire se serra.

— Pauvre insensé, poursuivit le dragon. Dis-moi plutôt ce que *je* gagnerai en relevant ton défi ? Donne-moi une bonne raison d'affronter un aussi pitoyable ennemi !

— Pas si pitoyable que tu ne puisses te donner la peine de prononcer son nom ! intervint Mickey.

Gary approuva, estimant que le lutin faisait bien d'apporter tout le soutien possible à leur ami.

Robert émit un petit rire satisfait mais ne répondit pas.

— Si tu gagnes, ma vie t'appartient, répondit Kelsey.

— Cela va de soi ! De toute façon, tu ne survivras pas au duel, répondit Robert.

— ... ainsi que cette lame forgée par les Tylwyth

Teg. Elle a été conçue pour n'appartenir qu'à un seul guerrier. Si tu gagnes, tu auras mon arme ! dit l'elfe en dégainant.

— Dérisoire ! siffla Robert.

Kelsey frémit sous l'insulte et Gary crut que l'elfe allait frapper le dragon. Celui-ci tourna la tête vers l'épée gigantesque et magnifique appuyée contre le mur.

— Mais j'accepte ton offre. À condition d'ajouter la vie de tes amis ! s'exclama Robert en se retournant vers l'elfe.

Mickey et Geno commencèrent à protester — Gary, lui, étant abasourdi au point qu'il ne pouvait articuler un seul mot —, mais Kelsey leur coupa la parole.

— Selon les précédents et les règles établies, nous sommes d'accord, conclut-il.

— Hum ! Vous pourriez nous demander notre avis ! gémit Mickey.

— Non, répondit simplement Robert.

Quant à Kelsey, s'il n'avait rien dit, c'est qu'il semblait trouver cet accord tout à fait raisonnable.

Le géant roux traversa la pièce et souleva l'immense lame avec une aisance désespérante.

— Il est costaud ! commenta Mickey à l'intention de Gary, bouche bée.

Non seulement cette arme paraissait plus appropriée pour un géant, mais il l'avait soulevée d'une seule main !

— Tu choisis l'épée ? demanda Kelsey, perplexe. Je pensais que...

— Je choisis ce que je veux. Elle conviendra parfaitement, pour le début, répondit Robert avec un sourire inquiétant.

Il se dirigea vers le brasier qui crépitait dans le fond de la salle. Se penchant très bas, sans une seule seconde d'hésitation, sans le moindre tressaillement de douleur, le rouquin plongea ses mains nues dans les braises rougeoyantes.

— Est-ce que tu viens ? demanda-t-il.

Il tira sur l'un des tisonniers du brasier, révélant un levier qui commandait une trappe secrète.

— Je te préviens, et je ne le répéterai pas, si tu soustrais une seule piécette de mon trésor, alors il n'y aura plus de règle qui tienne et vos vies m'appartiendront ! Je ne suis pas venu ici depuis plusieurs dizaines d'années. Peut-être est-il temps pour Robert le Juste de se régaler de chair humaine ! menaça-t-il.

Gary, le souffle coupé, regarda Mickey. Le lutin hocha gravement la tête, ne doutant pas une seconde de la détermination de Robert.

Les quatre compagnons, Kelsey en tête, suivirent le colosse en bas d'un escalier qui aboutissait dans une suite de vastes salles désertes... Mickey s'arrêta quand ils longèrent une arche basse fermée par une tapisserie suspendue, le seul objet de facture humaine qu'ils aient vu dans les caves du château.

— La chambre du trésor, expliqua Mickey en réponse au regard interrogateur de Gary.

À l'expression du lutin, le jeune homme devinait qu'il n'avait pas la moindre intention de dérober quoi que ce fût, pas plus que ses compagnons d'ailleurs.

Mais la frustration se lisait dans le regard de Mickey, qui fixait obstinément le passage dissimulé. Gary dévisagea le lutin ; il ne le questionna pas. Il était bien trop préoccupé par ce qui les attendait.

L'odeur de soufre se faisait de plus en plus âcre. Gary crut tout d'abord que cette émanation était un vestige du volcan qui avait soulevé le Pouce du Géant. Mais quand Robert, poursuivant son chemin à travers le dédale des caves de la citadelle, alluma des torches, Gary remarqua des endroits défoncés, déchiquetés, aussi bien sur le sol qu'au plafond et sur les murs.

Le feu du dragon ?

Un frisson de peur le parcourut.

— Comment Robert savait-il que nous allions venir ? chuchota Kelsey à Mickey tandis que Robert s'activait pour faire de la lumière.

— Peut-être la sorcière l'a-t-elle prévenu ? hasarda Gary.

Cela lui paraissait logique. Mais les regards sceptiques de ses trois amis le détrompèrent.

— Pas du tout, mon garçon, la harpie n'a aucun contact avec Robert — ils ne s'entendent guère — et, à tout prendre, elle choisirait le parti de Kelsey, expliqua Mickey.

— Mais elle ne veut pas que la lance soit forgée, lui rappela Gary.

— Pas plus qu'elle ne désire voir la panoplie de Cédric tomber entre les mains de Robert ! Je suppose que Ceridwen préférerait affronter Kelsey tenant l'arme réparée plutôt que Robert les mains vides ! dit Geno.

— Oui ! Ces deux-là font tout ce qu'il faut pour rester à l'écart l'un de l'autre ! dit Mickey avec une expression amusée.

Que Mickey puisse trouver quelque chose de drôle dans la situation où ils se trouvaient en disait long sur la satisfaction que tiraient les habitants de Faerie à compter les points dans le duel entre Ceridwen et Robert.

Kelsey revint à sa question initiale.

— Comment pouvait-il savoir ? demanda-t-il à nouveau, et, cette fois-ci, Gary nota que l'elfe jetait un regard plus que curieux au lutin.

Mickey se contenta de hausser les épaules et mit sa pipe dans sa bouche.

— Tu serais bien avisé de prendre l'écu. Rien de mieux pour bloquer le feu du dragon ! C'est du moins ce que dit la légende... remarqua le lutin en détournant la conversation.

Kelsey regarda Robert qui revenait vers eux. La réponse à ses interrogations n'allait pas tarder.

Il se tourna vers Gary pour prendre le bouclier mais Gary, littéralement hypnotisé par Robert, ne remarqua pas l'elfe. L'image de cet homme crachant des flammes n'avait pas de sens. Et puis, qui avait entendu parler d'un dragon qui se battait avec une épée ?

— Eh bien ?

Le ton impatient de Kelsey ramena Gary à la réalité. Il regarda autour de lui un instant, un peu perdu, puis comprit ce que voulait Kelsey et se dépêcha d'enlever le grand bouclier de Cédric qui était attaché sur son dos.

— Certaines des courroies se sont distendues pendant la bataille contre les trolls... expliqua Gary.

— Je ne m'en servirai pas pour me battre. C'est trop encombrant pour manier l'épée et sans intérêt devant une arme puissante, particulièrement celle de Robert. Il plongerait sa lame à travers, même si j'étais assez rapide pour le bloquer, dit Kelsey avant de se détourner, prêt à affronter son destin.

— Mais pourquoi le prend-il, alors ? demanda Gary à Mickey.

— Comme je l'ai dit, l'écu peut détourner le souffle du dragon. Si Robert décide de cracher du feu, Kelsey pourra ainsi l'éviter, répondit Mickey en allumant sa pipe.

— Mais Robert n'est pas un dragon ! s'écria Gary qui décidément n'y comprenait rien.

Le rire de Geno résonna à ses oreilles.

— Regarde, mon garçon, regarde bien ! s'exclama Mickey.

Kelsey et Robert se faisaient face au beau milieu de la vaste salle. Kelsey posa le bouclier magique sur le sol, près d'une stalagmite décapitée, et saisit son épée à deux mains.

Robert à son tour brandit sa lame, la faisant tournoyer au-dessus de lui.

— Ahh ! Ne meurs pas trop vite, avorton ! Je n'ai pas eu le plaisir d'une bonne partie d'escrime depuis bien longtemps. Ces stupides tritons sont de trop piètres adversaires pour que je m'amuse vraiment ! rugit le géant roux.

La lame monstrueuse plongea soudainement, comme pour ponctuer ces rodomontades. Kelsey l'évita de justesse.

En dépit du poids de son arme, Robert stoppa net son mouvement et ramena l'épée en sens inverse. Kelsey eut la sagesse de continuer à reculer, restant toujours hors d'atteinte de l'ennemi.

— Ah, excellent ! Difficile à attraper, si ce n'est à tuer ! gronda Robert.

Le géant se fendit avec une puissance incroyable.

— Attention ! s'écria Gary.

Mais Kelsey savait ce qu'il faisait. Quand Robert chargea, il fit de même, plongeant sur ses genoux et glissant aux pieds du colosse. Le fleuret de Kelsey fit mouche et atteignit la cuisse de Robert par deux fois. Celui-ci regarda sa jambe avec incrédulité.

Gary battit des mains à cette ruse, mais il s'assombrit aussitôt en s'apercevant que Mickey ne partageait pas son enthousiasme.

— Ah ! Excellent ! rugit encore Robert.

Il se mit alors à rire si fort que l'écho se répercuta sur chaque pierre. Sans prêter la moindre attention à ses blessures, il avança sur Kelsey, lentement, délibérément, en agitant son épée devant lui.

— J'aurai au moins la chance de voir mourir l'elfe avant d'affronter le ver, marmonna lugubrement Geno.

23

Le duel

L'IMMENSE ÉPÉE FENDIT L'AIR UNE FOIS DE PLUS.

Chaque passe rapprochait Robert de sa proie. Kelsey n'essaya même pas de parer les coups puissants, sachant qu'à moins de réussir à orienter son léger fleuret sous un angle parfait les assauts de Robert auraient raison de ses maigres défenses.

Habituellement, dans un combat de ce type, contre un ennemi beaucoup plus grand que lui, l'elfe avait l'avantage de la rapidité, surtout si son adversaire maniait une lame aussi lourde. Mais ce n'était pas le cas cette fois-ci. Robert brandissait son arme avec autant d'aisance que Kelsey et il était incroyablement leste.

Robert se fendit à nouveau, et l'elfe eut à peine le temps de parer. Le large sourire du colosse accentua l'impression de domination qui émanait de lui.

Mais Kelsey était loin de vouloir se rendre, et, de toute façon, Robert ne l'aurait sans doute pas accepté. Kelsey avait traversé de nombreuses épreuves pour en arriver là, et maintenant qu'il touchait au but, qu'il était sur le point de réaliser sa quête, la cause à laquelle il avait consacré sa vie, son sang d'elfe courait dans ses veines avec une vigueur accrue. Il savait depuis toujours que ce combat serait la plus grande épreuve de toute son existence, et il était prêt.

L'épée de Robert frappa encore et Kelsey recula une

fois de plus. Mais le géant se fendit soudainement en une détente puissante, tournant ses poignets afin de diriger la pointe de l'arme vers le haut, puis les faisant pivoter pour plonger vers le bas en un geste spectaculaire.

Bravement, Kelsey brandit son fleuret bien haut au-dessus de lui, en biais. En temps normal, l'elfe rusé aurait tourné sa lame à l'horizontale alors que le coup arrivait, bloquant l'arme de l'assaillant, la projetant sur le côté, laissant ainsi l'autre à sa merci.

Cependant il eut la sagesse de ne pas recourir à cette tactique contre son adversaire à la force surhumaine. Quand l'épée de Robert plongea, l'elfe, au lieu d'amener son arme à l'horizontale, la brandit à la verticale et sauta immédiatement à gauche, à l'écart du coup dévié. Robert se reprit rapidement mais pas assez toutefois pour que l'elfe perde l'avantage qu'il venait d'acquérir. La lame du colosse se trouvant maintenant de l'autre côté, Kelsey fonça sur son flanc droit, et lui lança une série de coups bien ajustés.

— Bravo ! s'exclama Mickey en battant des mains.

Tout le monde, Robert compris, crut que Kelsey allait simplement courir hors de portée et replacer le combat sur un terrain égal.

Mais personne, et encore moins le dragon, n'avait vraiment compris quel feu brûlait dans les veines du noble elfe.

Au moment où Robert tendait le bras pour l'atteindre, Kelsey recula de quelques pas de façon à se trouver hors de portée de son épée tout en l'obligeant à découvrir son flanc droit. Le mince fleuret fit mouche à plusieurs reprises avant que le titan ne batte en retraite.

— Belle manœuvre ! s'écria Mickey en applaudissant à nouveau.

Robert lui jeta un regard noir qui le réduisit aussitôt au silence.

Gary crut que le géant allait se ruer sur le pauvre Mickey pour le massacrer, et le jeune homme redoutait qu'il ne s'arrête pas en si bon chemin... Un sentiment d'échec pesa soudain lourdement sur ses épaules et il se tourna vers Geno, espérant quelque réconfort. Ce qu'il vit ne le rassura pas du tout car le nain s'était prudemment éloigné de Mickey.

Mais Gary se trompait. Robert était trop absorbé par le duel pour entreprendre quoi que ce fût contre les compagnons à ce moment-là. Il concentra sa fureur sur Kelsey puis regarda avec dédain son flanc blessé. Son bras droit était écorché en plusieurs endroits.

— Je pensais t'épargner, gronda Robert.

— Mensonges ! répliqua Kelsey.

— Tu vas mourir ! rugit Robert.

Il se fendit avec violence et son épée siffla.

En dépit de la bravoure de Kelsey, Gary crut bien que la prédiction de Robert allait s'avérer exacte. Était-il possible d'échapper aux violents assauts du titan, surtout pour un être aussi mince et délicat que l'elfe ? Et même si Kelsey parvenait à se maintenir hors de portée, comment pouvait-il espérer sortir victorieux d'un tel combat ? Il avait réussi à toucher Robert à plusieurs reprises, lui portant des coups qui auraient tué, ou du moins gravement blessé, n'importe qui d'autre. Hélas ! Cela n'avait servi à rien et Robert ne montrait pas le moindre signe de fatigue.

Kelsey se glissa derrière l'une des nombreuses stalagmites qui jalonnaient la vaste salle, espérant ainsi diminuer l'intensité de l'attaque.

Robert ne ralentit pas pour autant le mouvement. Des étincelles jaillirent quand la lame heurta la pierre et quand elles disparurent, la stalagmite était coupée en deux.

Au grand étonnement des compagnons, l'épée de Robert ne s'était ni cassée, ni même abîmée. Le géant aux cheveux roux, le visage déformé par la colère, repartit de plus belle, faisant vibrer son épée dans l'air.

Kelsey aurait pu rester longtemps sur sa position défensive, mais il savait qu'il n'en tirerait aucun avantage et que le grand Robert ne se fatiguerait pas. L'elfe savait qu'il lui fallait faire preuve de bravoure et d'intelligence. La moindre erreur lui coûterait probablement la vie.

Kelsey faillit éclater de rire à cette pensée !

Quelle importance avait son existence, face à l'accomplissement de sa quête ? Le moment de vérité était enfin venu. Il fallait en finir, ou mourir.

L'elfe brandit son arme, observant soigneusement les mouvements des doigts de Robert crispés sur la poignée gainée de cuir de son épée.

Gary voulut détourner le regard, n'ayant nulle envie de voir son ami partager le sort de la stalagmite décapitée. Mais il ne pouvait détacher les yeux de ce spectacle et sa bouche béa d'étonnement quand il vit Kelsey qui souriait, l'air confiant.

Gary ne pouvait pas le savoir à ce moment-là, mais Kelsey avait enfin trouvé la faille. Car malgré sa force surhumaine et son extrême rapidité, le colosse était assez maladroit, du moins selon les critères de Kelsey. Les attaques de Robert étaient trop directes et ses feintes devenaient de plus en plus prévisibles pour le combattant expérimenté qu'était le guerrier Tylwyth Teg.

Kelsey fixait toujours les doigts énormes et noueux, guettant le mouvement révélateur. Quelques foulées, un ou deux coups, puis Robert vira et brandit son épée vers le haut. Kelsey était prêt.

Tout comme la fois précédente, le colosse se rapprocha de l'elfe en quelques enjambées.

Kelsey, en revanche, se garda bien de reproduire la même défense. Il se rua aussi, le fleuret en avant, espérant être plus rapide que Robert.

La lourde lame était encore haut dans les airs quand la fine pointe de Kelsey se posa contre sa gorge.

— Tu as perdu ! s'écria l'elfe.

Kelsey aurait pu enfoncer son arme dans le cou de Robert, ce que son instinct le poussait à faire. Mais à quoi servirait un dragon mort ? Soudain, Robert rugit et baissa son épée vers lui. L'elfe plongea sur le côté, roula au sol et, se rétablissant sur les pieds, pointa un doigt accusateur vers le colosse.

— Trahison ! Je t'ai battu ! hurla Kelsey, prenant ses compagnons à témoin.

— Je ne suis pas à terre ! Tu n'as rien gagné !

— Quelle justice est-ce là ? Dois-je te tuer pour l'emporter ? Et que gagnerais-je alors ? s'écria Kelsey, plaidant sa cause auprès de ses amis, des pierres de la caverne, de toute personne et de toute chose qui auraient pu l'entendre.

— Tu n'as pas gagné ! répéta Robert.

Gary eut l'impression que sa voix avait changé, qu'elle était plus rauque.

— Mon épée était contre ta gorge !

— Et la mienne sur ta tête ! Si tu avais achevé ton mouvement, j'aurais pu finir le mien, ajouta rapidement Robert.

Il pointa le doigt contre son cou.

— Un petit trou dans la gorge d'un dragon est peut-être une bonne façon de conclure un duel, mais sûrement pas autant qu'un elfe coupé en deux ! poursuivit-il d'un ton rogue.

Kelsey savait que l'interprétation de Robert était loin d'être juste. Il aurait eu le temps d'achever son geste et de reculer pour éviter le coup. Mais l'argument de Robert était convaincant, suffisamment pour lui éviter le déshonneur dans le récit futur du combat.

— Il joue le jeu de Bilbo, marmonna Gary.

Mickey le regarda avec curiosité puis se souvint de l'histoire et approuva.

— C'est une demi-vérité. Kelsey le tenait ! continua le jeune homme.

— Hum ! Dis-le à Robert, mais attends que je me sois éloigné de toi, mon garçon ! ronchonna Mickey.

Gary comprit où le lutin voulait en venir.

— Assez ! s'écria soudain Robert.

D'un bras, il lança l'immense épée à travers la pièce. L'arme frappa le mur où elle se planta en vibrant, à moitié enchâssée dans la pierre.

L'espace d'un instant, Gary pensa que Robert avait capitulé, qu'il avait reconnu l'avantage de l'elfe.

Mais Kelsey devina ce qui allait se passer. Il se jeta sur le bouclier magique, qu'il ajusta à son bras en toute hâte.

Gary se demandait ce que faisait Kelsey mais quand il regarda Robert, il comprit.

Robert était en train de se métamorphoser.

Il se déforma bizarrement, comme s'il se déroulait. Sa tignasse rousse se fondit littéralement dans sa peau, qui semblait en pleine ébullition. Une aile immense poussa dans son dos, suivie d'une seconde, et ses bottes se déchirèrent sous la pression de monstrueuses griffes. Un bruit d'os craquant sous l'effort se répercuta dans toute la salle avec un écho sinistre. Une queue couverte d'écailles, qui devenait de plus en plus longue et de plus en plus épaisse, frappa rageusement le sol derrière la créature.

— Nom de D... de nom de D... ! bafouilla Gary, à court de jurons.

Aucune expérience antérieure, pas plus que les ouvrages de *fantasy* qu'il dévorait habituellement, absolument rien n'aurait pu le préparer au spectacle qui s'offrait à lui !

La pièce ne paraissait plus aussi grande, car le dragon avait atteint les cinquante pieds de long, et continuait de s'allonger et de grossir. Gary se rappela le Loch Tullamore asséché. Maintenant il comprenait mieux...

Il serra son livre, comme si ce récit des exploits de ceux qui avaient affronté la créature et lui avaient survécu pouvait le protéger, tel un talisman. Une terreur animale, primitive, s'était emparée de lui et engourdissait ses gestes et son esprit.

La métamorphose était maintenant achevée. Robert mesurait désormais près de cent pieds. Il avait des pattes monstrueuses, et une mâchoire qui aurait brisé un homme en deux, ou l'aurait avalé tout rond.

Gary sentit ses genoux faiblir. Il ne voulait qu'une seule chose, s'enfuir, mais il savait que ses jambes ne le porteraient pas. Il aurait voulu fermer les yeux, il ne le pouvait pas : la sensation de majesté et d'horreur mêlées qui se dégageait du vrai dragon l'hypnotisait, et le paralysait.

— Assez ! tonna à nouveau le dragon.

Si la voix de Robert, sous sa forme humaine, pouvait faire vibrer les pierres, alors la puissance de ce rugissement devait sûrement les briser.

— Le jeu est terminé, Kelsenellenelvial Gil-Ravadry !

Geno jeta un coup d'œil méfiant à Mickey et à Gary.

— Eh bien, je suppose que la lance devra attendre encore un peu avant d'être à nouveau entière, marmonna le nain, sarcastique. Stupide elfe ! ajouta-t-il, et son ricanement de dérision libéra Gary de sa transe.

— Tu n'as pas l'air très concerné, dit-il à Geno.

Celui-ci poussa un soupir fataliste.

— Robert ne me mangera pas. Les dragons n'aiment pas particulièrement le goût des nains. En revanche, toi, il te dévorera !

Gary, ne trouvant rien à répondre à cela, reporta son attention vers le combat, qui semblait être le prélude à un massacre. Le sourire de l'elfe avait disparu depuis longtemps, de même que son assurance et sa détermination. Mais qui aurait pu l'en blâmer ?

— Comment l'aider ? chuchota Gary à Mickey, bien conscient que si le lutin lui suggérait de se battre aux côtés de Kelsey, ses jambes vacillantes trahiraient ses nobles intentions.

Mais Mickey se contenta de grogner, et Gary se tut. Il réussit enfin à fermer les yeux et tourna ses pensées vers l'intérieur, appelant la lance de Cédric, son allié le plus fiable dans ce cauchemar éveillé.

Kelsey serra plus fort son épée et se redressa fièrement, faisant face à la bête infernale. Il savait depuis le début de sa quête quelle créature il devrait affronter, et il savait qu'il irait jusqu'au bout.

C'est Robert qui ouvrit les hostilités. Il glissa vers Kelsey et lui assena un coup de son énorme patte griffue. L'elfe brandit le bouclier magique pour se protéger.

— Non ! gémit Gary en se détournant, persuadé que le combat touchait à sa fin. Oh, se reprit-il quand il regarda à nouveau vers Kelsey.

Toujours debout, avec une superbe bravoure, l'elfe répondait par une série de coups dans le bras tendu du dragon.

Le vent soulevé par le rire en rafales de Robert projeta Kelsey sur le sol.

— Ne rends pas les choses si faciles ! J'ai envie de m'amuser un peu avec toi... Qui sait quand un autre héros se montrera aussi insensé que toi, Kelsenellenelvial Gil-Ravadry ? gronda le dragon.

— *Comment puis-je aider mon ami ?* demanda Gary en pensée à la lance de Cédric.

Pas de réponse.

Il appela mentalement plusieurs fois, insistant pour qu'elle communique avec lui.

— *Ce combat n'est pas le tien*, répondit-elle finalement.

— *Je dois aider Kelsey !*

— *Non ! C'est un duel d'honneur. Les événements doivent se dérouler exactement comme il était prévu avant que l'elfe n'entreprenne sa quête*, fit la lance.

Gary voulut protester, faire valoir qu'aucun guerrier ne pouvait vaincre un tel monstre, et que la mission devait être abandonnée pour sauver la vie de Kelsey. Puis il comprit. La lance ne se souciait pas de l'elfe. Cette bataille, menée selon des règles anciennes, était sa seule chance d'être reforgée.

Impuissant, Gary rouvrit les yeux.

Kelsey attaquait à nouveau. Il se jeta au-devant des gigantesques griffes et frappa l'armure d'écailles de toutes ses forces.

L'énorme tête cornue du dragon était secouée par le rire. De temps à autre, comme pour s'amuser, Robert laissait tomber l'une de ses pattes monstrueuses près de Kelsey qu'il renversait sur le côté. On eût dit un chat jouant avec une souris...

Mais l'elfe têtu ne cédait pas et sa persévérance finit par porter ses fruits.

Les traits de saurien de Robert se tordirent soudain de douleur quand l'épée de Kelsey s'enfonça dans sa chair. Le monstre se mit à battre frénétiquement des ailes, créant un formidable courant d'air qui fit vaciller son frêle adversaire.

Le dragon s'éleva au-dessus du sol.

Kelsey se campa fermement sur ses pieds et se servit du bouclier magique pour essayer de dévier le vent puissant. Il faillit perdre l'équilibre quand le dragon souffla.

— Nous y voilà, murmura Mickey.

Soudain, un torrent de flammes se déversa sur le malheureux Kelsey. Gary, qui se tenait pourtant à bonne distance, sentit ses sourcils roussir sous son heaume. L'incendie continua pendant de longues secondes. Des langues de feu se répandaient sur Kelsey et brûlaient la pierre tout autour de lui.

Puis, ce fut le silence. Kelsey était toujours debout ! La pierre bouillonnait à côté de lui, le métal de la face extérieure du bouclier de Cédric rougeoyait, mais l'elfe, ainsi que ses vêtements et le sol qui se trouvait à l'abri du bouclier étaient indemnes.

— C'est trop fort ! dit Geno, ébahi.

Robert aussi avait l'air sidéré, la mâchoire béant d'étonnement, en voyant l'elfe survivre au feu qui faisait fondre la pierre.

— Il va falloir mieux faire, puissant ver ! dit Kelsey qui avait repris confiance, voyant que l'écu légendaire pouvait, comme l'avaient chanté les bardes, « dévier l'haleine ardente du griffon ».

Robert souffla à nouveau et Kelsey n'eut que le temps de bondir à l'abri du bouclier. Autour de lui, la pierre sifflait et crépitait, et l'odeur de soufre empuantissait l'air.

Lorsque cessa le déluge de feu, Kelsey sortit sa tête de derrière l'écu, hilare.

Survivre à cette épreuve constituait en soi une insulte

pour le dragon. Mais les railleries de l'elfe, et maintenant ce sourire déchaînèrent sa fureur au-delà de tout ce que Gary aurait pu imaginer. Le jeune homme entendit alors le pas lourd du dragon qui chargeait, faisant trembler les larges dalles sur son passage.

— Miséricorde ! s'exclama Mickey.

La bête martela Kelsey avec une telle férocité que Gary pensa que l'elfe était mort. Kelsey parvint à se dégager des pattes du monstre, mais ce fut pour voir la terrible mâchoire claquer devant lui, essayant de le mordre. Il réussit à l'esquiver, et même à frapper Robert à plusieurs reprises, avant que le dragon ne recule pour mettre sa tête hors de portée.

Les pattes s'agitaient, les ailes battaient frénétiquement, et la queue du dragon frappait autour d'elle avec une force suffisante pour abattre un arbre. Mais Kelsey parait chaque coup, et son mince fleuret était partout à la fois, contrant à un rythme endiablé les assauts du dragon.

Le feu jaillit une fois de plus de la gueule du monstre, mais le bouclier le repoussa et Kelsey réussit à se rapprocher et à blesser la créature.

— C'est impossible ! grommela Gary en se tournant vers Mickey.

Le lutin était trop absorbé pour lui répondre mais Geno s'en chargea en jetant un marteau sur son heaume.

— Boucle-la ! gronda le nain.

Cet éclat de colère inattendu fit taire Gary.

La fureur de Robert ne s'apaisait pas et Gary redouta que la montagne s'écroule sous ses trépidations. Mais Kelsey avait accéléré le rythme de ses offensives, se démenant avec une belle ardeur. Il se mouvait avec une telle rapidité que, par moments, on ne voyait plus qu'une forme floue.

Un coup de patte le repoussa en arrière et quand il se jeta à nouveau en avant, la mâchoire de Robert se précipita sur lui. Quand le dragon releva la tête, il tenait l'elfe dans sa gueule.

Mais Kelsey ne s'avoua pas vaincu ! Il avait réussi à bloquer son bouclier entre les crocs de Robert et se trouvait maintenant tout près du seul organe vulnérable du dragon.

Kelsey tenait son épée à un pouce de l'œil jaune et reptilien.

— Te rends-tu ?

— Je pourrais te carboniser ! siffla l'autre entre ses mâchoires bloquées.

— Alors tu seras le premier dragon borgne, l'avertit Kelsey.

Robert ne bougea pas, réfléchissant à la situation.

— Je n'arrive pas à y croire, murmura Gary, vibrant d'allégresse, tout en contemplant le monstre vaincu qui déposait l'elfe sur le sol presque délicatement.

— Apporte la lance et qu'on en finisse ! rugit le dragon en frappant ses pattes avant dans un fracas de tonnerre.

— Incroyable, répéta Gary.

— Tiens-toi tranquille, mon garçon ! Pas un mot, et fais rapidement ce que tu as à faire, chuchota Mickey d'un ton étrangement autoritaire.

Gary regarda le lutin avec curiosité, se demandant pourquoi il était si tendu. Il crut voir une perle de sueur rouler sur le front du lutin.

Gary ne comprenait pas. L'épreuve avait été surmontée, et Kelsey avait gagné. L'elfe avait survécu au souffle du dragon, il avait encaissé des coups qui auraient renversé des arbres et aplati des montagnes...

Gary interrompit soudain le cours de ses pensées.

— ... Le premier dragon borgne, marmonna-t-il en imitant l'accent que Kelsey avait utilisé.

Maintenant il comprenait la colère de Geno quand il s'étonnait des prouesses impossibles de l'elfe !

Gary reporta son attention sur la scène qui se déroulait devant lui. Robert se dirigeait vers un tunnel large et haut qui partait de la pièce principale. Kelsey se tenait à l'endroit où Robert l'avait déposé, impassible, tout auréolé de gloire.

Gary regarda à travers l'elfe illusoire.

— Le premier assaut, chuchota Mickey, voyant qu'il avait enfin compris.

Gary se remémora rapidement les différents événements de la bataille, le premier coup lancé vers Kelsey, et regarda alors l'endroit où il était alors. Il vit Kelsey qui gisait derrière une stalagmite, roulé en boule et couvert de sang. L'elfe était cependant vivant et essayait de rester complètement immobile.

— Tu vas avoir besoin du bouclier, dit Geno.

Maintenant que l'illusion s'était dissipée, Gary remarqua le bouclier qui se trouvait là où Kelsey l'avait déposé au début. Il se demanda comment il pourrait le récupérer sans révéler la supercherie à Robert, mais Mickey s'en était déjà chargé. Le Kelsey fictif marcha vers le vrai bouclier et le posa sur le faux.

Tout cela était très confus pour Gary, qui ne comprenait pas comment le dragon ne s'était rendu compte de rien. Mais il ramassa le bouclier et courut à la suite de Geno et de Robert.

Il regarda derrière lui en quittant la pièce et vit l'elfe illusoire rejoindre près de la stalagmite le vrai Kelsey, dont le lutin pansait les blessures.

Gary se recroquevilla derrière le bouclier quand il entendit le souffle du dragon. La lance était posée sur une pierre plate devant lui et il tenait la partie inférieure de l'arme, comme le voulait la prophétie. Geno avait attaché ensemble les deux extrémités de la lance avec une lanière de cuir et avait répandu une substance poudreuse sur la partie qui devait être reforgée. Gary n'aurait su dire s'il s'agissait de limaille de fer ou de gemmes pilées. Puis le nain s'était éloigné prudemment du feu, un marteau dans une main gantée, un sac plein de la mystérieuse poussière dans l'autre.

Gary se souvint alors qu'il n'avait pas vu *ce* bouclier détourner le feu, mais que la scène à laquelle il avait assisté n'était qu'une illusion. Il jeta un coup d'œil pardessus le bouclier, voulant protester, mais trop tard !

Des flammèches léchaient déjà tout ce qui se trouvait autour du jeune homme. Il ressentit une vive brûlure aux doigts qui s'agrippaient à l'écu, et dut étouffer un cri de douleur.

Et puis, tout fut terminé. Gary faillit s'évanouir de soulagement en voyant que l'arme avait bel et bien détourné les flammes. La lance magique rougeoyait dans la pénombre, comme animée d'une vie intérieure. Le nain se précipita dessus, la saupoudra de quelques flocons et se mit à la marteler. Il recommença plusieurs fois cette opération, à une cadence inouïe, tout en marmonnant des paroles indistinctes. Gary devina qu'il s'agissait d'un rituel magique. Puis le nain souleva la lance et s'assura qu'elle était bien droite.

Il la reposa sur la pierre plate, donna quelques coups et la releva pour une nouvelle inspection. Avec un sourire, il se recula et rangea son marteau dans sa ceinture. Les lueurs incandescentes se dissipèrent. La lance avait l'air incroyablement froide.

— Te voici entré dans la légende, puissant Robert. Tout l'univers saura que toi, le plus grand de ta race, auras été celui qui a soufflé le feu afin de reforger la lance du grand Cédric Donigarten, proclama Geno.

Cette tentative pour amadouer le dragon n'eut aucun effet.

— Sortez de ma montagne ! rugit ce dernier.

Gary hocha la tête à l'instar de Geno. Ils n'avaient pas besoin de se le faire dire deux fois.

— Prends la lance, dit Geno à Gary.

Le jeune homme la souleva aisément d'une seule main. L'arme avait l'air encore plus légère qu'avant, lorsqu'elle était en deux morceaux, et encore plus équilibrée. Si, auparavant, Gary avait eu l'impression de pouvoir la jeter à cent pieds de là, maintenant il lui semblait qu'il pourrait l'envoyer dix fois plus loin !

La lance n'entra pas en contact avec lui mais Gary sentit clairement son allégresse.

24

Les corbeaux

UNE DIZAINE DE TRITONS MARCHAIENT EN RANGS SERRÉS derrière les compagnons, leurs lances levées guidant Kelsey, blessé, et ses amis dans l'inextricable labyrinthe de galeries et d'escaliers creusé sous la citadelle. Le dragon leur avait formellement interdit de s'approcher jamais du château.

— Plus jamais ! avait hurlé Robert.

Gary avait eu l'impression que cet avertissement s'adressait plus particulièrement à Mickey. Robert avait-il deviné la supercherie ? Le jeune homme abandonna cette idée : le monstre ne les aurait sûrement pas laissés partir si tel avait été le cas !

Gary était soulagé d'être hors de vue de la terrible créature, et il n'avait aucunement l'intention de revenir en ces lieux maudits. Mais il n'était pas encore délivré de ses angoisses. Il soutenait Kelsey, très affaibli par ses blessures, et ne cessait de regarder par-dessus son épaule, redoutant quelque traîtrise de la part des soldats.

— Tranquillise-toi, mon garçon, le griffon n'oserait point briser son serment, dit Mickey qui avait remarqué le malaise du jeune homme.

— Il ne faut jamais faire confiance à un dragon, à moins de l'avoir vaincu au cours d'un duel loyal. Ils ont aussi le sens de l'honneur, murmura Geno sombrement.

Gary remarqua que, dans ce monde étrange et magique, on en revenait toujours à la notion d'honneur.

— Hum ! Il n'a pourtant pas d'autre choix que de nous libérer, lui assura Mickey, tirant une longue bouffée de sa pipe, le visage illuminé d'un grand sourire.

Gary était content de l'entendre mais ne montrait aucun signe de joie. Kelsey tressaillait de douleur à chaque pas et Gary s'attendait que l'elfe s'évanouisse d'un instant à l'autre. L'un de ses bras était probablement cassé et une longue plaie lui déchirait le flanc. Du sang collait les cheveux blonds de l'elfe et maculait son visage fin. Seule la lueur satisfaite qui animait ses yeux mordorés indiquait qu'il était encore conscient de ce qui se passait autour de lui.

Ils débouchèrent sur un sentier bas dans la montagne, loin de l'imposante forteresse qui projetait sur eux son ombre maléfique. La moitié de leur escorte resta derrière eux pour bloquer l'entrée du tunnel ; l'autre se plaça en position défensive sur la route audessus.

— Hum ! On dirait qu'ils craignent que nous revenions par là, remarqua Mickey en voyant les soldats.

Ces paroles touchèrent profondément Gary : ils étaient enfin libres ! Ils étaient délivrés de Robert, et lui-même s'était affranchi de son pacte avec Kelsey, car il tenait la lance magique enfin reforgée. Les termes du contrat étaient remplis ; il pourrait bientôt rentrer à la maison...

La maison !

Le mot prenait soudain une résonance nouvelle, pour lui qui cheminait au pied d'une montagne gigantesque, dans un pays si différent du sien. Il avait l'impression que cela faisait des années qu'il avait quitté le Lancashire, comme si l'autre univers n'avait été qu'un long rêve et que le monde de Faerie fût devenu réel.

Plus réel que l'usine de plastique. Plus réel que l'ennui de se tenir, jour après jour, auprès du broyeur, en laissant tomber dedans des morceaux de plastique tout en inventant des aventures absurdes.

Gary réprima un rire à cette idée. *Des aventures absurdes !* C'était devenu son quotidien : il portait un lutin sur son épaule, combattait des trolls, apprivoisait des géants, partageait ses repas avec un elfe et un nain, sans parler des sorcières, nymphes et autres farfadets qui croisaient son chemin de temps en temps...

— Alors, raconte-moi comment tu as fait, demanda-t-il à Mickey dès qu'ils eurent mis quelque distance entre les soldats et eux.

Le lutin leva des yeux innocents sur le jeune homme, comme s'il ne savait pas de quoi il s'agissait.

— Tu disais que les illusions ne prenaient pas contre les dragons ? lui rappela Gary, se doutant que Mickey avait compris ce qu'il avait en tête.

— Pas tout à fait ! J'ai dit qu'elles étaient moins efficaces sur le griffon — comme avec les nains, mon garçon —, ça ne fonctionne pas aussi bien, corrigea Mickey avec un clin d'œil.

— Mais ça a parfaitement marché ! Trop parfaitement, même... remarqua Gary d'un ton soupçonneux.

— C'était un combat ! Robert se serait rendu compte de l'illusion s'il avait pris le temps de réfléchir un peu. Mais il avait un redoutable ennemi en face de lui, poursuivit le lutin, et il le savait. Et puis, mon pouvoir est décuplé, à l'intérieur de ces murs...

Mickey s'arrêta brusquement, il sembla craindre d'en avoir trop dit.

Mais Gary était trop absorbé dans ses souvenirs de la bataille pour relever l'hésitation du lutin.

— Nous avons triché. C'est Robert qui a gagné et il n'avait nullement l'obligation de forger la lance, ni même de nous laisser sortir, dit Gary.

Geno lui donna un coup de pied dans le tibia, qui manqua de les faire trébucher, Kelsey et lui.

— Alors va te rendre au dragon ! Ta conscience se

sentira mieux quand ton corps aura été dévoré, ronchonna le nain.

Gary jeta un regard furieux à Geno tout en massant sa jambe douloureuse.

— Ton raisonnement est juste, mon garçon, mais celui du nain l'est encore plus ! Tu ne peux battre loyalement quelqu'un comme Robert, intervint Mickey.

— La fin justifie les moyens ? répondit Gary.

Mickey réfléchit à cette étrange phrase puis approuva.

— Quand tu affrontes un griffon, oui, c'est vrai... Et puis, tu sais, fiston, le vrai Kelsey avait vaincu Robert *avant* qu'il ne se métamorphose ! C'est Robert qui a choisi l'épée pour le duel et c'est donc Kelsey qui a gagné ce combat, ajouta le lutin.

Gary abandonna le sujet, satisfait d'être tombé d'accord avec le raisonnement de Mickey. Pour quelque raison obscure, il avait besoin de savoir que l'honneur avait été respecté dans ce défi. Kelsey lui tapota alors l'épaule et ce geste émut le jeune homme. Il se tourna pour regarder l'elfe blessé et, à sa grande surprise, lut une sincère approbation dans le regard mordoré.

Ils descendirent la montagne aussi vite qu'ils le pouvaient. La forteresse fut bientôt loin derrière eux, au grand soulagement de Gary qui s'était aperçu que Mickey ne cessait de se retourner. Ce lutin semblait éprouver un regret, comme s'il avait laissé quelque chose de précieux dans les caves du château.

Gary ne demanda rien à Mickey ; il savait que le lutin ne lui répondrait pas. La rencontre de Mickey avec le farfadet lors de leur première nuit hors de Dvergamal lui revint soudain en mémoire. C'est alors seulement qu'il se rappela la remarque du lutin disant que sa magie avait été à son apogée au château de Robert. C'était indiscutablement le plus extraordinaire mirage dont Gary ait été le témoin, et il revoyait avec netteté l'image du Kelsey factice affrontant la terrible bête.

Mais cela n'expliquait pas pourquoi Robert avait été abusé de la sorte. Par exemple, la seule raison pour laquelle les illusions avaient trompé Geno dans sa caverne quand le faux Kelsey avait marché dans le piège était que Mickey avait montré au nain ce qu'il souhaitait voir. Car le dragon ne s'attendait certainement pas que l'elfe ait le dessus. Au contraire, il escomptait que Kelsey serait blessé.

En toute logique, Robert avait donc dû déceler le tour de passe-passe, si ce n'est au début, du moins plus tard, avant qu'il ne conduise Gary et Geno dans la pièce attenante à la salle du combat pour reforger la lance.

Alors comment Robert avait-il pu se laisser berner ? Et pourquoi Mickey ne cessait-il de jeter des coups d'œil anxieux vers le château ?

Gary avait beau tourner le problème en tous sens, il ne comprenait pas.

Le chemin bifurqua dans plusieurs directions quand ils arrivèrent aux pentes basses de la montagne en forme d'obélisque. Mickey prit la tête de la petite troupe qu'il guida vers le nord.

— Hum ! Ce chemin nous ramènera plus promptement vers Tom Pouce, expliqua-t-il.

— Et vers les Crahgs aussi ? demanda sèchement Geno.

— Point n'est besoin de retourner par là ! répondit fermement Mickey en hochant la tête.

Le visage du lutin et celui du nain s'éclairèrent à cette déclaration. Mickey sauta en l'air et frappa ses petites poulaines l'une contre l'autre.

— Youpla ! La quête est terminée ! Prenons le temps de marcher et d'apprécier cette belle journée ! dit le lutin exubérant en regardant plus particulièrement Kelsey.

Quand il retomba, il avait perdu son expression joyeuse et recommença de couler des regards inquiets derrière lui. Gary comprit pourquoi Mickey avait eu soudainement l'air aussi gai : c'était pour donner le change à Kelsey. Et en regardant l'elfe blessé, Gary approuva Mickey. Il brandit la lance devant lui afin que l'elfe puisse la contempler dans toute sa splendeur. Le visage de Kelsey s'illumina et il sembla à Gary que son poids s'allégeait.

— Tu vas entrer dans la légende comme étant celui qui a reforgé l'arme de Cédric Donigarten, dit Gary à Geno qui n'avait pas l'air de partager leur joie.

Un instant, il pensa qu'il allait rentrer chez lui, se demandant s'il allait se réveiller dans une chambre blanche aux murs capitonnés ou bien dans son lit et découvrir que tout cela n'avait été qu'un rêve.

Il fit défiler en esprit le film de cette aventure, de Tir na n'Og jusqu'au Pouce du Géant, se remémorant toutes les choses extraordinaires qu'il avait vues. Il aurait dû se rappeler qu'il était encore bien loin de chez lui, à des lieues de Tir na n'Og, et que l'aventure n'était pas encore finie.

Kelsey hurla de douleur et s'effondra. Tout près d'eux, Gary vit une pierre qui bougeait et avait une forme vaguement humaine quoique moitié moins grande que lui.

— Encore une ruse des nains ? s'écria Gary, incrédule.

Il cogna sa lance contre le rocher vivant, plissant les yeux car il redoutait qu'il ne se brise en mille morceaux. Des étincelles jaillirent quand la pointe de métal s'enfonça dans l'apparition, qui explosa sous l'impact et se transforma en un tas de cailloux.

— Encore une ruse des nains ? répéta Gary, mais quand il regarda Geno, il comprit à quel point sa question était ridicule.

Plusieurs créatures entouraient le nain et tentaient de se saisir de ses bras et de ses jambes. Les marteaux jaillirent, zébrant l'air, repoussant les attaquants et faisant voler des éclats en tous sens.

— Mon épée ! s'écria faiblement Kelsey quand d'autres pierres, soudain animées, se ruèrent sur eux.

Gary tenait la lance à deux mains tout en enjambant

l'elfe prostré, sachant que Kelsey était incapable de se défendre.

— Mickey ! cria Gary.

Son arme virevolta dans les airs, envoyant une gerbe d'étincelles multicolores.

— Je ne puis rien contre eux !

Gary remarqua que le lutin, flottant sous son parapluie, ramenait ses pieds sous lui pour éviter les êtres malfaisants qui tentaient de l'attraper.

Le métal cogna contre la pierre, mais en vain. Les étranges petits personnages déferlaient telle une avalanche sur les compagnons médusés.

— Mickey ! hurla encore Gary, craignant que Kelsey ne fût bientôt écrasé.

Un des agresseurs se glissa en deçà du rayon d'action de la lance et fonça sur Kelsey et sur Gary. Ce dernier n'avait aucune possibilité de fuite et manquait de recul pour manier son arme.

Un marteau providentiel réduisit l'attaquant en menus morceaux.

Gary leva les yeux de l'amas de pierres pour voir sourire Geno, qui émergeait d'une véritable marée de rochers pulvérisés. Les belliqueuses créatures encerclaient le nain de toutes parts, mais en quelques coups de maillet, le chemin fut à nouveau libre.

— Ce ne sont que de vulgaires cailloux, marmonna Geno, et pour démontrer sa supériorité, il attrapa le bras d'un rocher humanoïde qui sautillait autour de lui et l'avala tout rond.

— Alors, fiston, qu'est-ce que je t'avais dit à propos des repas des nains ? demanda Mickey, qui avait l'air soulagé.

Un marteau vola à côté de Gary, s'écrasant sur une créature qui s'était rapprochée de lui.

— Tiens-les éloignés de toi ! Contente-toi de te défendre, et protège Kelsey. Il suffit de savoir où les frapper ! Laisse-moi régler cette affaire, c'est ma partie ! dit Geno en réduisant une autre créature en poussière.

Gary agita sa lance de gauche à droite et de bas en haut, détruisant tout ce qui passait à sa portée.

Geno quadrillait le terrain, insensible aux assauts des créatures de pierre et les réduisant en monticules inoffensifs.

Les assaillants se faisaient de plus en plus nombreux mais s'ils avaient l'avantage du nombre, ils n'avaient pas celui de la stratégie. Mickey, flottant dans les airs, guidait les mouvements de Geno.

C'est alors que Gary sentit la terre trembler sous lui, comme si la montagne entière était en train de bouger. Il regarda intensément Geno en une question muette, mais le nain haussa seulement ses larges épaules, n'ayant pas plus d'explication que lui.

— Oh, oh ! fit Mickey d'une voix étranglée en pointant le doigt vers le sentier.

Geno et Gary, éberlués, virent un immense rocher à la silhouette vaguement humaine se diriger vers eux.

— En avant ! cria Gary à Geno.

Il attrapa rudement Kelsey et le jeta sur son épaule. Le nain passa en courant, l'air aussi effrayé que Gary, débarrassant le chemin des petits assaillants qui tentaient de le bloquer.

Le sol tressautait sous le poids des gigantesques pas. Gary n'avait pas besoin de regarder par-dessus son épaule pour deviner que le monstre se rapprochait dangereusement.

— Est-ce que tu sais où il faut le frapper, celui-là ? demanda-t-il à Geno.

— Même si je le savais, je ne pourrais pas atteindre la cible ! rugit le nain.

Un autre petit personnage surgit sur le chemin devant Geno. Il fut réduit en poudre avant d'avoir eu le temps de comprendre ce qui lui arrivait.

— Il n'existe qu'une seule chose plus stupide que de bloquer la charge d'un nain, expliqua Mickey, flottant toujours sous son parapluie.

— Et c'est quoi ? demanda Gary, supposant que Mickey allait attendre la bonne réponse.

Un nouvel attaquant jaillit devant Geno, levant les bras dans une attitude menaçante pendant un quart de seconde, le temps nécessaire au nain pour le réduire en miettes.

— Bloquer la retraite d'un nain, répondit sèchement Mickey.

Gary secoua la tête et regarda le lutin. Il appréciait l'humour noir du lutin en ces circonstances difficiles, mais il vit que Mickey, qui louchait sur leur gigantesque poursuivant, ne souriait pas.

Geno déblayait toujours le chemin devant eux, écrasant même des pierres parfaitement immobiles. Malgré cela, Gary, ralenti par le poids de l'elfe, ne pouvait espérer distancer la montagne vivante qui était à leurs trousses.

— *Tu ne dois pas me jeter !* cria la lance en devinant l'intention de Gary.

Le jeune homme ne prit pas la peine de répondre. Quand il arriva devant un petit monticule, qui n'aurait été qu'une simple bosse en temps normal mais qui risquait de le retarder fâcheusement dans le cas présent, il se retourna et souleva l'arme dans une main.

— *Je suis la cause de cette quête ! Je dois être protégée !*

Gary visa tout d'abord la poitrine du géant, puis il s'aperçut que le javelot, si puissant fût-il, ne parviendrait jamais à pénétrer assez profondément dans l'armure de pierre du monstre pour le blesser. Changeant de tactique, il chercha un autre point vulnérable. L'arme magique se ficha en vibrant dans le colossal genou de pierre. D'immenses fissures apparurent autour du point d'impact, gagnant l'ensemble de la jambe. La formidable créature s'arrêta et oscilla dangereusement.

Gary en profita pour détaler sans demander son reste.

— Tu ne... dois... pas... laisser la lance ! l'implora Kelsey, sur le point de s'évanouir.

— Tu veux y aller et la reprendre ? répondit aussitôt

Gary, qui respirait plus librement et essayait d'éviter de trop secouer Kelsey, pensant que la montagne vivante était loin derrière eux.

Mais il entendit un vacarme effroyable. Se retournant, il vit leur attaquant lancé à nouveau à leur poursuite, sautant à cloche-pied.

— Bon sang ! cracha Gary en accélérant le pas.

— *Je t'avais prévenu !* fit la voix dont l'écho lointain lui rappela qu'il était à présent désarmé.

Gary était plus occupé à regarder derrière lui que devant quand il entendit Geno crier de surprise. Une seconde silhouette gigantesque se dirigeait sur eux ! Gary crut qu'ils étaient perdus, mais le nouveau venu les dépassa et se rua sur leur poursuivant.

— Tom ! s'écrièrent-ils en chœur.

Ce dernier n'était pas aussi grand et lourd que le géant de pierre, mais l'autre, déséquilibré par sa jambe blessée, ne réagit pas assez vite à son attaque.

Tous deux s'écroulèrent en une avalanche de roc et de chair mêlés, brisant les arbres, écrasant les rochers dans leur phénoménal corps à corps.

— Cours ! cria Geno qui se trouvait devant.

Gary l'ignora, déposa doucement Kelsey sur le sol et repartit en sens inverse.

— Misère ! dit Mickey en comprenant où il allait. Catastrophe ! ajouta-t-il quand il vit Geno rejoindre ses amis en jurant à chaque pas.

Dès que Gary mit la main autour de la lance, il se demanda s'il avait bien fait de revenir. Les mouvements du colosse, qui s'agitait comme un fou, envoyaient la hampe dans toutes les directions. Gary la reçut en pleine figure, et seul son heaume l'empêcha d'être défiguré. À son propre étonnement il réussit à dégager la lance et il fit quelques pas en arrière en trébuchant, cherchant un point vital.

Geno était déjà en train de marteler l'épaule du géant, faisant éclater l'un des bras qui étreignait Tom. Heureusement, ce dernier se trouvait sur le dessus de la mêlée. Il aurait sans aucun doute été écrasé si l'autre avait roulé sur lui. Malgré tout, les bras immenses continuaient d'agripper le pauvre Tom, lui coupant le souffle.

Gary se tenait du côté des pieds du titan. Il plantait la lance où et quand il le pouvait, bien conscient que ses attaques ne causaient pas de dommages importants.

Plus bas sur le chemin, Mickey cria et Gary entendit le sifflement d'une flèche. Il vit le lutin et l'elfe recroquevillés sous l'attaque d'une pluie d'énormes corbeaux noirs. Kelsey était allongé sur le dos, agitant son arc pour tenir les oiseaux à l'écart et essayant de décocher un autre trait au milieu du chaos. Mickey, accroupi auprès de lui, se servait de son parapluie comme d'un bouclier improvisé.

— Sauve-toi ! ordonna le nain à Gary quand le bras du géant se cassa enfin.

Gary fonça, s'arrêtant une seule fois pour enfoncer sa lance dans l'autre genou du colosse. Un marteau vola, tuant deux oiseaux d'un seul coup.

Quand Gary fut assez proche pour transpercer un volatile, trois autres maillets s'écrasèrent, faisant jaillir un nuage de plumes.

Libéré de tout assaut immédiat, Kelsey réussit à lancer plusieurs flèches qui atteignirent leurs cibles.

Mais les corbeaux n'étaient pas seuls. D'autres roches à la forme humaine se joignirent à eux.

— La parole de Robert n'est pas fiable, grommela Gary.

Mickey voulut acquiescer, puis changea d'avis. Il savait que seuls les nains de Faerie et une autre personne, une certaine sorcière, pouvaient animer les pierres avec une telle efficacité et devinait la raison de la présence des corbeaux tout près de la montagne de Robert.

Gary attrapa Kelsey et le remit debout pendant que Geno interceptait les petits êtres qui approchaient.

— Prends le heaume, proposa Gary, et avant que

Kelsey ait eu le temps de protester, il le laissa tomber sur la tête de l'elfe et l'entraîna.

La course reprit, encore plus pénible maintenant que les volatiles furibonds piquaient et écorchaient les yeux et le visage de Gary. Mickey se nicha au creux du bras de Gary, abrité par Kelsey.

Comme c'est pratique pour lui, songea Gary en chassant de la main un oiseau.

Soudain, quelque chose de plus petit et de plus rapide frôla sa tête. Il leva les yeux et vit un faucon fondre sur le groupe de corbeaux et s'envoler avec l'un d'eux dans ses serres acérées.

Un autre oiseau de proie passa, puis un troisième.

— Des faucons ? murmura Gary.

Cela n'avait pas de sens ! Et, dans ce cas-là, Gary pouvait être sûr que Mickey y était pour quelque chose.

— Jolis rapaces, hum ? susurra le lutin.

Son illusion s'avéra convaincante car elle fit fuir les volatiles... De son côté, Geno avait la situation en main après avoir réduit en miettes la plupart des petits rochers vivants.

Tom survint alors, enfin libéré de l'étreinte opiniâtre du colosse de pierre. Il boitait mais n'eut pas de mal à rattraper les autres. S'approchant de Gary, il prit Kelsey dans ses vastes bras, berçant l'elfe blessé contre lui.

Ils avaient gagné. Une fois de plus, les ennemis étaient en déroute.

Mais Mickey n'était pas aussi enjoué. Il ne parut pas non plus vraiment surpris quand, au détour du chemin, ils tombèrent nez à nez avec Ceridwen, écumante de rage.

25

La fin du voyage

En un éclair, Mickey se rendit invisible. Gary n'aurait pu l'en blâmer. Ceridwen se tenait en hauteur contre la paroi de la montagne de façon à leur donner l'impression de les dominer tous, même le géant. Elle était belle et terrifiante dans sa robe de tulle noire. Gary comprit qu'ils étaient perdus.

— Eh bien, Tom le traître, qu'as-tu à dire pour plaider ta cause ? siffla-t-elle.

L'accusé pâlit et trembla si violemment que Gary crut qu'il allait se jeter à genoux devant la sorcière.

Kelsey se libéra de la poigne affaiblie de Tom et sauta à terre. Trouvant la force de se tenir debout et de faire un pas vers Ceridwen, il se redressa fièrement devant elle et sortit son épée.

— Ceci ne te concerne pas ! gronda-t-il.

Elle éclata de rire, et des larmes coulèrent le long de ses joues d'albâtre. Puis elle claqua des doigts et Kelsey se volatilisa, ou plutôt son image.

Gary vit alors le véritable elfe qui rampait sur le sol. Ceridwen ne lui prêta aucune attention. D'un second claquement, elle fit réapparaître Mickey, qui se tenait assis sur un rocher.

— Bah, ça valait la peine d'essayer ! remarqua le lutin, désabusé, avant de sortir sa pipe, qu'il tapota contre la pierre.

Ceridwen eut l'air amusé en le regardant faire. Cependant, le lutin poursuivit :

— Mais ne va pas crier victoire avant l'heure ! Malgré tes ruses et tes sortilèges, la lance est de nouveau entière — même toi, tu ne peux la briser !

— Cela n'a aucune importance. On ne la reverra jamais à Faerie.

— À d'autres ! L'histoire finira par s'ébruiter, tu le sais bien ; quand les pauvres gens de Faerie sauront que le javelot est de nouveau forgé, ils s'élèveront contre le roi Kinnemore, répondit Mickey en produisant une petite flamme au bout de ses doigts pour allumer sa pipe.

Ceridwen eut un sourire condescendant.

— Eh bien, il entreprendra des recherches ainsi que les meilleurs chevaliers du pays. Mais je doute qu'ils viennent jusqu'à Ynis Gwydrin. Et si jamais ils le font, penses-tu vraiment que je les laisserai partir ?

Elle baissa les yeux pour regarder Kelsey qui restait prostré à ses pieds.

— Hum ! reprit Mickey. Ils clameront aux quatre vents que la prophétie est accomplie, dans les rues de Dilnamarra, à Connacht, jusqu'au château du roi... Et n'oublie pas le peuple de Tir na n'Og ! La quête de Kelsey est achevée. Quand les siens le sauront et apprendront ton intervention, ils s'uniront contre toi. Je n'aimerais pas les avoir comme ennemis !

— Ah ? Et qui les informera ? Les morts ne parlent pas...

— Sois maudite ! s'écria Kelsey en se remettant debout.

Son épée étincela devant le visage de Ceridwen mais le coup ne la blessa pas. Il ne réussit même pas à lui faire tourner la tête et la manœuvre n'eut d'autre effet que d'accroître son hilarité. Bravement, l'elfe brandit à nouveau son fleuret.

Ceridwen attrapa la lame à main nue et la tint devant elle, immobile.

— Je te l'ai déjà dit, elfe insensé, vos armes, même

celles forgées par la magie des Tylwyth Teg, ne peuvent rien contre moi.

Elle relâcha soudain l'épée et gifla l'elfe avec une force telle qu'il vint s'écraser contre le roc, où il resta immobile.

— Nom d'un caillou ! Et que peux-tu faire contre ceci, misérable sorcière ? rugit Geno en agitant ses marteaux comme s'il s'apprêtait à les lancer.

D'un geste de la main, Ceridwen détacha un rocher juste au-dessus de la tête du nain.

Ce dernier, laissant aussitôt tomber ses maillets, réussit à lever les bras à temps pour rattraper l'énorme bloc. Mais le poids était presque trop lourd pour lui, et il resta dessous, tremblant violemment sous l'effort.

— Comme c'est drôle ! Un nain écrasé par une pierre ! Quelle belle mort ! caqueta la sorcière.

Gary regarda Geno puis Kelsey, ne sachant que faire pour secourir ses compagnons.

— Reste tranquille, mon garçon, tentons plutôt de nous rendre, murmura Mickey, qui avait deviné le mouvement du jeune homme.

Gary avait envie de hurler de désespoir. Ils avaient surmonté tant d'obstacles ! Kelsey ne pouvait pas mourir ! Sa quête ne devait pas échouer. Mais Gary ne voyait pas d'alternative. Comment venir à bout de la maudite créature ?

— Tu dois être bien désespérée, pour te risquer si près du castel de Robert, hum ? Tu as même été jusqu'à envoyer des corbeaux, ta dernière carte, pour ainsi dire !... Je ne sache point que le griffon aimerait te savoir ici, argumenta Mickey.

— Mais vous avez réglé ce problème ! La lance est forgée, ce qui veut dire que le dragon a perdu. Il s'écoulera maintenant un siècle avant qu'il ne puisse sortir de son château ! rétorqua la sorcière.

Mickey réfléchit à toute vitesse ; il fallait à tout prix trouver une parade.

— Mais il peut envoyer sa garde, suggéra-t-il doucement.

Le rire de la sorcière l'interrompit.

— Les tritons ? Et quoi encore ? Dis-moi, lutin, quels autres puissants soldats Robert le Rustre va-t-il m'envoyer ?

— On n'est pas sortis de l'auberge, marmonna Mickey à Gary.

— Vous avez tant fait pour moi ! reprit-elle mielleusement. Vous me livrez la lance et vous m'avez débarrassée pour cent ans du dragon ! Un siècle ! Les Crahgs seront à nouveau à moi, et il s'écoulera plusieurs décennies avant que cet idiot de Robert ne puisse sortir de son trou, ha ha ha !

— Laisse-nous partir, alors, et n'en parlons plus, proposa Gary.

Le sourire de Ceridwen disparut aussitôt.

— Vous laisser partir ? répéta-t-elle, stupéfaite.

— Puisque nous avons tant fait pour toi... commença Gary.

— Silence ! Tout ce que vous avez accompli, c'était par inadvertance ! Je n'ai pas oublié votre désobéissance ! glapit la sorcière en louchant sur Tom.

Tout d'un coup, Gary eut l'impression que le pauvre géant avait diminué de moitié.

— Je vous avais ordonné de rester sur Ynis Gwydrin ! Quand je suis revenue, *hop !* plus personne !

— Faut admettre que le damoiseau a trouvé un bon moyen de nous sortir de ton piège, rappela Mickey avec l'espoir que Ceridwen préférerait garder Gary vivant.

Mais si elle entendit les paroles du lutin, elle ne le montra pas.

— Et toi, le géant ! Je t'ai recueilli, je t'ai donné un foyer, et c'est ainsi que tu me remercies ? Je vais te rôtir à la broche, espèce d'ingrat, et je te servirai en méchoui à mes gobelins, qui sont mes plus loyaux serviteurs ! dit-elle en agitant un doigt.

Une petite flamme apparut, dansant dans l'air, devenant de plus en plus haute et de plus en plus chaude.

Tom avait vraiment l'air d'une petite chose

pitoyable. Le géant, qui avait lancé un troll en l'air et qui avait chargé sans peur un colosse de pierre bien plus massif que lui, tomba à genoux en entendant les menaces de la sorcière. Il essaya de parler, mais seul un gargouillis incompréhensible franchit ses lèvres tremblantes.

Ceridwen claqua des doigts et le feu s'approcha de la tête de Tom, faisant grésiller quelques-uns de ses cheveux.

Le malheureux se mit à crier et à supplier, tout en se donnant de grandes gifles pour éteindre l'incendie.

— Il n'a fait de mal à personne, s'interposa Gary.

— Doucement, fiston. Je n'ai nulle envie de partager leur sort. Il faut absolument nous rendre, chuchota le lutin.

Une pensée traversa soudain l'esprit de Gary. Il regarda Mickey, les lèvres tordues en un rictus mauvais.

— *Qui* a forgé la lance ?

Mickey leva un sourcil, sans comprendre.

— C'est bien ce que je pensais, poursuivit Gary.

Ceridwen ne redoutait pas l'arme uniquement à cause des heures glorieuses qu'elle pouvait rappeler au malheureux peuple de Faerie. Il y avait autre chose de plus important.

— Attends ! Tu es venue prendre la lance, et c'est à moi de la remettre entre tes mains. Nous avons surmonté tant d'obstacles pour parvenir à la reforger ! Mais nous y sommes arrivés, et pour cela Kelsey, le brave Kelsey, a loyalement combattu le dragon. Mais ce morceau de métal, en dépit de sa valeur, ne vaut pas la vie de mes amis ! s'écria soudain Gary, au grand étonnement de Mickey.

— Donne-la-moi ! feula Ceridwen, vacillant à la vue de l'arme magnifique.

— *Oui, vas-y !* dit la lance, soudain satisfaite.

Les yeux bleu acier de Ceridwen s'écarquillèrent de surprise quand Gary brandit soudain la lance en un geste menaçant, le visage déformé par la colère. La sorcière agita les doigts et envoya une sphère incandescente en direction du jeune homme.

— Malheureux ! s'écria Mickey en essayant de s'enfuir.

Le cri de Gary fusa du plus profond de son être quand il jeta la lance, ses forces décuplées par la colère et la frustration. L'arme plongea dans les flammes.

La boule de feu explosa juste avant d'atteindre Gary et Mickey. L'incendie se dissipa rapidement, pour laisser la place à un spectacle macabre. Ceridwen était clouée à la montagne, la lance plantée dans le ventre. Hagarde, la sorcière agrippait la hampe à deux mains, trop faible pour la retirer.

Un sang noirâtre s'écoulait à flots de sa plaie, éclaboussant sa robe et ses bras nus.

— Je me vengerai ! hoqueta la furie.

Cette menace n'avait rien de convaincant. Un voile noir passa sur son visage. Sa bouche se contorsionna en un cri silencieux et son corps se tordit en un ultime spasme.

Bientôt Ceridwen ne fut plus qu'une ombre contre le rocher. Gary pouvait voir la pointe de la lance profondément enfoncée dans la pierre.

— Bon vent ! murmura Mickey.

Le dernier cri de Ceridwen déchira l'air puis il n'y eut plus que la brise qui sifflait sur la pierre marquée à jamais par l'ombre de la sorcière.

— Comment savais-tu ? demanda le lutin au jeune homme.

— Je ne savais pas, répondit Gary avec honnêteté. Mais Robert avait dit que des feux venant de mains humaines ne pouvaient attendrir la lame. Alors, s'il disait juste...

— Quel garçon intelligent tu es !

Gary regarda le lutin et ses yeux verts étaient noyés de nostalgie.

— Je ne savais pas, mais il fallait bien que j'y croie, répéta-t-il.

— Si vous en avez fini avec les congratulations... entendirent-ils alors derrière eux.

Surpris, les deux amis se retournèrent. Geno, les jambes arquées, les bras tremblants, commençait à plier sous le poids de l'énorme pierre.

Tom arriva le premier et, avec l'aide de Gary, fit glisser la pierre sur le sol.

— Gary ! appela Mickey.

Faisant volte-face, ils virent Kelsey qui tentait de se remettre debout avec l'aide du lutin. Gary courut vers eux et passa le bras de Kelsey sur son épaule.

L'elfe était épuisé, mais la lueur qui brillait dans ses yeux dorés fixés sur la lance, toujours fichée dans la pierre nue, promettait une guérison rapide.

— Coucou ! La sorcière est morte ! fredonna gaiement Gary, amenant un sourire sur les lèvres pâles de Kelsey.

— Pas tout à fait, mon garçon, mais elle demeurera un siècle sur Ynis Gwydrin avant de revenir ici. Faerie se portera mieux avec la harpie et le griffon hors d'état de nuire ! dit Mickey.

— Voilà la dernière courroie pour cette jambe, annonça Mickey afin de réconforter Gary.

Le lutin aidait le jeune homme à se débarrasser de son armure. Dilnamarra était en vue. Les compagnons étaient parvenus au terme de leur voyage.

— Où est donc passé l'elfe ? maugréa Geno.

Ils étaient arrivés depuis plusieurs heures déjà mais Kelsey, devant le nombre inhabituel de soldats, leur avait ordonné de l'attendre aux portes de la ville jusqu'à ce qu'il revienne. L'elfe, déguisé en mendiant, s'était éclipsé dans la lumière du soir.

— Encore une autre ! déclara Mickey en desserrant une boucle dans le dos de l'armure.

Le lutin remarqua alors quelque chose de curieux. Après une seconde de réflexion, il enleva un objet qui se trouvait dans la ceinture de Gary et le glissa sous son propre manteau.

Geno râla à nouveau, sans prêter la moindre attention à Gary ni à Mickey. Le nain s'était montré plutôt affable depuis la défaite de la sorcière. Mais Kelsey l'avait alors informé qu'il ne le laisserait pas retourner directement dans ses montagnes, car il devait accompagner les compagnons jusqu'à Dilnamarra au cas où l'authenticité de la lance forgée serait mise en doute.

Un léger bruit les fit sursauter ; mais ils se détendirent aussitôt en reconnaissant Kelsey.

— Ce sont des gardes du roi. Il paraît que Gary et moi sommes hors la loi, et peut-être toi aussi, Mickey, si jamais ils découvrent que tu étais avec nous, leur annonça Kelsey.

— Ils nous ont donné l'armure de leur propre gré ! protesta Gary.

— Pour sûr ! Mais... hum, mon petit ajout sur l'édit royal s'est effacé, et le prince Geldion a découvert le pot aux roses, avoua Mickey.

— Que fait-on alors ? Est-ce qu'on va attendre encore longtemps ? J'ai du travail, moi ! s'impatienta Geno.

Kelsey aurait été bien en peine de lui répondre.

— Le baron Pwyll est aux aguets. La campagne alentour est sous haute surveillance. Je ne vois pas comment nous pourrions aller rendre la lance, expliqua l'elfe.

Le silence tomba pendant que chacun réfléchissait.

— Et même si nous y arrivons, que va-t-il se passer ensuite ? demanda Gary.

— Geldion n'est pas d'une amabilité légendaire, reconnut Mickey.

— Mais il ne pourrait pas grand-chose contre nous, réfléchit Kelsey. Si la lance est en sa possession et que l'armure et le bouclier lui sont rendus, le baron Pwyll aura la preuve qu'il a bien fait de me confier la panoplie de Cédric. La vérité délivrerait Pwyll de l'emprise infernale de Geldion.

— Alors, envoyons Geno, dit Gary.

Geno jeta un regard noir au jeune homme.

— Ils sont à la recherche d'un homme, d'un elfe, d'un lutin... mais pas d'un nain. Il suffit de dissimuler l'équipement de Donigarten et Geno pourra l'apporter jusqu'à Pwyll sans encombre, proposa Gary.

— Hum, ça peut réussir... Geno mènerait une mule chargée d'objets sans intérêt pour Geldion, murmura Mickey.

— Une mule ? reprirent en chœur Kelsey et Geno.

— Viens là, Tom, et mets-toi à quatre pattes ! ordonna Mickey.

Geno ricana.

— Ha ! Un nain montant un géant, quel spectacle ! Enfin, ça vaut la peine d'essayer... Ensuite je serai libre de rentrer chez moi ?

Kelsey hocha la tête.

— Bouh ! Tom n'aime pas ça, dit le géant, qui venait de comprendre le rôle qu'on voulait lui faire tenir.

— Fais-moi confiance, tout ira bien ! le rassura Mickey.

— Bien sûr que ça va marcher ! ajouta Geno. Je vais faire attention à toi. Et quand nous en aurons terminé, tu viendras avec moi à Dvergamal. Il y a plein de cavernes très agréables dans mes montagnes, bien fraîches en été, et tièdes en hiver. Je te trouverai l'endroit qu'il te faut, un peu à l'écart de ma tribu.

Le visage de Tom s'illumina et il prit sa position de mule. Mickey n'avait plus qu'à faire opérer l'illusion.

Quelques moments plus tard, un marchand et sa mule chargée de paquets passèrent parmi les gardes qui ne firent pas attention à eux.

— Je n'en attendais pas tant de toi, reconnut Kelsey quand, accompagné de Mickey et de Gary, il arriva au grand chêne de Tir na n'Og, à l'endroit même où l'elfe et l'homme s'étaient rencontrés pour la première fois.

Kelsey jeta un regard amusé à l'arbre où se trouvait le repaire de Leshiye.

Gary aussi se souvint de cette première rencontre, quand Kelsey l'avait arraché aux bras de la nymphe. En dépit d'un début si catastrophique, et maintenant que l'aventure était terminée, aucun d'eux n'aurait renié leur amitié.

— Je suis heureux que ta quête se soit achevée selon tes souhaits. Et j'espère que les craintes de Ceridwen concernant la lance de Cédric seront justifiées. Le peuple de Dilnamarra mérite la paix et la prospérité, dit Gary.

Kelsey hocha la tête, tapota l'épaule de Gary puis disparut si soudainement dans la pénombre de la forêt que le jeune homme se demanda si l'elfe avait bien été là.

— Es-tu prêt, mon garçon ? Les farfadets vont danser dans le buisson de myrtilles. Je peux te ramener chez toi dès cette nuit, dit Mickey.

Gary jeta un coup d'œil mélancolique vers l'arbre de Leshiye.

— Encore une petite demi-heure ?

— N'en demande pas trop, fiston ! Il est temps de rentrer, maintenant, l'avertit Mickey.

Gary haussa les épaules et s'éloigna de l'arbre.

— Allons-y, alors !

Mais, au fond de son cœur, il n'était pas sûr de vouloir retourner dans son monde.

Gary garda le silence tout au long du chemin. Il se demanda à nouveau si tout cela n'était pas un rêve. Allait-il tout simplement s'éveiller dans son lit ? Ou émergerait-il d'une hallucination sous le regard inquiet de ses parents ? À vrai dire, il ne croyait à aucune de ces explications. Il était plus simple d'admettre que ce qui s'était passé était bien réel.

Il se trouvait au milieu des fourrés de myrtilles et il pouvait voir les farfadets qui, mystérieusement avertis de son retour, avaient entamé leur ronde magique.

Il jeta un dernier regard vers Dvergamal ; la lune venait juste de surgir derrière les montagnes. Puis, sur un geste de Mickey, il entra dans le cercle de lumière.

Dès que Gary eut disparu dans la nuit enchantée, Mickey McMickey sortit un objet de son manteau. C'était une dague incrustée de pierres précieuses, ancienne et magnifiquement travaillée, que Gary avait dû prendre au château de Robert.

Les implications de ce vol, voulu ou non, étaient des plus graves, mais Mickey essaya de ne pas y penser.

Il se demanda comment il pourrait exploiter cette trouvaille à son avantage, dans *sa* quête pour récupérer sa bourse d'or qui se trouvait toujours dans la salle des trésors du dragon Robert.

Épilogue

GARY ROULA EN GÉMISSANT SUR LE SOL CAILLOUTEUX.

Il réussit à se mettre sur ses pieds et respira l'odeur des myrtilles tout autour de lui, mais il lui fallut un moment pour comprendre où il se trouvait. Des silhouettes de farfadets et d'elfes, de trolls et de nains dansaient dans son esprit, à la limite de sa conscience.

— Alors c'était un rêve, dit-il en essayant de se remémorer les détails de cette étrange aventure.

Mais les images flottaient, indistinctes, et des pans entiers restaient dans l'ombre. Il se rappelait les grandes lignes de l'histoire, cependant, quelque chose à propos d'une lance, d'un dragon, et aussi d'une armure. Oui, Gary se souvenait nettement d'avoir porté une armure !

En regardant autour de lui, il vit *Bilbo le Hobbit* qui gisait sur le sol.

Il avait raté le dîner ! Combien d'heures avaient-elles passé depuis qu'il s'était endormi ? Gary regarda tout autour de lui, observant le paysage baigné dans la lumière de la lune. Il se trouvait bien dans les bois derrière sa maison, et non dans ceux de Tir na n'Og.

— Tir na n'Og ? murmura-t-il avec curiosité.

Comment connaissait-il ce nom ?

Encore sonné, Gary ramassa son livre et partit. Il descendit le chemin en direction de la route principale puis se dirigea vers la corniche qui dominait...

Qui dominait quoi ?

Le regard de Gary balaya le paysage qui s'étendait devant lui.

Des collines, pensa-t-il, et non des montagnes.
Et, plus loin, l'école élémentaire.
Il se sentit soulagé, mais aussi un peu déçu.
— Quel drôle de rêve, marmonna-t-il en dévalant la pente.
D'autres vues, plus familières, l'accueillirent : la clôture du cimetière, les maisons qui se trouvaient au bout de la rue de ses parents puis sa propre Jeep garée sous le lampadaire devant la haie.
— Où étais-tu passé ? Tu vas devoir réchauffer ton repas ! lui dit son père quand il entra dans la cuisine.
Les restes du dîner se trouvaient sur la cuisinière.
— Le réchauffer ? répéta Gary.
L'image d'une lance lui traversa l'esprit, ainsi que la vision de flammes léchant les bords de son bouclier.
— Oui, c'est froid maintenant.
— Tu ne peux pas être là à l'heure ? se lamenta sa mère.
— Vous n'allez jamais me croire ! Je me suis endormi dans les bois ! s'exclama Gary.
— Endormi ? reprit son père.
— Tu travailles trop, gémit sa mère.
Tout cela paraissait tellement ordinaire, tellement prévisible. Il n'avait pas été absent bien longtemps. Il s'étonnait d'avoir emmagasiné une telle aventure pendant une sieste aussi brève.
Après avoir avalé un morceau, il monta se coucher, déclarant qu'il avait besoin de sommeil. Il espérait retrouver des bribes de cet étrange rêve. Comment allait-il se tirer du lit le lendemain matin ? Comment pourrait-il revenir aux réalités de la vie quotidienne ?
Eh bien, au moins j'aurai quelque chose de nouveau pour m'occuper l'esprit quand je mettrai ces fichus morceaux de plastique dans le broyeur, pensa-t-il en se déshabillant et en se mettant au lit.
Gary prit *Bilbo le Hobbit* et l'ouvrit à la page marquée.
Ses yeux sortirent presque de leurs orbites.
Les pages étaient couvertes de l'écriture flottante et illisible de Mickey McMickey.

4715

Composition Nord Compo
Achevé d'imprimer en Europe (France)
par Brodard et Taupin à La Flèche (Sarthe)
le 14 octobre 1998. 1007V-5
Dépôt légal octobre 1998. ISBN 2-290-04715-5
Éditions J'ai lu
84, rue de Grenelle, 75007 Paris
Diffusion France et étranger : Flammarion